Best Time

白 马 时 光

藏不住欢喜

榴莲香菜 著／

百花洲文艺出版社
BAIHUAZHOU LITERATURE AND ART PRESS

目　录　Contents

盐城七中

姓名　许念
班级　高三1班

姓名_谢_二_　　班级_高三 1 班_

等我，

我陪你

一起看星星。

楔子

这是谢一这个月参加的第三场高中同学的婚礼。

婚礼结束后，没离场的仅剩下一桌老同学。于是他们把这场婚礼变成了同学聚会。

大家不停地调侃，聊各式各样的八卦……

"你们说这一眨眼，咱们班花也结婚了，还嫁给了一直心心念念的富二代。"最后那句，说话的人压着声音，他冲饭桌上的人递了个眼神，"还真是让大家羡慕啊。"

其他人不太认同他在别人的婚礼上说这个，都尴尬地吃着菜，不接话。

饭桌上死寂了片刻，有人开玩笑地说道："谁说不是呢，我也想找个富婆，哈哈哈。"说完，他用别的话茬儿跳过这个话题："对了，你们听说了吗？许念回国了！"

"许念？"一开始阴阳怪气的男人拔高音量，"老妈是小三的那个小小三？"

饭桌上再度陷入死寂，大家你看看我，我看看你，最后都不由自主地把视线转向了某个方向。

那个方向的人正淡定地夹了块糖醋排骨放进碟子里，看起来并没有什么异常。

有人拽了拽"阴阳怪气男"，男人也意识到自己好像脱口而出了什么不该说的，但眼下话已经放出去了，他只能硬着头皮道："我……我说错了吗？"

刚刚缓和气氛的人给他倒了杯开水："我看你是喝多了，人家现在可是Cohen，别张嘴闭嘴就是那些乱七八糟的。"

"Cohen？我去！许念就是柯恩？？？"没等"阴阳怪气男"反应，饭桌上已经有人坐不住了。

有人疑惑："柯恩是谁？"

"姐妹，你家没通网吗？每幅画的拍卖价格都超过千万元，近几年最年轻的明星画家！这你都不知道？？？前几天我还在微博上刷到柯恩要回国的消息，没想到柯恩居然是许念！我去！我跟明星画家以前竟然是同班同学！"

大家的注意力很快便转移到了"柯恩就是许念"这个话题上，没有人会想到，一个当年连考试都不及格的叛逆少女，多年后会成为颇有名气的画家。

只不过大家议论没多久，就有人把话题搬到了他们口中故事里的另一位主人公身上。

"谢一，你没事吧？"见碟子里那块糖醋排骨还躺在原来的地方，有人这么关心道。

其他人也跟着唏嘘，毕竟当年"谢一"跟"许念"这两个名字，几乎是绑在一块儿的。

被众人关注的人的指尖颤了两下，微微有点儿出神。

她这一次，是真的回来了吗？

有人察觉到不对劲，小声道："都别说了。"

又有人小声地叹息道："唉，其实还是挺可惜的，毕竟他们当初那么好，我们不都觉得他俩会结婚吗？许念当时就那么离开了，确实挺出乎我意料的，我一直觉得她很爱谢一来着。"

"啪嗒——"

玉石筷子跟地面碰撞，发出了刺耳的声音。

谢一把筷子捡了起来，说了声"抱歉"。

大家集体沉默了一阵，然后七嘴八舌地安慰起了人。

"老谢，你别在意啊，反正不管许念再怎么红，错过你这么好的男人，那都是她的损失！"

"对！是她的损失！"

谢一端起了手边的水，目光扫向饭桌上的众人，说："跟我有什么关系？"

他的语气很淡，像是他手上那杯白开水，没有多余的味道。

他那双狭长而又平淡无波澜的眼睛，像是在看什么陌生的东西，带着点儿凉薄之意，让在场的众人都不自觉地收了声。

确实啊，她跟他没有任何关系了。没有他，她现在照样过得很好。

只是，他还是会很在意，在意到会时时刻刻关注英国的天气和她在英国的动向，还会不死心地往那个空号发短信。

他就这么离不开她？

或者，他只是想知道，她当时到底为什么一声不吭就丢下他去了英国。

是的，应该是如此，也仅仅是如此，他才多了份在意。

在场的众人感受到眼下的气氛，觉得还是换个话题比较好，只是偏偏有人往枪口上撞。

"就是啊，跟咱们谢老师有什么关系？她算个什么东西？把咱们老谢耍得团团转。她就是一个小三的女儿，出了名又怎么样？黑料还不是一扒一大堆？""阴阳怪气男"到底还是因为当年的某件事，对许念心存怨恨，说起话来也格外地狠。

坐在他身边的人拉了他几下，打着哈哈："得了，少说两句，别把你分手的气撒在这儿啊。"

"阴阳怪气男"道："别提这个，一提我就来气——"

后面的话他还没说出口，突然有人站起了身。

"抱歉，学校那边还有事，我先回了。"

"啊？"来参加婚礼的几个女人都"醉翁之意不在酒"，眼下更是丝毫不隐藏各自的失望，"谢一，你这就走啊？再坐一会儿呗。"

"对啊，大周末的，学校能有什么事啊？咱们好不容易聚在一起，不喝开心了怎么行？更何况，新郎新娘马上就过来了。"

谢一拿起外套，道："抱歉，下次吧。"

在场的几个女人知道谢一的性子，即便是依依不舍，也没有人上去劝留。不是没必要，是因为没用。就好像任凭别人再怎么说许念的不好，在谢一的心中，许念永远都是完美的，永远都是发着光的。她们再谄媚也无济于事，因为没有位置，挤不进去的。

被在场的男士们调侃了几句后，几位女士脸上的失望一扫而空，他们很快又进入了下一个话题。

新话题还没聊几句，刚刚离开的人又重新折了回来。不等她们欣喜，就看到原本离开的男人径直走向了"阴阳怪气男"。

袖口的扣子不知道什么时候被他解开了，他挽起半截袖子，面色从容道："忘了件事。"

话音一落，他一拳砸在了"阴阳怪气男"的脸上。

全场鸦雀无声，大家都没反应过来现在的情况，只是在"阴阳怪气男"骂骂咧咧的声音中，他们听到谢一极为漫不经心地说了一句——

"看你不爽。"

聚会不欢而散。"阴阳怪气男"离开后，大家又说到这事，皆是默契地在心里想：哪有什么看谁不爽，只是那人触碰到了谢一的线。

这条线不是底线，也不是原则，就是一条不能被任何人碰的线。

谢一离开婚礼现场，到校医务室的时候，手上因用力过猛留下的伤口已经结痂了。他大致地处理了一下，回了办公室。

学生期中考试的成绩分析还没有做出来，周末他要加班赶一下。

办公室里，键盘声"噼里啪啦"地响了几分钟后，安静了下来。

盯着满满当当都是"许念"二字的 Word 文档，谢一烦躁地关了电脑。

他熟练地从抽屉里取出一个笔记本，翻到最后一页。他拿起笔，一如既往地开始在上面写那个烂熟于心的名字。

半小时后，他停了下来，因为本子被他写完了。

一整个厚厚的笔记本，上面只有同一个名字。

片刻，他对着那个笔记本自言自语道："你不是回来了吗？"

回来了，为什么还不出现？

外面的天已经彻底黑了，女人搓着手，抬头往里看。撞上门卫的视线后，她尴尬地笑了笑。

兜里的手机响了两声，她拿出来看，上面是好友时逸昂发来的短信，短信内容很简单：**许念，你确定他还会等你吗？**

许念弯了弯嘴角，转身走到校门口粘贴着的优秀教师榜单前，对着那个心心念念的名字默默道："会的。"

他还在这个学校，一直没有离开。

门卫大爷大概是觉得她有点儿奇怪，从门卫室的窗口探出了头："我说姑娘，你都在这儿待一下午了，到底在等什么人？是我们学校的吗？"

冷风灌了满怀，许念裹紧大衣道："是呀，他是你们学校的老师。"

"叫啥啊？大爷帮你查查他今天值不值班。这大冷天的，你这么干等着也不是办法。"大爷着实有些看不下去了，加上这小姑娘笑起来的时候眉眼弯弯的，跟他家孙女一样可爱，便更加不忍心让她吹冷风了。

许念跟大爷道了谢，正要开口，那双漂亮的眼睛骤然一亮。

她紧紧地盯着一处，说道："谢谢大爷，不用啦，他来了！"

大爷好奇地回过头，然后"呀"了一声："小谢下班了啊？回家要注意安全啊。"大爷说完一反应，"哎哟"一声："小谢，有个姑娘找你，都等你……"

这话他说了半截，看到两个小年轻都死盯着对方，心里再次"哎哟"一声，意识到两人有点儿什么，便悄悄地把头缩了回去。

今晚的夜格外黑。

对视良久后，许念的双眸染上了笑意，在路灯下格外明亮。

她出声道："好久不见，谢一。"

谢一僵在原地。

一句"好久不见"，他一等就是八年。

他仍旧记得他们的初次见面，更准确地说，是初次正式见面。

八年前，许念来到了他生活了十七年的城市。

而对许念来说，八年前也是她美梦与噩梦交织的开始……

刚下完雨的盐城遭受了一番新的洗礼，在阳光的照耀下，像是一幅被画家重新着色的画，分外好看。

辗转了这么多个城市，这是唯一一个能让许念暂且心情还不错的地方。或许是因为这个地方是她身边这个女人的出生地？

总之，她的心情还不错，如果身边的女人没有在下飞机没多久就把她一个人丢在机场的话。

她跟这个生了自己却完全对自己不管不问的女人没有太多感情，所以这会儿被扔在陌生的地方，她除了有点儿烦躁外，并没有其他感觉。

许念拖着行李箱顺着人流打了辆车。这时名义上的亲妈，实际上连几年不见的亲戚都比不上半点儿的许女士，已经把新家的地址发过来了。

司机在听到地址后几次三番从后视镜里偷瞄她。等到了地方许念才知道，许女士再次挥金如土地在新城市买了一栋别墅。她搜了一下，这栋别墅是目前盐城卖价最高的。

看来许女士还是跟往常一样，即便在这个城市待不久，也不会委屈自己一星半点儿。

大致熟悉了一下新环境后，许念搜了搜附近的网吧，衣服也没换，便赶着去网吧跟朋友在游戏里碰头。

这次碰头的时间有点儿久，在网吧里泡了一周后，许念接到了许女士的电话。

忙着工作应酬的许女士时隔一周，终于想起还有她这么一个女儿。

许念洗了把脸，哈欠连天地推开了网吧的门，一瞬间，强光刺眼。

网吧外面是另一个世界，长时间在昏暗的地方待着，猛然出来后，许念有点儿受不了强烈的日光，眼前一黑，天旋地转。

过了一小时左右，许女士看到的是一个头发松散、双目无神、形容颇为狼狈的许念。纵使早就习惯了她这副鬼样子，许女士依旧气不打一处来，更何况今天还有外人在，脸上一热，登时觉得面子上有些挂不住。

先是同外人说了声"抱歉"，然后她丢下手中的文件，几步上去，把人强行拖进了厨房。

"看看你这个鬼样子！萎靡不振，又跑去哪儿混了？我跟你说，你要是再给我惹是生非，就给我滚回老家去，少你一个我还能省点儿心！"

同样的话，许女士一个月至少重复七八遍。许念打着哈欠，重新扎了一下马尾："是是是，您当初就不应该犹豫，直接把我丢在福利院更省心。"她这话说得平平淡淡，像是当时要被丢掉的不是她自己。

"许念！"

那时候在福利院前徘徊的场景，永远是许女士心中的一根刺。这根刺是许念扎在她心里的。她永远都无法忘记，才三岁大的孩子，就那么面无表情地问她："你是不是不要我了？"

她被问得哑口无言，明明可以说"不是，妈妈不会丢掉你"，但被那双安静中带着审视的大眼睛望着，她竟然有种被看穿的心虚感。

"我现在没工夫跟你生气。"许女士有气无力地越过上个话题，"之后不出意外，我们会一直留在盐城。外面的人是给你找的家教，你好好把你那功课给我补上来，至少在入学测试时别丢脸。"

厨房里有几分安静，许念的秀眉拧在了一块儿。

"听见没？！"许女士又是一声呵斥。

许念在刚刚打车回来的路上补了一觉，现在头疼得要死，也困得要死，因此并不想再跟许女士发生什么不愉快，她随意地点点头："知道了。"态度极度敷衍。

她对许女士来说，只是个丢人的存在。

她知道。

"我一会儿还要回公司一趟。最近我很忙，你最好老老实实在家里补课，再让我逮到你出去鬼混，你一分钱也别想从我这儿拿到。"说完，许女士往外看了一眼，"行了，去跟杨老师打声招呼。"

见许念还在原地转水杯玩，她一把将水杯扣了下来，道："还不快去！"

"知道了。"许念不耐烦地松手，在快要出厨房的时候又突地停下脚步，像是想起了什么，她回过头，"您好像忘了，我从前年开始就没再用过您给的钱了。"

许女士愣在原地，许久后，才翻出私人手机，那里面的短信三分之二来自许念，短信内容是统一的转账信息。

一时间，许女士心里的复杂感再次翻涌而出。

这个孩子好像从很久以前开始，就已经不再需要她了。

补课是从第二天上午开始的。

而当天下午，杨老师打电话向许女士哭诉，表示自己并不适合教她女儿读书，并且要求她赔偿自己一定的精神损失费。

电话打到许念这儿的时候，她正在置办自己的新画室。

看到来电显示，她接通后开了免提，然后把手机放到一边，坐在了新买的画板前。

"你怎么回事？！你跟杨老师说什么了？尊敬师长你都不懂吗？我养活你这么多年，教你的礼仪都到狗肚子里了？"

后续一堆教训的话，许念断断续续地听完后，才出声："她随便动我画室里的东西，碰坏了我的画。"

少有地，许念的语气里带着火气。

画室是她的小天地，也只有在这里，她才能真正地感觉到安宁。

手机那头没了动静，几分钟后传来了一阵键盘声，伴随着许女士的叮嘱，一并落入了许念的耳朵里。

"新的家教下午过去，你别乱跑。"

整整一个下午，画室总算搞好了，许念起身把不满意的画扔在大门外的垃圾桶旁。

只是几秒后，她又重新蹲了下来。低头在纸箱里翻了半天，在找到那幅画后，她有些犹豫地又把它丢了回去。

把那幅画捡起又丢掉四五次后，最终她还是决定把它收起来。

许念弯下腰，把手伸向了那幅标题为"妈妈"的油彩画，这幅画原本是三年前要作为许女士的生日礼物送出去的，但至今还在许念众多废稿中压底。

不是没有完成，只是没有送出去的必要了。

就在许念注视着上面的油彩出神时，有一只手先她一步，将那幅画"解救"了出来。

许念目光一滞，她直起身，抬头看时，正撞上一张少年的脸。

少年穿着白衬衫，在盐城高达三十五摄氏度的气温下，扣子牢牢地扣在最顶端。

他额前的碎发被风吹得凌乱，目光停留在那幅画上。没多久，他好像是迷了眼，眼睛紧紧一闭，转而抬眸。

不知道在哪儿看过一段话，许念的脑海里只有那句"少年眼眸清澈，让人一眼便沉溺其中"。

忽地，许念的脑海里闪过灵感。

这个灵感便是《一念》的开始……

眼下，男生盯着那幅并没有具体内容的画，问她："你对她很失望？"

许念怔了一下，眼底浮上了某种情绪，这种情绪里掺杂着被看穿的防御和抵触。

只是一个陌生人，却能在一分钟内看懂别人觉得是乱涂乱抹、荒废青春的画。

男生大概是意识到自己现在的行为过于莫名其妙，于是把画拿给她，然后向她伸出了手。

"谢一，你的家教。"

整理了一下午画室，许念都忘记了新家教的事。

再度扫向眼前这个看起来跟自己差不多大的男生，许念皱了下眉。下一秒，许女士来电。

"见到家教了？好好补课。"许女士很忙，口气生硬地说了几句就挂了。

吃了一顿教训，许念心情不太好，看了一眼面前的男生，扔了句"你随意"，便拿着画进了门。

等她在画室里发泄得差不多、出来找吃的时，愣是被端坐在客厅里看书的人吓了一大跳。许念口中的"你怎么还在"也只说了一个字——

"在？"

端坐在沙发上的人回头："在。"

许念问："……走？"

"等你。"

许念："……"

这是多么神奇的对话。

在冰箱里拿了瓶可乐，她仰头喝了一大口，客套地问他："喝吗？"

沙发上的人不知道在找什么，闻言看了她一眼，最后目光落在她手中的冰可乐上面，道："科学表明，可乐喝多了会影响智力。"他的语气平稳，听起来特别正儿八经，能让人一瞬间联想到《新闻联播》。

许念倒是没被他唬到，又喝了一大口，也用相同的语气对他道："糟糕，喝太多变成低智商的人了，教低智商的人读书难度太高、挑战太大，所以你明天不用来了。"

　　许念说完，仰头"咕噜咕噜"，她把一瓶可乐喝了个精光，然后拧好瓶盖，瞄准垃圾桶，投了个完美的三分球后，转身。

　　又一次被突然出现在面前的人吓到后，许念没忍住，说了句脏话。

　　谢一把找到的东西拿给她，嘴角隐隐约约带了点儿弧度，对她道："我喜欢挑战，特别是高难度的项目。"

　　许念的右眼皮狂跳着，她扫视了一眼他递过来的试卷，瞬间头皮发麻。

　　空旷的房子里，谢一的话还回荡在其中。

　　他说："来，让我看看你的智商到底有多低。"

　　"你玩真的？"见他摆出一副要监督她答卷的架势，许念打了个哆嗦，毛骨悚然。

　　谢一看着她，食指在试卷上敲了敲，像是在说"你说呢"。

　　许念看了一眼手机屏幕，问："已经晚上十一点了，你不回家？"做物理试卷？还不如直接杀了她。

　　谢一气定神闲道："不急，我家就在附近。"

　　不好搞的家教许念见过很多，对付谢一她觉得自己也会游刃有余。她摆出一副"我好害怕，我是个弱女子"的表情，还一连往后撤了好几步，戏十分足。

　　"可是……可是现在已经很晚了。"说完，她又弱弱地补了一句，"谢老师留在我家会不会很不方便呀。"

　　谢一看到在灯光下表演"受惊的小白兔"、眼神却古井无波的许念，他的眉头皱了一下，收拾好东西起身，道："明天检查。"

　　没想到这么容易就能搞定，许念反应有点儿迟钝地把戏收了回来。

　　新家教已经走了，偌大的房子再一次陷入了死寂。

　　许念在原地愣了片刻，从冰箱里拿了瓶水准备回画室，路过客厅沙发的时候，眼角的余光瞥到安安静静躺在桌面上的那张试卷。跟试卷隔空"对视"三秒，她打了个寒战，从洗手间拿了一块帕子，将试卷严丝合缝地盖了起来，嘴里嘟囔道："你我本就无缘，强求不来。再见。"

别问她为什么不撕或者丢掉，她要尊重别人的"财产"。

做完这一系列动作，她满意地点点头，正要离开时，脚下好像踩到了什么。

许念弯腰捡了起来。

是几张素描，画的应该是……人？有点儿难分辨，不过就这个大致轮廓来说，应该是人物素描。许念的目光往下，画纸右下角苍劲有力地写着两个字——谢一。

再往后翻……许念心情复杂地叹了口气。

这个时候，门铃突兀地响了起来。见是去而复返的新家教，许念回头看了一眼桌上的那几张素描。

"抱歉，有东西落下了。"谢一气喘吁吁地扶着门，因为一路跑着赶回来，脸上带着淡淡的潮红。

许念把那三张素描拿出来，问："是这个？"

可能是因为自己拙劣的画技被看到了，黑夜中的男生飞速地把素描接了过去，不轻不重地说了句"谢谢"。

许念表示理解，毕竟画成那样被人看到，确实应该不好意思。不过她有点儿好奇，问："你学美术？"

如果真学美术……她应不应该劝对方早点儿放弃？毕竟这东西有时候还是挺需要天赋的。

在她纠结时，谢一低低地"嗯"了一声，后又补充道："最近刚学。"

许念："……"

对方的语气听起来好像很没有自信，也很失落，许念不知道该如何安慰，只能说一句："加油。"

她又十分中肯地点评道："你的字写得不错。"

是挺不错，画画不行，签名倒是一套一套的。

等新家教带着她的"鼓励"离开后，许念回到画室。

看着空白的画纸，许念想起几分钟前那几张素描，她拿起调色盘，徘徊了一圈，最后画笔落在了湛蓝色上面……

完成大致的构图，外面的天已经亮了，许念换了身衣服，倒头睡下，再次睁眼是被手机铃声吵醒的。

是许女士的电话。以往她十天半个月一通电话都不打是常事，这几天倒是"关心"得挺勤快。

不等许念一句"有事吗"问出口，许女士就直接进入主题。

"我下午要出差，你好好跟谢一学习。谢一是我朋友的孩子，性格好，学习成绩也十分出色，你跟着他能学到不少东西。

"还有，我不在，你少跟你那些狐朋狗友来往，多跟谢一这样的孩子在一起，让人省心一点儿。

"再就是，你别在心里打什么鬼主意，我回来要是听谢一说你出去鬼混，不好好学习，或者你对谢一做了什么，这次真的没有商量，我会直接送你回去，让你跟你爷爷奶奶一起生活。"

"嘟嘟嘟……"

许女士的电话来得快，挂得也快。

她很忙，忙到多跟许念说一句话都觉得是浪费时间。用许女士的原话就是："你知不知道我跟你讲道理的这点儿时间能赚多少钱？"

亲生女儿没有钱重要，也是挺可笑的。所以都这样了，许女士压根儿不会听她说些什么。

被这么一打扰，本身就睡眠不好的许念彻底睡不着了。

而新家教很会把握时间，在她下楼捣鼓吃的时，他已经在大门外了。

还没到中午，外面的气温就已经高达三十摄氏度了，许念本想装死，又想到许女士刚才的嘱咐。

晒黑或者是中暑，是不是也算她把新家教怎么样了？

反正许女士向来不听她解释，一向觉得错误都出在她身上。

多一事不如少一事，老被许女士念叨"信不信送你回老家"，许念也挺头疼的。这么一想，她腾了只手开了门，让人进来。

谢一到客厅的时候，一眼就看到穿着围裙在厨房里熟练地做着不知道是早餐还是午餐的许念。

跟昨天不一样的是，今天的许念看起来有那么点儿人气了，大概是被油烟熏的？

"你没开抽油烟机？"谢一被烟呛得咳嗽了好几声。

厨房里的人刚盛了一个菜出来，挥了挥手，十分淡定地把身边的烟驱走，一本正经地回答："神仙做饭从不用那玩意儿。"

如果头顶可以出现字幕，谢一的头顶此刻应该蹦出了一个问号。

许念也被呛得眼泪在眼眶里直打转，面上却依旧风平浪静。

"仙气飘飘，身临其境。"她说完，又道，"凡人应该不懂。"

如果谢一没有在下一秒听到抽油烟机的开机声，估计真的会相信她所说的……

忘了开就忘了开，还挺会找理由。

等烟散得差不多了，许念解开围裙，盛饭的时候手下一顿，转头问："吃吗？"

她发誓，她真的就是客套了一句。谢一却在她话音落地的时候，放下书包在餐桌前坐了下来，道："谢谢。"

许念："……"

他还真挺不客气的。

饭菜做得很丰盛，许念习惯把晚饭也一起准备了，不然这会儿还真没新家教的口粮。

这顿饭两人吃得很安静，而许念一直留意着她的"新素材"。

他的教养不错，吃饭的时候很斯文，吃菜也只是吃他面前的，用的还是公筷，不会在盘子里乱翻。

他会在快要吃完的时候放慢速度，等她放下筷子，才吃完最后一口，并主动提出帮忙刷碗。

许念靠在厨房门边，盯着那道不紧不慢地刷碗的背影，心中对"新素材"的定位更加明确了。

果然，蓝色很适合他。

饭吃完了，下午闲着没事，许念在群里发了语音，通知朋友一会儿在游戏里见面。

语音刚发完，身后猛然传来了一道声音："试卷做了吗？"

许念虽然看起来依旧淡定，一副"莫挨我""天塌下来眉头皱一下算我输"的样子，实际上是易受惊吓的体质。

此刻，最直观的被吓到的表现就是……她的手机掉了。

"没做。"被吓到的不爽夹杂在这两个字当中。

谢一没料到她会这么理直气壮，愣了一下才道："原因。"

许念听完朋友的语音后，莫名其妙地看向他："我有答应要做吗？"

说完也不管他，上楼去换衣服，半道她停下了脚步，道："哦，对了，许女士说你是她朋友的孩子，让你看着我，也让我不要对你做什么。综上所述，你我互不打扰就是最好的相处方式，你从许女士那里拿你应得的报酬，只要别找我的麻烦就行。"她说话时，目光是没有温度的。

她是偏混血的长相，平时面无表情的时候仿佛脸上就写着"生人勿近"，这会儿纵使语气没那么凶，看起来也是极度不好惹。

不好惹的许念上楼换好了衣服，下楼的时候客厅里已空无一人，就连沙发上的书包也消失了，一并消失的还有桌上那张被帕子盖住的试卷。

看来，新家教也十分看好她的提议。

正这样想着，许念就看到背着书包的人在门外隔着落地窗，冲她点了下头。

许念："？"

许念突然有种不好的预感，她总觉得新家教好像没她想象中那么好对付。

接下来的一切都印证了她的预感……

看到跟着自己来了网吧，并且"不抛弃、不放弃"地拿着那张用来检测她智商的试卷的新家教，许念无语之下，让网管开了一台机子。

她倒要看看，他还有什么花招。

谢一的目光从"黄毛"网管的脸上收了回来，拿出钱包道："一台机子，开她旁边的。"说话时，他指了指离开的许念。

"黄毛"很快开好，然后继续盯着刚刚离开的那个女孩儿。

谢一拿好卡，朝机位走去，只是没走几步又折了回来。

"黄毛"以为他还要买什么，便笑脸相迎道："还需要什么吗？"

谢一攥紧手中的机位卡，眉头拧了一下，声音沉沉、语气冰凉地对他道："管好你的眼睛，别打她的主意。"

"黄毛"自称好脾气，没跟眼前的小帅哥计较。他吹了声口哨，对他道："眼光不错，你女朋友真漂亮。"言外之意就是"我只是觉得你女朋友好看，才多看了一眼"。

昏暗的室内，谢一耳根微微泛红，他说："她不是我女朋友。"

"黄毛"："？"

谢一递过去一张人民币，道："两瓶可乐。"拿到可乐，临走的时候，他又对依旧迷惑的"黄毛"道："不过，会是的，早晚都会。"

"黄毛"："……"

行，长得帅真好，连自信都要比别人多一倍。

许念开机后先登录了软件，然后进入语音频道，跟几个朋友打了声招呼。他们还有一个人在外面，预计十分钟后到家，大家便唠起了嗑。

"念姐，你以后还回来不？我妈最近下海抓了好多大螃蟹，整天念叨着要做给你吃。"

"对啊，念姐，你这一声不吭地走了，哥儿几个连你最后一面都没见着，也太不义气了。"

许念沉默了一下，友好地提醒道："好好说话。想我了就来找我，又不是见不到。"

那边一阵大笑，有人道："这不是太想你了嘛！不过盐城真的挺远的，你怎么突然跑那么远了啊？"

许念避重就轻，回道："四海漂泊，哪里都是家。"

其他几个人都知道她家里的情况，听她这么说，基本上都能猜出来又是跟她家许女士有关，大家默契十足地转移了话题。

"老图来了吗？怎么这么慢？！"

"是啊，是啊！"

语音频道像是突然闯进了一群蜜蜂，吵得许念头疼，她摘下耳机，露出半边耳朵，目光扫向旁边。

一分钟前，新家教坐到了她左边的机位，并掏出了试卷，开始在网吧刷题。

在网吧做试卷这种迷惑行为，着实让许念有点儿无语。

大概是察觉到她在看他，新家教抬起头，很认真地问："要来一套吗？限量版套题，过了这个村没这个店，机不可失，时不再来。"

许念："……"

她严重怀疑这人是某传销组织的头牌。

"头牌"见她不肯做试卷，拿过手边的一瓶可乐，推向她。

许念眯了眯眼："收买我？"

现在的家教，为了业绩，都这么拼了吗？

谢一压根儿不知道她在想这些乱七八糟的，用笔杆敲了敲那瓶可乐："请你喝。"

许念将这个行为自动理解为新家教想跟自己打好关系。毕竟家教进门第一步，都是要跟自己的学生处好关系的。

这么一想，许念坦然地接下了那瓶可乐。她并不想跟他闹得不愉快，这瓶可乐权当是……为了和平？

只是她拧开瓶盖时，看到瓶身上写着几个字。

"男朋友？"她挑了挑眉。

谢一刷题的动作停了一下，把手边的另一瓶给她："你想喝这个，女朋友？"

许念："……"

这是什么神奇的对话，又是什么神奇的断句。

新家教比预想中要安静很多，没搞什么事情。但就是因为这样，许念也玩得没那么尽兴，她总觉得旁边的人在准备搞什么幺蛾子。

正这样想着，她成功地送出去了一个"人头"。

耳机里传来了老图的声音："姐，你怎么回事啊，心不在焉的？"

其他人"啧啧"了两声，所有的话都在这个语气词里了。

老图反应够快，问："是因为你那个新家教？"

新家教的事，许念也就是随口提了一句。她朋友实在太少，她又不是一个总把事藏在心里的人，那样太委屈她幼小的心灵了。

老图又反应过来，道："不对，我刚刚听到你那边有男生说话，什么'男朋友''女朋友'的。姐，你该不是谈恋爱了吧？！"

这话一出，队伍里另外两人失误，送了"人头"。

"不是，念姐，你有男朋友了？！"

"念姐，你怎么能这样！这才离开几天就喜新厌旧了！你不是说只爱我一个的吗？我再也不要喜欢你了，哼！"

众人齐齐说了一个字——"滚！"

"言归正传，姐，你真谈恋爱了？"老图把话题扯了回来。

其他几人在网络那头扶正耳机，竖起耳朵听八卦。

他们都很好奇，向来喜欢独来独往的许念，到底喜欢什么类型的男生。结果就听耳机这边的许念平淡地道："我没有跟家教谈恋爱的怪癖。"

众人："……"

懂了，念姐身边的人不是男朋友，是她那个貌似有点儿不太好搞的新家教。

老图道："这新家教确实变态，都跟到网吧里了，也是牛。"

队伍里的二狗笑道："念姐，你就给点儿面子，学几分钟呗。"

许念成功双杀，道："你自己先认真学几分钟给我看。"

二狗道："那倒也不必。"

一局游戏顺利拿下，许念开了第二局。进游戏的空当，她分了点儿眼神给旁边安静刷题的人。这一看许念才发现，旁边的人早就不刷题了，正托着腮，一脸认真地……斗地主。

他正激情地抢下了地主，并在一个王牌都没有的情况下，明牌了。

如果她没看错的话，他用的账号应该是新注册的。她再看他的豆子，已经一百多万了……

这么冲动地抢地主，还明牌，许念没忍住，问："人民币玩家？"不充钱，一会儿工夫赢这么多，也太变态了。

旁边的人又赢下了一局，紧皱的眉头慢慢地舒展开，那双漂亮的眼睛望向她："我赢的。"语气里充满了骄傲。

许念眼皮跳了一下，又问："你不做题了？"

谢一重新开了一局，并回答她："做完了。"

许念看向桌面上那几张写得满满当当的试卷，面无表情地在游戏公屏上敲字。

许念：新家教果然变态。

许念：预感往后很不妙。

许念：我没了，速来盐城收尸。

迎接她的，是朋友们一连串的"哈哈哈"。

在网吧里，时间过得很快，许念再出来的时候，外面天都要黑了。而驱使许念在玩得正火热的时候放下游戏的原因只有一个——饿了。

这个时间外面很热闹，街道上的路灯也纷纷亮了起来。夏天的夜很闷，令人难受得很。

许念脱下了外套，随意地扎了个马尾辫，眼角的余光瞥到身边的人，顿住，问："不回家？"

为了盯着她，他在网吧斗了一下午地主，赢的豆子累计起来能有千万，也是厉害。

谢一将书包背好，摇头表示："课程还没结束。"

如果可以用眼睛发弹幕，许念已经打出了一串很长的问号了。

意识到没有再跟他聊下去的必要，许念打开软件，搜了搜附近的美食。就在她犹豫到底是吃大排档还是火锅时，耳边响起了一道清亮的男声。

"直走一百米，十字路口右拐，那边的孙记烧烤很好吃。"

许念今天不知道迷惑了多少次，她真的无法理解，明明昨天才见面，这人到底是怎么做到像认识好多年的老友一样跟她说话的。

不过他口中的烧烤店，让她怔了一瞬。

她有一个网友，那个人就在盐城。她只不过提了一嘴"所有美食里，只有烧烤最迷人"，那个热心的网友就给她安利了一大堆美食店，最后还总结了一下：如果你有机会来盐城，一定要试试孙记烧烤，不吃的话，后悔终身。

孙记烧烤就在附近？

她迫切地想要去尝一尝，感受一下到底是什么味道能让她不吃就后悔终身。

只是……

"我没说要带你一起吃。"来到孙记烧烤，许念几不可察地皱了下眉，黑漆漆的眸子盯着在自己对面稳稳当当坐下来的人。

谢一放下书包，挽起袖口，把菜单递给她："许阿姨说，补课包餐。"

许念："？"

所以，你中午白吃白喝，现在也要白吃白喝的原因是补课会包餐？

行，只不过多了张嘴。许念无所谓地点了一大堆，所有的心思还是在这家店的烧烤上面。

这家店的生意没她想象中那么火，她以为这么"闻名"的店应该人满为患才对，可是这会儿，店里只有他们两人。

不过挺好，她不喜欢人多，烦。

烧烤很快就上来了。许念想了想，掏出手机拍了几张认证照，才开始吃。

吃了几口，她也没察觉出这家的烧烤跟别家的有什么不同。不过还是好吃的，就是没想象中那么惊艳。

对面的谢一看她横扫了两盘肉串，嘴角若有若无地扬起了一道弧度。

虽然不惊艳，但许念还是一口气吃掉了好多，最后只剩一只小龙虾了。往往最后一个都是最美味、最不能浪费的，即便她现在已经饱了。

可是等她把公筷伸向最后那只小龙虾时，另一双筷子竟先她一步，把小龙虾夹住。

许念"咝"了一声，不爽地看向谢一："有意思？"

谢一夹着小龙虾，点头道："有意思。"

人就是很奇怪，越是得不到的，就越想得到。

一番公筷交战后，许念的暴躁放大到了十倍，她道："要吃自己点。"

谢一依旧不谦让，并且掏出了那张试卷放在桌面上，食指指节在试卷上敲了敲，说："做。做完就给你吃。"

仿佛一个被家长用零食诱惑的小朋友，许念又是不爽，又是不耐烦。只不过没僵持几分钟，她还是怏怏地拿过了那张试卷……

也对，二狗说得没错，她还是得适当地给新家教点儿面子，学那么几分钟，用"实力"让他知难而退。

五分钟不到，许念交卷。

谢一一点儿都不意外她这个答卷的速度。

在试卷上扫了几眼，他的太阳穴突突地跳了两下，头隐隐有点儿疼……

问：摩擦力的大小与哪些因素有关。小明进行实验后，他猜想……他又猜想……他还猜想……请你验证小明的猜想。

答：小明想得可真多，无语。

问：小强要进行某项实验，他猜想……他还猜想……请验证他的猜想。

答：小强和小明是一个班的吧？建议两人互相猜猜对方在想什么。

问：在电学实验中，经常要测量某负载的电阻。现需要测一只灯泡的电阻，以下实验器材需提供哪些？

答：都要，多多益善，多拿点儿总是好的。

谢一各出了几道初中和高中的题，结果……他尽量让自己看起来像个和善的老师，平缓地说道："试卷告诉我，你的智商停留在小学阶段。

"从明天开始，早起背初中物理公式。"

许念："？"真的不必。

哥，人要懂得知难而退。

夏日的夜不长，许念却觉得每一个夜晚都异常难熬。

在床上辗转反侧许久，许念翻身坐起，放空片刻后下床去了画室。

几分钟后，她从画室里走了出来。没有任何灵感，在画室里发呆的话，夜只会更长。

仿佛知道她失眠了似的，一念发了条 QQ 消息过来。

一念只是简单地说了句"晚安"，她的心却在这一瞬间安定了下来。

一念就是她那个网友，这么说还挺不靠谱的，不过确实如此。

他们是在三年前认识的，那时候，她在网上随意发表了一幅自己的作品，那幅作品画的是她的理想生活。不过她的理想生活被搞笑博主拿来当段子了，网友都说她的画功像小学生水平。

没有人能看懂她在画什么，就连许女士也觉得她是在浪费时间。

一念就是在这时候出现的。

那时他还不叫一念，他的昵称是一串字母。他说自己是她的粉丝，大概是怕她把他当成骗子，一念当场解读了她的画。

对三年前的许念来说，在那个连她的美术老师都不懂她的时候，突然有人对她说——

"我懂你。"

"我知道你在画什么。"

"你会得到你想要的温暖。"

"相信我。"

就算是现在回想起来，许念那颗宛若死掉的心脏，依旧会因为这些话而变得充满活力。

　　那时候，一念就成了她的第一个粉丝。她每完成一幅作品，都会第一时间给他看，他也会在她的等待中，给出她所期待的回复。

　　慢慢地，一念不再是粉丝，他更像是一个能倾听她声音的朋友，即使他们从未见过面，在许念的心中，他也是最重要的。

　　而一念这个昵称，好像是他一年多前改的。她觉得是自己对"念"字太敏感了，所以并没有去好奇他为什么改了网名。

　　就像他从不会好奇她的事，他只会在她诉说心事的时候，给出最佳的解决方式，或者最好的安慰。

　　这会儿是凌晨三点，一念估计就是想起来今天没说"晚安"，特地来补的，许念却像是在漫长的黑夜中抓到了一点儿光明，她开了瓶冰可乐，双手飞快地打字。

　　Xu：我去了你推荐的孙记烧烤。

　　想到晚上去的那家烧烤店，许念摸了摸还有点儿撑的肚子，在相册里挑了一圈，选了张在孙记烧烤光盘后的照片发了过去，并配字——

　　不过如此。

　　也就那样，一般般。

　　连续点评后，她喝了一大口可乐，打了个嗝儿。

　　对面回了很长的一串句号。

　　一念：一般般你还吃得那么干净？

　　Xu：光盘行动，从我做起。

　　一念：行。

　　Xu：其实也不是我一个人吃的。

　　许念碰上他，心底里那些事就不想藏着了。

　　很快，一念问她是跟谁一起。

　　关于新家教，许念真的挺想吐槽的。

　　于是十分钟后，谢一在满屏的"变态""无语""真的牛""烦"等词中，总结出了一点：许念好像对他这个家教很不满意。

　　对着屏幕斟酌了一下，谢一输入"你很讨厌他吗？"，这句话打完，他确定自己是紧张的。在网络上他可以是她无话不谈的朋友，现实中他依旧希望她可以依靠他。

拇指在发送键上犹豫，最终，谢一还是决定暂且将这个问题放在一边。他并不愿意听到她说讨厌他。

只是他不小心在删除的时候，一直犹豫的大拇指碰到了发送键……

忐忑间，对面很快就回复了。

她说"不讨厌"。

只是简简单单的三个字，谢一脸上的笑却怎么也藏不住。

喜欢就是这么简单的一件事，只因为对方不讨厌自己，他就比拿到年级第一还开心。因为是她，所以所有话、所有事都会变得有意义。

这晚，许念难得地睡得踏实，睡醒的时候天光大亮。

而新家教，此刻已经在门外候着了。

男生穿着一件纯棉白T恤靠在门边，一只手拿着一本书，另一只手拿着一支笔在书上圈圈画画，看起来极其认真。

凌晨跟一念谈心后，许念觉得大概是因为最近心情不好，戾气太重，导致她把对许女士的不满撒到了新家教身上。仔细想来，新家教也只是尽责而已，并没有什么不对的地方，她却因为他是许女士派来的人，而对他带了偏见。

这是不对的。所以，她主动给他开了门。

门外的人太过于投入，竟连她开门了也没察觉到，依旧低头在书上圈画。

阳光洒在他的身上，为他整个人镀了一层温柔的光晕。

恍然间，他抬起了头，右手一收，单手把书合了起来。逆着光，他微微一笑："早。"

有那么一瞬间，许念走神了。她胡乱地"嗯"了声，算作回应。

靠在墙边的人站好，很干脆地把刚刚圈圈画画的那本书放进了她的怀里。

"美好的一天，从背物理公式开始。"他微笑着说道。

许念："……"

许念意识到自己对新家教的态度是不对的了吗？她意识到了。那许念会因此好好学习吗？不会。

意识到不对跟好好学习是两码事。

于是没过多久，上楼换好衣服的许念单手抱着篮球，准备出发。

谢一没坐一会儿，就看到女生换了装扮。原本披散的头发被她梳成了高高的马尾，随意的半袖也换成了篮球服，她的手腕上还戴着白色腕带，如果不是那双黑漆漆的眼睛，整个人大概会很有活力。

她的眼神是空的，好像装不进任何情绪。

忽略她手中的篮球，谢一说："背公式不用这么隆重。"

许念心里的弹幕机飘过满屏句号，她换好鞋，食指转着篮球，看起来很是漫不经心。"背公式？我有说要背吗？"说完她就要出门，临走前回过身，"你要是走，记得帮忙带一下门。"

她顿了一下，像是想起了什么："哦，对了，向你解释一下，我不是对你不满意或者态度不好，只是单纯地不想学习，别多想。"

该说的都说了，接下来就是愉悦的打篮球时间。

附近有个篮球场，许念提前踩过点，在那里玩的人有几个水平不错，有点儿美国街头篮球的样子，她早就蠢蠢欲动了。先前因为许女士讨厌汗味，她从篮球场回来被嫌弃了一顿后，许女士便不让她玩了。

这个时间太阳还不是很大，许念来到篮球场，场上已经有人在热身了。许念走到三分线前，轻轻一跳，抬手投了一球。

篮球在篮筐上转了一周，然后掉了进去。

周围的目光瞬间被吸引了过来。

"带我一个。"她说。

谢一跟到篮球场的时候，许念正跳了一个篮板球。

她的个头儿并不高，在一众一米八几的男生中更是显得娇小，但是弹跳力却要比那些男生好很多。

谢一找了个位子坐下来，掏出了自己随身携带的画本，架势很足地拿笔在那里比画了半天，有模有样地画了起来。

日头渐渐变大，几个男生在许念来之前就打完了一场，这会儿体力明显有点儿透支，但见妹子玩得正在兴头上，也不好停下，只能咬牙打完了最后几分钟。

"玩得不错啊，小丫头，学过？"结束后，有男生这么问。

许念撑着膝盖喘息，闻言直起身道："自学成才。厉害不？"明明是很炫耀的语气，她的眼睛里却没有光亮。

几个男生又调侃了几句，其中一个男生指了指坐在树下的人，问："那人你认识吗？我看他盯你半天了。"话里有打趣的意思。

许念这才注意到大槐树底下的谢一。

画完成得差不多了，谢一满意地点点头，眼前却突地落下了一片阴影。

谢一抬头，见许念右手夹着篮球，汗水顺着她的脸颊一路滚了下来。刚打完篮球的缘故，她的面颊泛着淡淡的红。她微微喘着气，居高临下地看着他。

"玩吗？"她问。

谢一反应了一下，起身，"玩"字到嘴边，又替换成了"我不会"。

许念把篮球抛给他，道："那有什么，我教你。"说完，她扬了扬下巴，往篮球场中心走去。

谢一看着手中的篮球，在许念催促时，掏出手机开始搜索——

第一次打篮球的表现是什么样的？

如何让自己看起来像第一次接触篮球？

如何在会打篮球的情况下，表现出一点儿都不会的样子……

"好了没？快点儿。"被烈日暴晒，许念逐渐有点儿暴躁。

催促声中，谢一拿着篮球走了过去。

他刚刚临时改口的想法很突然，不过也就那么几秒，他也猜到了改口后的两种结果。

第一种是被嫌弃；第二种就是像现在这样，她教他，但肯定不是单纯地教学那么简单，指不定她在心里打着什么鬼主意。

许念不耐烦地遮着日头，见人慢悠悠地走过来了，问："以前玩过没？"

谢一面不改色地说："看别人玩过。"

许念"啧"了声，把篮球抱了过去，踮脚弹跳，轻轻松松进了一个三分球后，运着球跑了回来，然后将篮球丢给谢一后，冲他挑眉道："来一个。"

接到球的谢一斟酌了几秒，双手举过头顶，把球砸了出去。

你小时候有没有拿石头砸过马蜂窝？没错，就是那么砸的。

虽然这么看起来有点儿傻，但谢一自我感觉演得还行，现在应该像是第一次接触篮球吧……

反正不管怎么说，至少许念是信了他是第一次打篮球。

许念长这么大还是头一次见四肢这么不协调的，教了没几分钟，她的耐心就被磨光了。

她几步上前，打算从背后调整"学生"投篮的姿势，可站在他的身后，又发现自己的头顶好像只将将够得到他的肩膀……于是，她绕到了他面前。

"别一天到晚读那么多书，人都读傻了。"她的声音没有起伏，说话间，她把他举过头顶的手臂调整了一下。

或许是天太热，碰到他手臂的时候，许念被"烧"了一下。

这种灼热感像是带着电流，让她浑身都不舒服。

"别举那么高。"调整完后，她这么说，然后又退到一边，环胸道："投。"

骄阳下，男生却直挺挺地站在那儿，半天没动静。

一瞬间，许念的脑仁儿有点儿疼。她寻思着，这谢一八成是在报复她不好好补课，所以在她都教得这么详细的情况下，居然还有心思站在那里做日光浴。

许念转身决定走人的时候，做日光浴的人终于动了。

他的手一松，本该被抛出去的球，垂直地擦着他的鼻梁砸了下来……

糟糕，本来四肢就不协调，脑子还被晒坏了。

许念默默地给新家教下了"诊断书"。而被"诊断"出脑子晒坏了的谢一，在鼻梁传来痛感的时候，总算回过神了。

他猛地吸了两口气，心情却并没有因此平复。

靠得……太近了，甚至就连鼻底下都还有她身上的味道。很淡的肥皂味。

"还玩吗？"许念见他重新把球捡了起来，随意地问了一句。

抱着篮球的人"嗯"了一声，看样子是下定决心要学投篮了。

找了块阴凉的地方，许念开始教他。

半小时后，许念踩住了滚到脚下的篮球，看了眼时间，冲示意她把球丢过去的人招了招手。

跟她料想中的一样，就这点儿时间，谢一连皮毛都学不会，不过她可是毫无保留地教过了啊。

两人在树荫下站了一会儿，等谢一的呼吸差不多规律了，一直心不在焉地拍球玩的人才漫不经心地开口。

"我教你打球不是免费的。"她说话不会拐弯抹角，都是直接切入主题，"明天别来我家，我要一天假。"

球掉到了谢一的脚下。他弯腰去捡，碰到球后，手背蓦地一热。

同样俯身捡球的许念不以为意地把手收了回来。

良久后，谢一道："好。"

本以为他会跟自己说一堆有的没的，没想到他这么爽快，许念很有诚意地包了他今天的午餐。

饭桌上，谢一没再像第一次那样沉默寡言。

谢一帮忙把最后一碗汤端出来后，扫了一眼桌上各式各样的美食，完全无法想象，这会是她一个小时内准备出来的。

他对她的了解到底还是隔着一个网络。

"你经常自己做饭吃？"他问。

许念盛好饭，掀了下眼皮，算作回应。

"你厨艺很好。"他毫不吝啬地夸奖。实际上，许念在他这里，除了成绩差了点儿外，其他各方面都很出色。

见他还有问题，许念咽下口中的饭，双眸依旧平静，道："在烹饪名校学的，我有校长名片，你要报名吗？"

谢一："……"

饭后，有了谢一这个苦力，许念省了事，不用洗碗，便抱着游戏机在客厅里百无聊赖地玩着。

谢一再出来的时候，客厅却空无一人，原本半开的画室门也紧紧地关闭了。他拿起书包，把沙发上乱扔的东西收拾好后，目光在楼上的画室那边停留了片刻，才往外走。

这晚，谢一收到了许念的快递。他们之间除了网上的交流，平时也会给对方寄点儿好吃的、好用的东西。不过寄东西的地址都只填了大致范围。

到家拆了快递，里面是一张画展的门票，谢一还没来得及看地址，许念就发了消息过来。

Xu：收到了吗？

谢一直接拍了张照片发了过去。

良久后，对话框里才弹出了她的消息。

Xu：明天一起去看吧！

在看到"一起"两个字后，谢一的心跳漏了半拍。他不可置信地盯着那句话，甚至忘记了给她回复。

过去的三年里，他们谁都没有提出过要见面，大家都默契地觉得，这份关系还是保持在网络里比较好。即便现在他们在同一个城市，即便他打破规则，想要更多地融入她的生活。

那句话后，许念没有再发消息过来，谢一隐隐约约有点儿慌乱。

如果被她知道他就是一念，不论是网络还是现实，他会不会都会失去她？理性告诉他，现在不是见面告诉她真相的最佳时机。

反复在键盘上敲敲打打，谢一拿捏着用词，在第五次删掉"我明天有事，去不了"这几个字的时候，对话框里突然跳出了一条信息——

Xu：你不用出来见我，我只是想跟你一起看一场画展。

一瞬间，谢一的心里一阵疼，胸口闷得他喘不过气。

犹豫不决的这三分钟里，他觉得自己相当混蛋。

懊悔中，他发了一句"对不起"过去。

偌大的房间里，黑暗中，许念对着聊天界面那句"对不起"轻笑了一声。笑声虽然很轻很轻，但很动听，像是闷热的夏日夜晚忽然吹过来的微风。

许念在屏幕上打出"没关系"，还未发送，就有了新消息。

一念：我还没准备好，等我准备好，你会愿意见到现实中的我吗？

房间里很静，静到许念能清晰地听到自己的心跳声。

一念很温柔，他们的每一次聊天，他都能用很细微的一些"举动"，让她感受到温暖。

她在他这里，是放松的。

大概是没等到她的回复，他又问了一遍。

一念：你愿意吗？

许念微笑着在屏幕上打下了三个字——

我愿意。

一念：那明天"见"。

第二章
一念

这次的画展是当地知名企业家赛文为他的妻子余珊准备的。余珊在圈内并不算太火，她的作品跟她师父时老先生的比起来亦相差甚远，大多数人参加她的画展都是奔着时老先生去的，妄图能在画展上见上他一面。

作为时老先生的"脑残粉"，许念当然知道今天是见不到他本人的。时老先生远在英国，听说身体不太好，在养病，自然是到不了。那她今天为什么还要过来？她就是想看看时老先生的徒弟是不是像网上说的那样，只会利用他的名号来交际的不入流画家。

提前半小时来到画展门口，许念东张西望一圈后，低头打字。

Xu：我到了。

早就坐在不远处咖啡厅的谢一，回了个点头的表情。

一念：你先进去吧，外面太热了，小心被晒黑。

收到消息的许念意识到对方也到了，她不太清楚对方是否知道她长什么样，毕竟他的消息也回得中规中矩，让人看不出多余的信息。

不过这并不重要，她只是想跟他一起看一场画展。

许念拿着门票提前入场，迎面碰到了余珊跟她的老公。

余珊很热情，见今天居然还有小朋友来，便不自觉地更加亲切了几分。

"小朋友一个人来的吗？"她问。

许念点头，后又摇了摇头："跟朋友一起。"

又有其他人到了，余珊抬手，打算摸摸小朋友的脑袋，被她避开后，余珊略微尴尬地笑道："那你先自己看哦，姐姐一会儿过来。"

许念："……"

谢一也在画展里，正要上楼，口袋里的手机振动了两下，是许念。

看到内容，他轻笑出声。

Xu：一分钟前，我多了一个大我不止一轮的姐，无语。她还想摸我的头……摸头长不高，她心里没点儿数吗？

一念：不要生气，生气会长不高。

对面回了一串很长很长的省略号。

正如网上说的那样，余珊的作品能看得过眼的真没多少，许念看了一会儿就没兴趣了，奈何今天一念也来了，她只能硬撑着。

只是她不知道，一念就在她身后，跟她看着同一幅画。

见她盯着一幅画将近半小时，谢一往后退了一段距离，在两对看画的夫妻边上停下来，待身影完全被遮挡后，才低头发消息。

许念正无语地在心里吐槽着面前的作品里乱七八糟的色彩搭配，这时口袋里的手机响了两声，在安安静静的展馆显得格外突兀。

她拿出手机，设置好静音后，才点开消息。

一念：《秋风》这幅画的色彩搭配好像有点儿别扭。

许念抬头，看了一眼自己正面对的画。

那幅画就叫《秋风》。

她没有回头，而是换了个地方，确定自己隐藏好了才回：胡乱搭配，色都调不匀。

实际上，即便昨晚许念主动提出见面，可在她的潜意识里，她并不希望一念见她。她不确定他是否会喜欢现实中的她，毕竟现实世界里的她很不讨人喜欢。

一念很快就回复了。

他对画作真的很有研究，每次都能点评得恰到好处。

两人你来我往地聊了半天，把画展上的画都吐槽得差不多了，一念突然问：附近有家奶茶很好喝，要喝吗？

话题跳跃得太大，许念愣了一下才回了个"嗯"。

于是，明明处在同一空间，却不敢见面的两人靠着手机联络，一起偷摸地开溜了。

外面太阳越来越大，许念有点儿后悔今天来这个什么都看不到的画展了，什么意义都没有。

就在她肉疼自己一千多元的门票钱时，裤腿突然被人拽住了。

许念垂眸，见一个五岁左右的小女孩儿正拽着她的裤子。被发现后，小女孩儿朝她甜甜一笑，然后将手中的遮阳伞高高地举了起来。

"姐姐这么好看，不打伞会晒黑的哦。"

小女孩儿的声音软糯糯的，许念反应过来的时候，伞已经在自己手里了，而小女孩儿早已走了。

她看了看手中浅蓝色的遮阳伞，感到一丝疑惑。

这时手机响了，她一看，先是怔了片刻，后偏头一笑，顿觉无奈。

她心里的疑惑果然是对的，他是知道她的。

一念发了个"采访太阳'你为什么这么大'"的表情包，后面又跟了一句：你喜欢蓝色，我应该没买错吧？

她简短地回了个"谢谢"。

本来她心情忐忑，却因为一念轻松的语气而平静了下来。

很奇怪，她并没有因为自己"掉马"，而对方却还完好地捂着马甲而生气。可能是一念太过温柔，就算在这种情况下，她也不会觉得对方会图谋不轨。

她对他的依赖已经到了连她自己都不敢细想的程度。

撑开伞，许念左顾右盼。

Xu：*奶茶店在哪儿？*

一念：*往前走一百米，右转就能看到。*

往前一百米右转，有家"心心念念"奶茶店，许念告诫自己不要想太多后，推门而入。

店里人挺多，前台这边有好几个排队的。许念很不爱排队，但这是一念推荐的，她还是想尝试一下。

站在队伍最后边，许念探头看了眼前边，还有六个人才到她，按照现在做奶茶的速度，她觉得自己可以开一局游戏。

许念切到游戏界面，没过多久，前面有人喊道："后面那位拿蓝色遮阳伞的小姐姐，你的红豆奶茶好了。"

见无人回应，做奶茶的女生又喊了一遍。

这时许念已经开了一局游戏，因为胳肢窝夹着伞，操作起来有点儿困难。她把伞吊在自己的手腕上，这么一来操作就轻松了很多，只是对面的打野太阴险了，在草丛里蹲了她半天，趁她挂伞的空当，直接收了她的"人头"。

无语间，手机上方弹出了一条消息。

一念：*去拿奶茶，已经好了。*

许念愣了一瞬，这才听到前面女生的喊声。

许念瞅了一眼手腕上挂着的蓝色遮阳伞，然后顶着其他顾客的目光，在前台拿了那杯红豆奶茶。

"我的？"她又不确定地问了一遍。

女生点点头，笑道："一个高个子帅哥给你点的哦，真的很高很帅！"

她不强调还好，一强调，许念就觉得她一定是一念买的托儿……

买托儿让别人夸自己帅，一念还真会操作。

许念正想着，一念就发来消息问：*好喝吗？*

许念嘴角动了一下，吸了一口奶茶。确实挺好喝的，她以为会很甜，没想到甜度适中，底下的料也不会多到影响口感。

Xu：好喝。

一念：会抓娃娃吗？

她逐渐习惯他跳跃式的聊天方式。

Xu：我可是高手。

一念：别吹牛。出门往前两百米有个电玩城，敢比一比吗？

Xu：抱歉，从来没输过。

接下挑战，许念打着伞喝着奶茶去找电玩城。

现在是暑假，街上又很热，奶茶店和有空调的电玩城格外受欢迎。

许念兑换好游戏币后，挑了一台娃娃机先试手。

五分钟后，她觉得这家店很坑。最可恨的是，一念在这个时候向她炫耀战果。

看到照片上那只超大的哆啦A梦，许念很不爽地回：这是在你的地盘，赢了没什么可骄傲的。

看到信息的谢一"噗"地笑了一声，调整操作杆，然后按了下去。

"哐唧——"

小号哆啦A梦从娃娃机掉落了下来。

他把小号哆啦A梦放在大号哆啦A梦的怀里，拍照给她。

一念：过来拿。

许念踮起脚尖，找到放着哆啦A梦的娃娃机，有意放慢脚步。

他说没准备好，那她就不会提前见他。

她不想把他吓跑。

那个娃娃机就在对面，她绕过去后，目光落在转身出电玩城的一道背影上。

虽然只看到了几秒，但直觉告诉她，那个人一定是一念。

抱起脚边的娃娃，她拍了拍那只小号哆啦A梦的脑袋，说："跟我回家吧。"

之后，一念又"带"她去附近吃了很多小吃。用一念的话来说，他是在尽地主之谊。

晚上八点，黑夜彻底笼罩了大地。

街道上的路灯纷纷亮起，配合着树上挂着的小彩灯，让人眼花缭乱。

一念：你该回家了，路上注意安全。

看到这条消息的时候，许念才惊觉这一个下午已经过去了。明明只是逛了逛街，时间却过得异常快。

她看了眼怀里的娃娃还有手中的吃的，分明只是她一个人在逛，却又好像不止她一个人。

一念还在，她知道。

上了出租车，许念才慢悠悠地回复：今天谢谢你，你也回去休息吧。

末了，像是想到了什么，她又补充了一句：盐城很好。

有很多她没吃过的美食，很多她没玩过的地方，最重要的是，一念在这里。

对话框上显示"对方正在输入"，只是良久才有消息跳出来。

一念：我也要谢谢你，今天没有把我当成变态。

一念：还有，如果喜欢，就一直留在这里。

一直留在这里吗？

许念想到许女士说之后可能会一直住在这儿，但内心深处总是有一个声音告诉她：待不久的。

这个话题似乎不适合再聊下去了，许念换了一个。

一路上，许念跟一念聊天，也没那么无聊了。

出租车司机把她送到家门口，许念付钱下车，目光和手还停留在手机屏幕上。她回复着信息，完全没注意到路灯下有人靠在墙边，悄无声息地把手机放回了口袋里。

半天没等到回复，许念歪了歪脑袋，寻思着一念应该是刚到家，不方便，便关了手机从包里摸了钥匙出来。还没开门，她就被突然冒出来的叹气声吓了一大跳。

一串钥匙掉在了地上，许念心有余悸地看向声音来源，脾气"噌"

的一下就上来了。

"大半夜蹲在这儿，吓唬谁呢你？！"许念没好气地把钥匙捡了起来，开门。

谢一把掉在地上的小号哆啦 A 梦放在了她怀里。"等你。"他说。

许念拍掉小号哆啦 A 梦身上的灰，语气里依旧夹着火药味："你最好有事。"

谢一点头。

路灯昏黄的光线映在他的侧脸上，他长长的睫毛动了一下，在脸上落下一小片阴影。

他的表情看起来格外认真，说："嗯，有事。"

被两只玩偶安抚了暴脾气，许念又恢复了往日的冷漠："说。"

谢一从书包里把画本拿了出来，撕下了昨天在篮球场上画的那一页，递给她："明天早上八点，篮球场，不见不散。"

许念扫了一眼画纸上那个一看就是拿圆规画的篮球，突然来了兴致。

这是在下战书啊，不过，跟"菜鸡"打球，会不会显得她有点儿欺负人了？

"你确定？"她问。

谢一十分肯定地说："嗯，我会在篮球场等你。"

"行。"她接受挑战。

许念发誓，如果这时候她知道面前的家伙约她去篮球场不是为了比赛打球，而是为了让她背公式，她打死都不会去的……

许念把两只玩偶抱到了画室，那里面有一个很小的内间，她打扫出来，做了小仓库。里面主要放着颜料，只有架子上零零散散地放着一些东西，种类很多，吃的、喝的、用的，都是一念寄给她的东西，她全部放在这里保存了起来。

两只玩偶很占地方，许念对着多了两个新成员后明显变得拥挤的小仓库摸了摸下巴，最后一手一个，把两只玩偶带回了卧室。

今夜很静,大概是白天跑得太累了,许念很快便入眠了。

一夜无梦。

按照约定好的时间,许念应该在早上八点前就要到球场,奈何她没有早起的习惯,自然醒后已经九点多了。

她磨磨蹭蹭吃了点儿东西,抱着球往球场走去。

今天的天气阴沉沉的,不过这种天气还是挺适合打篮球的。

许念在心里琢磨着一会儿该怎么神不知鬼不觉地放点儿水,别让新家教半点儿面子都没有时,她大老远就看到篮球场中心站着一个人。

他腰板挺得笔直,双手举着篮球,轻轻踮脚,下一刻篮球很完美地……错开了篮筐。

许念:"……"

打球不行,倒是挺会整这些花里胡哨没用的东西来装模作样。

"喂。"许念把球丢在地上,球弹到了谢一面前。她懒洋洋地冲他说:"怎么比?"

谢一接住球,道:"单纯的比赛我肯定玩不过你。"

许念微微点头,满脸都写着"你还挺看得清现实"。

谢一继续道:"所以,我有要求。"

他低头随便捡了一个脚边的球,然后用加粗的黑笔在上面写了一堆她看不懂的东西。"这个,"他把球在手上转了一圈,让她完完全全看清后,问,"认识吗?"

许念看到那一堆公式就头疼,平淡道:"我俩不熟。"

可能不单单是她不认得公式,估计就连公式也不认得她。

谢一也不意外,单膝跪地,陆续在其他三个球上写了公式后,把其中一个球扔给她:"念念。"

许念眉头皱了一下,道:"别叫得这么亲热,我俩不熟。"

谢一那双透亮的眼睛看向她,眼里带着笑,好看极了。

他说:"念上面的公式。"在她拒绝的话说出口前,他又补了一句,"补了这么多天课,你念几个公式也好让我交差。"

　　他说得过于认真，话里还夹着点儿委屈，许念拒绝的话到底没说出口。

　　她不是一个喜欢给别人添麻烦的人。

　　这么多天，新家教确实烦到了她，但实质性的麻烦却没有制造过。他是为了交差，而她是为了应付许女士，两人从某方面来讲，还是能够达成一致的。

　　许念垂眸，盯着那一长串公式，慢悠悠地念了一遍。

　　谢一却摇头道："念快点儿。"

　　许念："？"

　　得寸进尺？

　　察觉到她黑下来的脸，谢一解释："许阿姨让我录你背功课的音频给她。念快点儿，好交差。"

　　谢一说着，把正在录音的手机拿给她看。

　　录音还在继续，许念把手机丢了回去。虽然头疼得要死，但她还是硬着头皮又念了一遍，依旧念得磕磕巴巴。

　　一连五六遍，录音听起来才像那么回事。

　　此时的许念只有一个念头——造假可真难。而且手中这个篮球，她快要看吐了。

　　"好了。现在投吧。"谢一把手机收好，腾出位置。

　　许念被公式搞得有点儿烦躁，偏偏就在球快要投出去的时候，旁边的人突然出声打断了她。

　　"要求很简单，球没进，上面的公式抄一百遍。"谢一弯腰捡起地上的篮球，先投了一次，没进，然后看向已经心浮气躁的许念，"到你了。"

　　许念低头，从牙缝里挤出了四个字："事真多。"说完手腕一动，把球投了出去。

　　意外的是，球并没进。

　　实际上，在球脱离手的那一刻，许念就知道这球投不进了。

她现在满脑子都是物理公式，能投进去才怪了。

谢一把球捡了回来，又顺手拿了另外两个球，稳稳地放在地上，然后自己先坐在了其中一个球上，拍拍另一个球道："愿赌服输。"

这个时候许念要是再察觉不到自己被耍了，那就真是傻子了。

"坐。"谢一递上了一支笔，"别客气，就当是自己家。"

许念："……"

片刻，女生拉着张脸坐在了篮球上，看起来有点儿咬牙切齿。

谢一抄着公式，眼角的余光偷偷地瞄着身边的人，见她臭着一张脸，笔下的公式也写得乱糟糟的，无声地笑了。

这一天，绝对是许念有史以来最值得纪念的一天，整整八小时，她都在篮球场跟物理公式做伴，以至于当晚回去，看到谢一留的那张物理试卷差点儿生理性反胃。

许念把地上那写满物理公式的四个篮球踢到房间的某个角落，眼不见心不烦，然后一头倒在了卧室床上。

学习可真够累的。

被套路过这么一次，接下来许念对谢一总是保持着百分之百的警惕，就怕他突然又冒出什么"非正常操作"来搞自己。

只不过谢一花样太多，每次都让她防不胜防。

也不知道是值得庆祝，还是让人觉得恐怖，在被谢一用"非正常操作"折磨的这一周时间里，许念竟然硬生生地把高一物理的基本公式全部背了下来……

于是，新的一天看到依旧按时来补课的谢一，许念装死，没给他开门。

不知过了多久，在门铃又执着地响起时，许念顶着黑眼圈，迷迷糊糊地拖着没睡好的身体走到门口。

恍然间，她看到出差半个月的许女士回来了。

一瞬间，许念元神归位，确定现在天已经快黑了，而门前的人不是谢一是许女士后，许念开了门。

"磨磨蹭蹭，一天到晚就知道睡、睡、睡。我居然还指望你去接机。"许女士踩着恨天高，把行李箱拖到了客厅。

在许女士走过去的一瞬间，许念的鼻子皱了一下，道："你早就回来了，还用我接？"

嗅了嗅身上的酒味，许女士嘴里打了个绊子，随意解释道："昨晚有个应酬。"

许念并不关心这些，帮她把行李箱拖回房间后，从冰箱里拿了瓶水放在桌上："我去学习。"

许念很不喜欢许女士喝酒，几乎她每一次喝酒，都会因为跟她男人的那点儿不愉快来折腾自己。

她很厌倦。

果然，她还没上楼，许女士就一把扯住了她。

"你为什么会戴着这个？！他又来找过你了？"许女士的酒劲还未完全散去，加上出差的时候碰到了最不愿意见到的人，情绪波动很大。

许念低下头，扫了一眼自己手腕上的那条手链，再抬头时，表情恹恹的，眼睛里有着几分讽刺，道："不是你让我戴着的吗？"

像是被刺激到了，许女士一把将那条手链捋了下来。

手链划到手腕，许念连眉头都没皱一下，道："满意了？满意了就松手，我要去学习了。"

许女士却不依不饶："你是不是见过他了？你要跟他走，是不是？我就说他这次怎么敢那么跟我说话，原来是你俩串通好的！连你也要背叛我？许念，我生你养你，你居然——"

"打断一下，你只是生了我，但从来没有对我负过责。"许念甩开她的手，语气冰凉，"还有，你俩的那些事，别拉上我。我特烦，你知道吗？"

"嘭——"

没一会儿，楼上的画室门应声关闭，许女士听到了落锁的声音。

她神情恍惚了一瞬，四肢无力地瘫坐在了地上。

那条手链还躺在她的掌心，想到手链的主人，这次出差的不愉快再次涌了出来。

男人信誓旦旦的话还在她耳边回荡，不得不承认，她真的很害怕。

他说："我很快就会带我女儿离开。"

他说："许芹，那是我的女儿！那是我孟临天的女儿！"

她很害怕，害怕许念被抢走。许念是她唯一的依靠，也是她唯一能与孟家对抗的资本。

她不能把许念给他！不能！

女人攥紧手中的手链，目光坚定地望向二楼的画室。

二楼画室里，许念正趴在天窗口欣赏落日。

不知过了多久，外面的天彻底黑了下来，客厅里传来了断断续续的争吵声。

许念的胃里翻江倒海，脸色煞白。

她知道许女士又在电话里跟她名义上的亲爸、实际上已经是别人爸爸的孟先生吵架了。这种情况也就只有在许女士喝多了之后才会发生，平时两人压根儿不会联系对方。

争吵声越来越大，许念开始考虑要不要给画室安装一道隔音墙。

许念扶着楼梯下到地面，喝了几口水，勉强将胃里的酸水压了下去。

外面的争吵估计一时半会儿还结束不了，她胸口闷得慌，直觉告诉她今晚是不能好好在家待着了。

掌着手中空了的水瓶，她瞥到了小梯子。

几分钟后，画室的窗户被人从里面打开……

谢一刚吃完饭回到卧室，就收到了许念的消息。

对方只问他在不在。

谢一把水放在桌上，回了个点头的表情包。

对面很快就有了回复：我现在很烦，超级超级烦，你给我讲个笑话吧。

谢一顿了一下，问：你在哪儿？

Xu：外面。家里太吵了。

一念：想听什么笑话？

Xu：突然不想听了。一念，你陪我看星星吧，今晚星星很好看。

谢一顿了一下，起身走到窗边。天空黑压压一片，根本看不到什么。

一念：我家这里看不到。你那儿有吗？

一分钟后，他收到了一张照片。

夜空中只有几颗星星，零零散散的，一只手都能数得过来。

这时，谢一瞥到了照片上的篮筐。

　　"儿子，你去哪儿？"见自家儿子急匆匆地边穿外套边往外跑，谢先生咽下口中的水果，问了声。

谢一换好鞋，低头在手机上敲了一串字后，才对谢先生道："散步。"

十分钟后，他气喘吁吁地站在篮球场外，看到躺在篮球场中央的人，那颗"怦怦"直跳的心终于放缓了速度。

呼吸平复后，他迈开步伐，向她走去。

许念正眯着眼欣赏夜景，眼前蓦地一黑，来人逆着光，看清是谁后，她有点儿惊讶："你怎么过来了？"

谢一在她身侧躺了下来，学着她的样子，双手垫在脑后，望着夜空，说："今天的星星很好看。"

就在几分钟前，他用一念的身份告诉她：等我，我陪你一起看星星。

现在，他来履行诺言。

"今天的星星很好看。"谢一重复道，嘴角渐渐带上了弧度。

良久，身侧的人不轻不重地回了他一个字："嗯。"

夜空中，月亮挣脱了乌云，带着一些零散的星星现了身。谢一别过脸，正要告诉身边的人这样的"意外惊喜"，却发现她已经睡着了。

他纠结再三，还是没有把她叫醒，而是脱下外套，轻轻地盖在了她的身上。他顿了一下，又小心翼翼地把她垫在脑后的右手拿了出来，换上了自己的胳膊。

谢一刚换好，连姿势都没来得及调整，躺在地上的人大概是感觉不舒服，抱着双臂动了两下。她一动，整个人便朝他怀里滚了过来。

一切发生得太过突然，谢一几乎是条件反射地屏住了呼吸，心脏跳得很快，半天不敢出气。

他垂眸，原本隔着网络的人，此刻近在咫尺。清透的月光映在她的脸上，她似乎做了不太好的梦，眉头紧皱，看起来很难受。

谢一瞥到她手腕上那道细长的红痕，胸口隐隐作痛。他不清楚她还要因为家里的事受多少伤，只是希望自己能够在这些时候，都能像现在这样陪在她身边，告诉她："你看，今晚的星星很好看。"

有星星的地方，明天一定会是晴天。所以，天会亮，一切都会好起来。许念，你要好好生活，不为别人，为了你自己。

夜还长，路灯安安静静地照在篮球场的两道身影之上，无声地诉说这片刻的浪漫。

许念是被冻醒的。她一连打了三个喷嚏，不舒服地揉了揉发痒的鼻子，迷迷糊糊地坐起身。

身上的衣服滑到了腿上，她低头一看，是件灰色的运动外套，有点儿眼熟。

这时，身后突然响起一道声音："醒了？"

正在缓神的人猛然听到人声，尖叫了一声，吓得从地上跳了起来。

见她如此，谢一不明显地笑了下："反应这么大？"

即便被吓得魂飞魄散，许念依旧是那副面无表情的样子，只是那双眼睛里明显多了一丝慌乱。

几秒钟时间，许念想起了自己睡着前的事。

她低头看了一眼手上的衣服，又看了一眼谢一，然后把衣服还了回去，顺道说："谢了。"

坐在地上的人伸手来接，却在快要拿到衣服时，神情突然一变，脸色颇为难看。察觉到不对劲，许念道："你没事吧？"

谢一没吭声，耷拉着脑袋，看起来十分痛苦。

许念慌了那么一瞬，弯腰拍了拍他的肩膀，道："喂，你没事吧？别吓人。"见他还是没反应，许念顿时有点儿着急，正要蹲下来查看，手腕却突然一紧。

谢一咬着牙，从牙缝里挤出两个字："腿麻。"

许念："……"

回家的路上，许念问谢一为什么会突然出现在篮球场。

谢一"嗯"了声，尾音上扬，在许念的注视下，面不改色地撒谎："散步。"

"哦。"许念意味深长地点头，没再继续这个话题。

快到家门口的时候，看到里面黑漆漆一片，许念松了口气，至少回家不用再继续听他们争吵了。

"进去吧。"谢一把人送到门口，临走前还不忘做一个尽职尽责的家教。

他说："睡前记得背公式。"

许念开门的手滑了一下，重新把钥匙插进去："看心情吧。"末了又像是想起了什么，她叫住要走的人："等等。"

谢一回头看她。

"这几天，你暂时别过来。"她言简意赅地说完后，想到眼前的人并不是老图那些听她说两个字就能懂她意思的朋友，便追加了一句解释，"不是我不想补课，是家里这两天不太安全。"

她跟许女士的战火估计要烧好长一段时间，在这期间，她不希望有外人掺和进来。

"好。"谢一应下，顿了几秒，又道，"记得背公式。"

许念嘴上敷衍地应下，却在心里吐槽着现在的家教未免也太敬业了。

许念进了家，没开灯，摸黑上了楼。

去画室会经过许女士的房间，她在许女士的房间门口站了约莫五分钟，没听到任何动静后，悄悄开了许女士的房门。

些许光亮悄无声息地渗进了房间，将凌乱不堪的卧室暴露在她面前。

许念随手把扔在地上的几样东西捡起来放好，然后走到床边，掀起被子的一角，盖在了四仰八叉倒在床上的女人身上。

这场战火燃烧的时间似乎比许念想象的还要久。

直到开学，她也没同许女士讲过一句话。

她们见面的时间本来就少，现在关系好像又冷了一层。

"念念，上车吧，我送你去学校。"王叔把车停好，把许念的书包放进车里后，热情地叫她。

许念的视线从空荡荡的房间收回，出门，然后弯腰钻进了车里，问："王叔，她很忙吗？"

王叔是许女士的司机，许女士这人比较念旧，即使现在回到了总部，手下的员工还是原来的那批。

跟了许女士这么多年，王叔自然知道这对母女之间的情况。他先是苦恼道："这不是最近总部事情太多，所有的工作都压在许总头上了嘛。"后又笑容满面道，"许总抽不开身，所以这段时间她让我按时接送你。她很关心你的。"

回应他的却是不冷不热的一声"哦"。

王叔叹了口气。不论怎么样，他都挺心疼这个小姑娘的，夹在父母那一辈的恩怨中，受了太多委屈。

今天也是他自己做主过来的。他就是单纯地觉得小姑娘第一天去新学校，应该有人送。

许念其实很想告诉王叔，他长相憨厚，真的一点儿都不会说谎。

许女士从来不会主动低头，她知道。

她也不会。

也就只有这一点，她才觉得她们像是母女……

学校是她来这座城市之前许女士选好的。

听说是教育实力最好，每年都能出好几个考上清华、北大的学生的七中。

这种好学校在许念的想象中，氛围应该要比她先前待过的澄水中学更加严肃，然后严肃中透着一点儿老旧？

结果在看到气派程度堪比电视剧中的贵族学院时，许念竖了个大拇指。

七中，不愧是你。

可能是学校环境不错，许念早上那点儿烦躁也渐渐淡去了。

王叔本来打算送她进学校，被许念拒绝了。这种事她一向都是自己做，也习惯了。

在校门口抓迟到的教导主任看到一个小姑娘走过来，她穿着一身黑，马尾辫高高束着。

教导主任把手中的照片往上一举，对比确定后，满脸笑意地迎了上去。

"是许念同学吧？"

许念觉得他热情过头，不动声色地往后撤了一步，"嗯"了一声。

教导主任一拍手："我就说呢，瞧着就是个好孩子。走走走，我带你去找校长。"

许念："……"

这次许女士是给学校赞助了电脑设备，还是投资修了学校的操场？

哦，原来是要给七中附属小学新建一批宿舍公寓。

许念在办公室全程不耐烦地听完校长跟教导主任的吹捧，拽了拽肩上的书包道："我想上课。"

教导主任尴尬了一瞬，大笑："我们许念同学果然是个好学生，走，我带你去你的班级。

"因为许总……你家长之前交代让你读理科，所以你现在在1班。1班是我们高三年级的精英会集地，里面都是刻苦认真的好孩子，你一定能跟他们相处得来。"

许念停下脚步。

教导主任见她不走了,疑惑道:"怎么了?"

许念想了下问:"你们年级有垃圾会集地吗?"

教导主任:"?"

许念说:"我跟他们比较处得来。"

教导主任想了下,摆手道:"嘻,许同学真的很幽默呢。"

许念:"……"

她很认真。

被强行安插在学霸班,许念头都大了。

教导主任把她转交给了她的新班主任,还想说什么,被电话打断后离开了。

新班主任是个男老师,长得很和善,是那种看起来很好欺负的和善。

他站在讲台上拍了拍手,吸引了同学们的注意力:"都安静一下,给大家介绍一下新同学。"

班里瞬间鸦雀无声。

许念被新班主任挥手招进去,她站在讲台边,看着台下,道:"许念。"

一分钟后,班主任小声地问她:"没有了?"

许念点头。

班主任略微尴尬地指了指后面的座位:"你先坐那儿吧。"

顺着班主任指的方向,许念看到了谢一。

他坐在靠窗的位置,清晨的阳光淡淡地洒在他的身上。他撑着下巴,那双漂亮的眼睛此刻正盯着她。

"那儿吗?"许念指向谢一身边空的位子。

别了吧,假期被折磨就算了,在学校她想自由点儿。

班主任说:"是那边。"

许念的视线往后移,看到跟谢一隔了三个位子的地方还有一张空桌，而空桌旁边，一个体重严重超标的男生正拿刚抠过鼻子的手剔牙。

没吃早餐的许念的胃里瞬间翻江倒海，她艰难地迈开步子，一步一步走过去，然后手速极快地搬着那张桌子，走向了教室另一头，一个人在角落里坐了下来。

班主任问："许同学，你在做什么？"

许念特别认真道："我想独自美丽。"

许念的屁股还没碰到椅子，坐在前排的某位同学突然起身道："老师，今天不是要换座位吗？"

班主任大掌一拍，道："对，我怎么把这事给忘了！大家都去外面，按照上学期期末考试的成绩把队排好，然后还是按照老规矩，从第一名开始，自行选座。"

这边班主任命令一下达，大家都陆陆续续往外走。许念瞅了瞅自己刚刚选好的绝佳位置，有点儿不舍得。

前座正要往外走的男生见她还站着，叫她："走吧，要重新排座。"说完又像是想起了什么，转头跟她说："对了，我们班不允许单独坐。班主任说，单独坐不利于同学之间促进感情。"

许念："……"

外面已经排了长长两条队了，许念也不用班主任说明，就自己跑去站到了最后一个。

在一个精英学校，并且还是班平均分年级第一的班级，她那点儿总分数，估计还不够人家单科的平均分。

做人，首先要有自知之明。

站在后面的是体重超标的那位男生，见她径直走到了最后，有点儿惊讶，道："你怎么到这儿来了呀？"不是听同学说，班上要转来一个大学霸吗？

许念的手上还拎着包，瞥了他一眼，反问："你又为什么站这儿？"

男生不好意思地挠了挠头："上学期期末考试没考好，才考了六百多分。"

许念："？"即便对分数并不关心，许念也很清楚，她在澄水中学的时候，班里前三名总分才考六百来分。

果然，七中，不愧是你。

男生大概是排队无聊，许念理他后，他就不自觉地继续搭起了话。

"你呢？"他问，"你上学期考了多少分啊？"

许念拎包拎得手有点儿酸，见前面的队伍半天没动，便把包放在一边，漫不经心地回："比你差点儿。"

男生"啊"了声："差多少呀？"

被问得有点儿烦，许念很干脆地把他的话堵死了。

她说："总分加起来是你的零头。"

男生小小的眼睛里充满了大大的迷惑，估计是没见过学习这么差的。

许念跟着队伍往前挪了一个位置，跟男生错开，懒得再搭理他。

男生："那你为什么会在我们班？"

许念回头，睨了他一眼，没吭声。

她也不想来好吗？

周围将两人的对话完完整整地听完的众人神色复杂。毕竟大家都是凭借自己的努力考到1班的，在他们没日没夜地学习时，竟然有人不费半点儿力就能来到1班。

"我跟你说，我昨天去找教导主任，听到教导主任跟一个老总通话。听说那个老总会为隔壁小学建宿舍公寓楼。"

"啧，原来是暴发户啊。"

"走后门进来的呗。我们没日没夜地复习考试，头发都掉了一堆，挤破脑袋想考七中、想进1班，人家一个电话的事。"

"啧，怪不得说话这么理直气壮。"

"她哪儿是理直气壮，你没看见她刚刚被胖虎问住了吗？八成就是心虚。"

在后面把这些话听得一清二楚的许念："……"

"你们是在说我是暴发户吗？"她探头过去，打断前面两个在阴阳怪气地说话的女生，然后自顾自点点头，"那确实，有钱真好。不过，建宿舍楼你们知道要花多少钱吗？那可不是一个小数目，所以你们也要好好学习，努力赚钱，不然别说建宿舍公寓了，连一百平方米的房子都买不起。"

前面两个女生瞬间面红耳赤，其中一个道："你什么意思？有钱了不起啊！"

许念被吵得有点儿头疼，眉头一蹙，很明确地告诉她："是挺了不起。我有钱，我就是牛。"

女生双目通红，看起来快要哭了的样子。旁边另一个女生环住她的胳膊，瞪了许念一眼："咱们别理她。"

许念道："最好是这样。"

她自然清楚自己现在说的话有多么过分，但她十分不喜欢别人一口一个"暴发户"。

虽说许女士对自己不怎么样，但她一个人打拼了那么久才有了现在的事业，被不清楚情况的人直接套一个"暴发户"的帽子，还真是怎么听怎么不爽。

这个时候，她突然想念老图那群"狐朋狗友"了。大家第一次见面就相见恨晚。

再看现在，单是这会儿周围的议论和目光，她就知道这个班并不适合自己。虽然她自己的原因占大多数，但在这样的气氛下，她还是有点儿喘不过气。

教室里，林煜见谢一一直目不转睛地盯着窗外，探了半个身子过去，问："你看什么呢，这么认真？"见他盯着新来的转学生，林煜不由得打趣道，"怎么着，一直盯着人家姑娘看，你喜欢那款？"

下一刻，平时都是死人脸的谢一嘴角有了一抹似有若无的笑意。在林煜快要确定自己眼瞎了时，他听到前桌的人不轻不重地"嗯"了声。

林煜立马掏了掏耳朵："你说什么？你再说一遍？！"

不是吧，铁树开花？

这时，前面进来选座的女生红着一张脸走到了谢一这边，小声问："谢一，我可以坐这里吗？"

谢一面不改色地问女生："总分多少？"

女生羞愧到无地自容，哽咽着，在前面的空座上坐了下来。

约莫是对这种状况见怪不怪了，在教室里的人继续把目光投向下一位进场的"女嘉宾"。

还在门外"大厅"候着的许念，被谢一那边的动静吸引了注意力。

"什么情况？"她自言自语。

旁边有人听到后，回答她："谢一是我们班的特例，想要跟他同桌，必须考过他。当然，这都是他自己定的规则，他这人事特别多。"

前面一堆女生抢着跟谢一坐，这还是许念第一次听到说谢一事多的，她不自觉地转过头，看到身后站着一个高个子女生，眼中不禁对她流露出了赞赏之情。

高个子女生环抱着胸，扬了扬下巴："喏，那家伙又把妹子弄哭了。"

许念回头，看到新的"女嘉宾"被"男嘉宾"谢一灭了灯，正擦着眼泪，往跟谢一隔了一条"银河系"的另一头座位走去。

许念提着包，往前挪了一个位置。正巧，这个位置靠近谢一这边。

谢一像是察觉到她在观摩由他本人亲自主演的"相亲"节目，转头看了过来。

隔着半开的窗户，许念用口型告诉他："你的下一位'女嘉宾'到了。"

压根儿没懂她在说什么的人看到她那深邃又充满期待的眼神，点点头："嗯，好。"

她一定是说，让他把旁边的座位给她留着。

许念继续观摩。不过这节目也是够无聊的，男嘉宾一路灭灯，终于在"大厅"候着的人只剩三位了。

班主任拿着成绩单点名："安然，到你了。"

高个子女生单手插着兜，直奔倒数第二排的空位。

林煜见她坐在自己旁边，翻了个白眼："你别总黏着我成吗？你这样，我都没机会跟许念坐一块儿交流感情了。这位置可是我故意留给她的。"

安然把书放在课桌上，动静很大，白了他一眼后，道："放心，人家不喜欢你——"

"这种类型"四个字安然还没说出口，前座的谢一突然回过头，拧眉扫了她身边的林煜一眼，冷冰冰道："别打她主意。"

安然扭头，看向林煜，用眼睛问他："什么情况？"

林煜指了指前面的谢一，压低声音："动凡心了。"

两人正说着，胖虎笑眯眯地走过来，坐到了最后一排。

外面的许念拿好书包，在前门那边站了半天后，扭头问门外的班主任："老师，我还可以独自美丽吗？"

班主任先是说"不可以"，之后又开始给她讲有同桌的种种好处。

总之就是不准一个人坐。一个人坐，学习没有积极性；一个人坐，会没有集体荣誉感；一个人坐会很孤独……

许念的"我爱孤独"到底是没说，她怕班主任再扯一堆长篇大论。

现在座位只剩"灭了"全班女生"灯"的谢一的旁边和胖虎那边了。

在所有人的目光注视下，许念硬着头皮走到谢一旁边，还没开口，就见坐在靠窗位置的人低头在草稿纸上写着什么。

几秒后，他的食指指节叩了叩那张草稿纸。

许念瞄了一眼，只见上面写着：叫声"谢老师"就让你坐。

许念很干脆道："谢老师，我能坐这儿吗？"

谢一："？"

这么听话？

不等他同意，许念拉开椅子就坐了进去。

不就叫声"谢老师"，大丈夫能屈能伸。不过……这人可真是够幼稚的。

于是，大部分女生目睹了自己努力想要得到的座位，就这么轻轻松松地被新转来的"暴发户"给坐了。

一定是"暴发户"掏钱买的座位!

跟全省第一做同桌,谁不想,谁不想!

在众人的不理解中,只有林煜跟安然知道,事情其实并不简单。

而此刻在心里腹诽了无数遍谢一幼稚的许念,在下课铃响、谢一要出去的时候,身体一横,挡住他:"叫声'爸爸'就让你出去。"

三秒后,谢一从后面翻桌而出……

原本许念以为,开学前两天应该就是补补作业、大家聚在一起聊聊暑假的趣事。

老师们不是总说一句话嘛——

"都开学了,把心收一收,别一天到晚还想着玩,你们现在都高三了……"

没有,一句都没有。班主任压根儿不用费心,学神们就已经很自觉地进入复习状态了。

就比如这会儿是晚自习,班上特别安静。安静到什么程度?安静到许念的肚子"咕噜咕噜"叫了两声,在班上就跟打雷一样……

学神们默契地回头死盯着她,许念刚刚放到嘴边的干脆面突然就吃不下去了。

许念把干脆面丢进桌兜里,拿出手机,在"狐朋狗友群"发了四个字:我太难了。

一分钟不到,"狐朋狗友"集体出动。

老图:怎么了? 新学校待得不好?

二狗:是新家教又为难我们念姐了?

大羊:念姐咋的了这是? 不开心啊?

看他们回复的速度,许念就知道这群家伙又在晚自习上聚众斗地主了。

Xu:跟全班最低总分都有六百八十多的学神们一个班,换你你开心？

老图：考多少？

大羊：七中不愧是七中！明天我就让我妈给我转过去，后天清华的大门就为我大开！

Xu：随时欢迎。

许念拍了张班上同学整齐划一、奋笔疾书的照片发了过去。

群里安静了好一会儿后，大羊默默地把自己发的那句话撤回了。

Xu：能体会到一天没吃饭，刚要咬一口干脆面，所有人都怨气十足地对你死亡凝视的感觉吗？

Xu：几分钟前，我刚感受过。

群里安安静静的。

片刻——

二狗：念姐受苦了。为了安慰你，我一分钟前在某宝给你订了零食大礼包。

老图：好巧，我也刚订完。

大羊：我就不一样了。念姐，我给你点了份烧烤，吃得开心呀。

许念：？

本以为大羊是在开玩笑，没想到半小时后，许念接到了外卖电话。

"您好，您的外卖已经到校门口了，麻烦您取一下。"

许念捂着手机低声回了句"等会儿"，然后环顾四周，确定没人看自己后，抱着肚子去了班长那边。

"有事？"班长推了一下眼镜，瞄了她一眼，手中还在写数学大题。

许念苦着张脸道："班长，我的胃突然不舒服，想去趟医务室。"

班长这才把目光分给了她一点儿，见她确实面色苍白，点点头道："去吧。"

这种事许念之前没少干过，得到同意后，继续装作快要死了的模样，挣扎着出了教室。

就在她还没来得及为一会儿的烧烤大餐鼓掌庆贺时，胳膊上突然多了力道，有人从身后拽住了她。

许念："？"

谢一从身后扶着她，把人半揽在怀里："你看起来挺严重，我送你去。你不知道医务室在哪儿。"

许念很确定谢一的语气里没有半点儿关心的意思，反而有种想要看好戏的轻松感。

几分钟后，她确定自己的感觉是对的。

"这不是去医务室的方向吧？"装了一路，许念有点儿累了。

谢一放在她胳膊上的手没松，正要开口，猛然被强光扫了一下。

"谁在那儿？"

条件反射地，谢一按着身边的人一起蹲下，藏在了树后。

保安大叔很确信听到了动静，打着手电筒朝这边走了过来。

许念不是很明白为什么要这么鬼鬼祟祟的，挣开谢一就打算站出去。

去个医务室用不着心虚！

只是她人还没站起来，就又被谢一拉了回去。

被谢一按着脑袋，强行压到了一个陌生的怀抱里，许念一时间有点儿反应不过来。

鼻尖的味道她闻到过，上次他给她的衣服就是这个味道。

淡淡的栀子花香。

她好像还听到了什么。

"怦怦怦……怦怦怦……"

好像是心跳声，特别快。

保安大叔叫了半天没人应，正巧他兜里的手机响起，唱起了老歌。

手电筒的光线没了，周遭再次陷入了黑暗。

许念动了动还被紧紧按着的脑袋，仰头问他："你很怕那大叔？"

怀里的人脸很小，特别是从他怀里钻出来的时候，那张脸就那么仰望着他，那双似乎装不下任何情绪的眼睛就那么直勾勾地望着他。

谢一觉得这距离太近了！近到她说话时气息扫到了他的眼睛；近到

他只要一低头，便能碰到她的额头；近到不管是以前，还是现在，或是未来，他的眼里都只能装得下她。

"没事吧你？"许念皱了下眉问。

谢一猛地抽回手，道："没事。"

刚刚一直保持着怪异的姿势，"刑满释放"后，许念起身活动了一下，问："刚才躲什么？我们是去医务室，又不是去偷东西。"

谢一调整好状态，反问："你确定要去医务室？医务室不包夜宵，更没有豪华烧烤。"

许念："……"

这人果然早就识破她了。

"所以，你是来代表班长监督我的？"

谢一抬手想要摇一摇小姑娘的脑袋，看看她那里面都装了些什么乱七八糟的东西。

"走吧，再不取外卖都凉了。"到底是没敢越界，谢一无奈地说了一句话后，边走边给她解释，"七中校规很严，晚自习期间不能乱跑，被抓到要做检讨、请家长。

"而且，七中修建得也十分密闭，你要是想拿到外卖，就必须——"

谢一话说到这儿，然后踩着花池到了后墙位置，在某处翻了半天后，从里面拿了一根很长的竹竿道："必须有技术。"

许念："？"

三分钟后，谢一给她实况演练了一波"真正的技术"。

正如谢一所说，七中为了防止学生逃学，整个后门都换成了全铁皮门，连表演《铁窗泪》的机会都不给。校墙上面也搞了尖尖角，你要是想翻墙，得看它扎不扎你。

估计外卖小哥也是见怪不怪了，看到从里面钓鱼似的伸了一根竹竿出来，便把外卖绑在上面，顺便贴了一张便利贴：*记得五星好评哟*。

谢一把便利贴和外卖都交到许念手上，重新把竹竿藏好后，装作什么都没发生。

对此，许念无比崇敬地竖起了一个大拇指。

拿到外卖，按照谢一的选址，许念在学校操场的主席台上开启了今日的第一餐。

不得不说，大羊这家伙真的很懂她的口味，点的全是她爱吃的。

许念把六个餐盒挨个儿打开，顺便开了一瓶可乐，然后拿了一串羊肉，还没吃，眼角的余光瞥到了坐在边上玩手机的谢一。

"要来一串吗？"她依旧是客套地问了一句。

谢一毫不客气地伸手过来了。

许念眼明手快地把他手下的那盘烤串挪开，冲他挑眉："来，叫声'爸爸'就给你吃。"

谢一："……"

许念自认为自己不是那么小心眼儿的人，虽然早上换座位的时候她吃了很大的亏，但她十分大度地决定不跟他计较。

加上取外卖他也有功，最重要的是，这么多她一个人压根儿吃不完。所以开完玩笑后，她把手边的肉串推了回去："吃吧，别客气。"

不知道为什么，谢一看着她推盒子的动作，特别像他妈妈喂狗。

吃完烧烤，许念整个人都爽了，在主席台上荡着腿。她仰头看着夜空，随便问道："你们学校一直都这么无聊吗？"

谢一依旧在低头看手机："你觉得很无聊？"

"嗯，死气沉沉的。"许念喝完手边的可乐，把瓶子捏扁后，瞄准不远处的垃圾桶，准确无误地投了进去，"我一个不爱热闹的人都觉得无聊了。你到底是怎么在这样的环境下待这么久的？"

谢一脸上的喜悦一闪而过，然后把手机屏幕转向她："这样就不无聊了。"

许念瞥了一眼，她以为他一直低头是在聊天，没想到他居然一直在手机上刷题……

"你们学神的乐趣我还真是体会不到。"她嘴角抽了抽，把视线收了回去。

谢一轻笑："那你呢？你的乐趣是什么？"

许念荡来荡去的腿突然停了下来，对着宁静的夜空道："画画。我喜欢画画。"

下意识地，谢一接了一句："我知道。还有呢？其他的乐趣。"

许念没在意他那句"我知道"，想了半天，她扭头冲他眨了两下眼："认儿子算吗？"

谢一："？"

许念："不瞒你说，我儿子遍布大江南北。"

谢一："……"

玩笑止于此，许念正经地回答他的问题。

她说："被需要吧。"

你的乐趣是什么？

被需要。

被需要就够了。

微风吹拂，谢一的双眸深沉地注视着她。

下课铃响了，许念撑着主席台跳了下去："回去了。"

望着那道逐渐远去的背影，谢一突然出声："许念。"

还没走太远的人回过头，懒洋洋地看了过来："有事？"

谢一跳下主席台，一步一步走向她，在她面前站定后，问："周末还需要我帮你补课吗？"

良久，女生转过身，往嘴里丢了一片口香糖，离开了。

慢慢地，谢一的眼里浮上了笑意。

她转身离开前的话还留在他耳边，似轻风一样亲昵。

她说："想来就来。"

他会让她渐渐明白，如果不被需要，那就学会去需要别人。

首先，学会需要他。

　　大概是因为跟许女士吵了架，这段时间许念灵感枯竭，有时候在画室待上一整天，连色都调不出来。

　　许念不得不承认，纵使跟许女士没有太多母女情分，但她还是很在意许女士的。她不奢求许女士能够理解自己，只希望许女士至少能在自己的孩子犯了错，或者是做了什么值得被夸奖的事时，可以跟她多待一段时间，也不要吝啬跟她多说一句话。

　　因为这份该死的血缘，因为这份该死的在乎，所以她不打算再跟许女士计较了。

　　电话接通后，那边不冷不热地应了一声："有事？"

　　"我今天去学校了。"许念尽量控制脾气道。

　　许女士放下手边的工作，转身，从十六层高楼俯瞰盐城的夜景："嗯。"

　　"你不问问我这一天过得怎么样吗？"

　　许女士捏了捏眉心，面容看上去十分憔悴。

　　最近公司出了点儿问题，加上跟许念吵了架，一连串的事搞得她身心俱疲。

"那你过得怎么样？"她问。

并不是敷衍，她是真的想知道许念今天在学校过得好不好。

可电话那头的许念明显是误解了，隔着听筒她感受到了许女士的冷漠。

她说："突然不想说了。"

两边安静良久，许念出声："挂了。"

电话里传来了"嘟嘟"声，而许女士已经走回到位置上，靠着椅子睡着了。

她已经有几天没有睡得这么沉了，在听到许念的声音后，整个人都安心了。

进来送文件的助理见状，默默地关门退了出去。

这时其他在加班的同事凑了上来。

"怎么样？许总还在发火？"

"许总最近太可怕了，像个炮仗，点一下就燃。该不会又跟她那个纠缠不清的前夫吵架了吧？"

"前夫个鬼，孟氏集团压根儿不认许总。话又说回来，就算认，也得看我们许总看不看得上吧。"

这些员工都是一路跟着许芹走过来的，知道她一个女人打拼有多不容易。

又有人说："我估摸着又是许总跟念念吵架了吧。唉，你们说许总这只顾着打拼事业，不管女儿，也不是个事吧？"

"谁说不是呢。虽然这么说不好，但许总真的不是一个合格的妈妈。"

"我看今早王叔还去送念念上学了。一年换两三次学校，那丫头的适应能力可真强。"

"先不说这个，就学校里那些乱七八糟的谣言，我儿子之前就听说了很多，没一个说话好听的。那丫头在学校也没什么朋友，唉。"

"算了算了，都去工作了，别人的家事我们外人也不好插手。"

一伙人各自回了工作岗位。

隔天，许念被闹钟吵醒。

她不是一个爱特立独行的人，刚去新学校，至少第一周不能迟到。

外面的天还没完全亮，许念无精打采地洗漱完毕，对着镜子长长地叹了口气。七中的早自习要比之前的学校早半小时开始，天没亮就去念书，她可太惨了。

打着哈欠下了楼，她低头回完消息，然后拉开冰箱门，打算拿盒牛奶当早餐，身后却突然响起一道声音："过来吃饭。"

易受惊吓体质的许念成功被吓到，把掉在地上的牛奶捡起，放了回去，然后回过身。

许念看到桌上摆着两份早餐，应该是许女士刚刚做好的。

"赶紧过来吃，别迟到了。"许女士把餐具拿给她，自顾自地坐了下来，先是一口吃掉了一个煎蛋。

许念缓过神，坐了过去，问："什么时候回来的？"

许女士把盘子里的培根夹给她，道："今早。"末了又道："最近公司事多，抽不开身，今早我送你去学校，之后我会让王叔送你。"

许念"哦"了声，默默地把盘子里的煎蛋夹给了她。

许女士一贯雷厉风行，吃完早餐，只花了两分钟就收拾完厨房，然后拿了车钥匙就出了门。

许念跟在她身后，心情出奇地还不错。

一路上，许女士都在跟员工通电话，把许念送到学校后，她对电话那头的助理说了声"稍等"，然后探出头喊道："许念。"

系鞋带的人回头看她："嗯？"

"在学校好好念书，别惹事。我已经跟校长打过招呼了，你在 1 班跟那些孩子好好相处，过几天考试，你只要别考得太差，就不会把你踢出 1 班。"

交代完后，许女士转了方向盘，对助理道："继续说。"

今天一上午的课都很难熬，老师讲题的速度比许念打瞌睡的速度还要快。

许念好不容易熬了一上午，下午总算有节体育课能让人放松了。

不过，学神们好像并不怎么期待体育课，甚至连上体育课都带着课本。

许念见状，眼皮直跳。抱着篮球在篮球场上运球、投篮的她，像一个另类的存在。

好在体育老师跟其他科目老师一样，十分不喜欢学生在自己的课上做其他作业。

"就按现在排队的顺序，单数双数各为一队，投篮。哪队投进的球多，哪队就能先回教室。不过投篮有底数，一个队至少要进二十个球。"体育老师宣布完规则后，得意地笑了。

1班这群孩子他清楚得很，会篮球的压根儿不超过三个。这群臭小孩儿，这次就让他们好好感受一下体育课的乐趣所在。

果然跟他想的差不多，在听到他的规则后，操场里一阵鬼哭狼嚎。

1班的学生们爱学习没错，但他们也知道劳逸结合，该玩的时候就要玩。不过，顶着三十五摄氏度的大太阳，谁愿意在外面乱蹦，上体育课？搞笑呢吧。

在一片哀号声中，大家还是自觉地分好了队。

体育委员把球发了下去。

一队这边男女均衡，相比较起来二队女生就占多数了。

许念把篮球当网球一样抛着玩，然后看了一眼站在对面的谢一。见他也在看自己，许念冲他挑了挑眉。还没示威完，她的身体猛地被人撞了一下。

二队这边一阵你推我搡，最后拿着篮球的许念"赶鸭子上架"般被推到了第一个。

一队那边，大家也毫不犹豫地把几个男生推了出去。

两队隔着一米宽的距离，虽说是个乱七八糟的比赛，但气势绝对不能输。

在两边瞪着眼睛、跟对方放完狠话后，体育老师吹了哨子，道："好了，两队先各派一个代表上来。"

二队的代表自然就是被推到第一的许念。

一队那边叽叽喳喳了半天，代表也没确定下来。就在体育老师打算随便点一个人的时候，人群中，谢一接过篮球，径直上前，跟二队的代表面对面。

谢一的脸上带着若有若无的笑意，说："我来。"

许念稳稳地接住抛出去的篮球后，问："你确定？"

谢一学着她的样子，抛了一下球，接住，道："确定。"停顿了一下后，他又道："不过，开始前我有话要说。"

"说吧，留下你的遗言。"许念抱着球，整个人看起来懒洋洋的。

周围的人大概没想到谢一会跟新来的转学生这么熟，一时间好奇的也有，羡慕的也有，怨恨的也有。

就在大家小声地议论时，就听一向自傲过人的谢一对新来的转学生说："等会儿记得手下留情。"

然后转学生是这么回答的："叫声'爸爸'就让你赢。"

全班同学："？"

谢一发觉自己都习惯她一直想认自己当儿子这个奇怪的毛病了，不会像一开始那样反应不过来。

不过，这话他还没想好要怎么接。

许念也不给他考虑的机会，又问："要叫吗？叫了就让你。"

可能是她过于认真，周遭的同学，乃至于喝着水看热闹的体育老师都竖起了耳朵。

而一直在许念身后看好戏的林煜，见两人又因为"认爸爸"这个问题杠上了，在一片寂静中出声道："我寻思着，大家各退一步。"

"唰——"大家把目光投向他。

连许念也回过了头，看了一眼身后瘦得跟个竹竿似的男生。

林煜清了清嗓子道："老谢，你干脆就叫声'老婆'，咱们许念保准让你。"

众人："？"

十秒后——

"不可以！！"

"林煜，你给老娘闭嘴！"

"林煜，你不说话没人把你当哑巴！"

"那么想叫你自己叫啊，逼人家谢一，有毛病？！"

顶着一片骂声，林煜举手投降，并向对面的谢一递了个眼神过去：老谢啊，兄弟我可助攻到位了啊，开不开窍就看你自己了。

谢一接收到这个暗示了吗？他接收到了。

他从来没有向朋友隐瞒过自己对许念的感情，所以林煜一开口，他基本就能确定林煜是故意的。

眼看着情况越来越乱，每天都想看这群小屁孩儿热闹的体育老师总算是吹了哨子："别吵了，再吵就要下课了。"

然后他指了指谢一和许念，道："就你俩，搞快点儿。"

许念敷衍地应了一声，运着篮球往三分线走去。其间要穿过一队，也就是说，她要从谢一的身边过去。

二队有几个女生上体育课前看到许念一个人抱着球投篮玩，一投一个准，贼帅。

于是，这几个女生凑在一起，开始期待接下来的一幕。

然而让她们失望的是，许念并没有投进，别说投进了，投出去的篮球轨迹都要偏移到南半球去了。

她们刚才看到的百发百中的那几幕，莫非是幻觉？

然而此时，篮球脱手的许念扭头瞪了拿着球往这边走的谢一一眼，眼里杀气腾腾。

居然跟她玩这套？！

谢一忽略她要吃人的眼神，站在三分线前，转头垂眸，对着矮了他一个头的小姑娘微微一笑，道："多谢手下留情。"

许念咬着牙，骂出了心里的那句话："你这个坏家伙！"

导致现状的原因得把时间拉回到两分钟前——

许念从谢一身边经过时，谢一倾身，在她耳边叫了一声："老婆。"

然后他又飞速道："记得手下留情。"

被套路了一次后，许念变得十分谨慎。

原本一群人的球赛，到最后变成了许念跟谢一的主场。

当然，主要还是许念的场子。毕竟谢一全程被虐，却依旧不死心地坚守在三分线上。

而对谢一来说，演戏就要演到底，他不能因为一时的输赢而暴露自己。

周围围观的女生逐渐被许念吸引了视线，慢慢地，本该一头倒的局面变成了两极分化——

"许念打球也太帅了吧！"

"原来谢一这么'菜'吗？我哭了，我的幻想破灭了，我以为男神十八般武艺，样样精通来着。"

"啧，男神也是正常人，也是要拉屎吃饭的。"

"你能别这么恶心吗？"

"啊啊啊，许念如果是男生，我一定会追求！太酷了！"

"你们不觉得她第一天转学过来时的自我介绍就很酷吗？！"

"有钱就是资本，姐妹好像忘了她那天是怎么对你阴阳怪气的了。"

"看球看球。哎呀，谢一屡战屡败却还是一直坚持的样子好帅。"

男生们一阵无语。

长得帅就是好，这滤镜起码得几百层吧？

这边，许念环胸，看谢一起跳进了一球，点头道："有进步，继续努力。"

谢一把球丢向她："是许老师教得好。"

许念调整好位置，运球弹跳，接着手腕一动，球又进了。

在一片欢呼尖叫声中，她偏过头，瞥向站在一边的谢一。太阳这么大，打了半天球，她热得脱了校服外套，谢一的校服拉链却依旧在胸口的位置，半点儿没有下滑。

一瞬间，许念的脑子里冒出一个念头：莫非，他是一个行走的冰袋？

"行走的冰袋"这一次依然毫不吝啬自己的赞赏："还是许老师厉害。"

许念收回自己想要试试他到底是不是冰袋的想法，嫌弃道："许老师让我转告你，你是她带过最差的学生。"

谢一画出重点："许老师还教过别人？"

两人正说着话，那边体育老师拿着许念投进的球走了过来，对她格外欣赏，道："许念对吧，有没有兴趣加入篮球队？"

"没有。"许念拒绝得很干脆。

除了画画，其他活动都只是她用来打发时间才学的，譬如打游戏、打篮球或者做菜。

有些东西只能是兴趣，一旦变成正正经经要做的，就会少很多乐趣。

体育老师虽然只是随口一问，但是被拒绝后还是觉得有点儿可惜。

一节课的时间，大家基本都用来围观许念跟谢一的比赛了。两人刚结束没多久，下课铃声就响了。

本来还因为太阳大、不想上体育课的众人，却觉得这节体育课并没有他们想象中那么无聊。

在回教室的路上，许念有点儿郁闷地掏了掏耳朵，不太耐烦地回着跟在自己身后的几个女生的问题。

她很不习惯这种被包围的感觉，习惯了身边没几个朋友的日子，突然这样，反倒让她无所适从。

她实在不理解这些学神怎么态度转变得这么快，明明上一秒还说她是个"暴发户"，下一秒就能对她嘻嘻哈哈。

她这"暴发户"实在是有点儿慌。

好不容易上课了，许念也总算得以清净。

旁边的谢一在看黑板上的字，嘴上却同身边的人说着话："你还教过谁？"

许念半个哈欠吞回了肚子里，一边喝着水，一边扫了他一眼，问："什么？"

谢一转头望着她，很执着地道："篮球。"

许念的额头上飞过三个问号，好半天才想起自己在篮球场上说的那句玩笑话，好像被他当真了。

见那双透亮的眼睛盯着自己，许念咽下玩笑话，移开视线，装作认真看题的样子，嘴上说着："为师只有你一个关门弟子，感动吗？"

奇怪，她到底在别扭什么？还有，跟她学过篮球的人少说也有十几个吧，老图他们几个还是她教的呢……所以，她为什么要说没教过其他人？

等等，她教没教过其他人跟他有关系吗？现在的学生事情这么多的吗？

等她反应过来，向同桌投去迷惑的眼神时，同桌已经在埋头刷试卷了，只是不知道是不是她的错觉，同桌好像……在笑？

许念云里雾里地趴在桌上，对着试卷开始进行自我催眠。

刚有了一点儿睡意，后背就被人戳了两下。

她转过头去看，是第一天换座时那个对谢一很不屑的女生。应该是叫安然？

许念抛给对方一个"有事吗"的眼神。

后座的女生眼睛直勾勾地盯着讲台上的老师，趁老师在黑板上写字之际，飞快地丢了一张字条给她。

许念看了一眼躺在自己桌面上的字条。两秒后，她把字条又扔给了坐在自己旁边的谢同学。

不要问为什么，问就是每天让她帮忙传字条的女生不计其数。虽说安然换座那天口头上表示很不在意谢一，没准儿人家那是口是心非呢？

谁知道呢，反正就顺手的事。

谢一还在审题，手边突然多了一张字条。

许念冲他挑了一下眉。

迟疑了片刻，谢一听到后面的安然用气声喊："不是给你的！"

很可惜，她喊的时候，字条已经被打开了。

一瞬间，谢一的笑意凝固在了嘴边，最后他的嘴角慢慢地恢复成了平线。字条被他揉成了一团，他冷着一张脸，头也不回地往后一丢，字条准确无误地掉进了垃圾桶。

察觉到谢一身上的危险气息，安然默默地把课本往上一拿，挡住了脸。

而那张进了垃圾桶的字条，上面字迹清晰地写着：**许念，篮球队队长想找你打球，让我问你要一下联系方式。**

作为当事人，此时的许念正闭着眼，找周公约会去了……

截至目前，许念觉得七中最具人性化的安排应该是上晚自习前给的一个半小时的吃饭时间了。

今天天热，许念没什么胃口，买了瓶水打算应付一下，回教室的路上接到了王叔的电话。

王叔应该是听自己的女儿抱怨过太多次学校食堂，特意送了晚饭过来。

"谢谢王叔，我在学校吃就好，你以后不用这么麻烦。"许念来到校门口，接下饭盒，看到里面精心准备的饭菜，心头一暖。

王叔在她心里，虽不是家人，却胜似家人。

王叔还要赶着去给自己的女儿送晚饭，摆摆手道："不麻烦，不麻烦，多准备一份的事。你快进去吧，我还得去趟小雪那边。"

许念道了声谢，目送王叔离开后，才回了学校。

只是人到教室门前，却迟迟没有进去。

就在几分钟前，她还认为七中给的这一个半小时晚饭时间是校方优秀的决策。而眼下，她只觉得这一个半小时真的太久了，久到这群人闲得无聊，聚在一起嚼舌根。

"我跟你们说啊，我昨天问我老爸，你们知道我老爸说什么了吗？"

男生故意留了悬念，吃了几个女生催促的粉拳后，才得意地捂着胸口继续道："我爸说，盛达昌业，也就是许念她妈的公司，背景可一点儿都不简单。

"我先问你们一个问题，孟氏集团你们知道吗？"

聚在男生身边的人一惊一乍道："孟氏集团？！孟氏谁不知道啊，那可是上市的大公司，我昨天还在热搜上看到了。"

男生神秘地笑着问："那你知道许念跟孟氏集团是什么关系吗？"

大家你看看我，我看看你。有人道："别这么狗血吧……你可别告诉我，许念是孟氏集团老总的私生女。"

男生一拍桌子道："你别说，还真就让你猜中了。

"我爸在生意场上认识的人多。据可靠消息，许念妈妈是孟氏集团老总的地下恋人，许念妈妈一直想上位，奈何孟氏集团老总的夫人也不是好惹的，好几次登门打小三。孟氏集团的老总为了弥补她们娘儿俩，私下拿钱，给她妈妈搞了那个盛达昌业。"

男生讲的故事很有画面感，甚至连孟氏集团老总的夫人是怎么打小三的都说得绘声绘色。如果不是知道事情真相，就连许念自己都相信他说的那堆混账话了。

提在手中的饭盒突然变得沉重起来，许念收紧手。

里面的对话还在继续。那些人像是一群恶臭的苍蝇，穷追不舍地在她耳边吵闹，非要她给点儿颜色才能住嘴。

"原来是小三的女儿啊。"

"我之前还以为她是个暴发户。"

"暴发户做错了什么，要拿小三侮辱，哈哈哈。"

"我就说嘛，她整天对谢一眉来眼去的，跟她妈一样。"

一开始讲故事的男生冷嘲热讽道："小三的女儿能好得……"话还没说完，脸上挨了一拳，他捂着脸怒骂，"有病吧你！"

揍他的人完全不再给他骂骂咧咧的机会，将饭盒朝他的脑袋打下去。

霎时间，教室里满是饭菜味。

男生顶着一头红烧茄子跟紫菜蛋花汤，一连骂了十几次。在看到是谁动的手后，他心虚了一阵，但还是强撑着讽刺："我以为是谁，原来是小三的女儿，怎么着，听我把你家那点儿丑事抖出来心里不爽？小三就是小……"

许念一脚踹在了男生的小腹上。

男生躺在地上，抱着肚子，苍白着一张脸，"三"字被硬生生地卡了回去。

男生毫无防备地被打，想起来动手的时候，许念却半点儿机会也不给。

她踩着男生的小腿，半蹲下身，就那么看着他。

此刻许念深邃的目光冷如寒风，她什么都没说，却又好像用那双眼睛警告了他很多。

一时间，男生被吓住了。

那双眼睛太可怕了，他怕再多嘴，下一秒自己的腿就断了。

一分钟后，许念直起身，也不知是有意还是无意，踩着男生小腿的脚上用了力，在男生的惨叫声中，她面无表情道："哎呀，踩到你了，抱歉。"

末了，她又像是想起什么，淡淡地"啊"了声，补充道："你那故事编得挺好，我差点儿就信了。"

说完，她拿了把扫帚，开始清理现场。

班上鸦雀无声，刚刚那几个聚众说别人坏话的人都识相地闭着自己的嘴。

许念扫到了刚才一口一个"暴发户""小三"的女生脚下时用了两下力，抬眸道："脚挪挪。"

女生大概是被刚刚的场面吓到了，像个鹌鹑一样往后缩了缩。

许念在心里冷笑。

这群人可比她在澄水中学遇见的那几个人尿太多了，至少以前那些人都是当着她的面说些有的没的。而这群人，也就只敢背后乱捣鼓。

她正这么想着，突然有人倒吸了一口凉气。

许念皱眉，看了一眼掉在地上的水瓶，脸色瞬间一变。

她回头就看到那个被打的男生顺手抄起了旁边桌上的一本书，朝自己砸了过来。

书很厚，被砸到脑门儿估计会出血。

许念眼神一凛，攥紧手中的扫帚，打算来个网球式回击。

只是不等她有动作，有人就冲到了她面前。她还没来得及看清是谁，后脑勺儿被人用力一按，鼻子撞到了温热的胸膛——她被人死死地按在了怀里。

关于谢一是不是"行走的冰袋"这一观点，许念在这一刻得到了验证。

事实证明，在三十五摄氏度的气温下，被冻得再硬的冰袋也会融化。

许念被死死按着，有点儿喘不过气了。她抬起手，拍了拍这位老兄的肩膀，用几乎快要断气的声音说："我快没了。"

后脑勺儿上的手立马松开，许念揉了揉鼻梁，把手中的扫帚放到一边，捡起地上的书。

就在周围的人都以为她要把那本书砸回去的时候，教室外也不知是谁喊了一声"教导主任来了"，本来围在教室门外看热闹的人一瞬间消失得干干净净。

教导主任接到举报，连刚打好的饭都没来得及吃上一口，就匆匆忙忙地赶到了这边。

他凶神恶煞一般站在1班教室门口，两只小眼睛都被气得睁大了，道："谁在打架？！当学校是什么地方？谁！快站出来！"

大家集体沉默。

这时，那个被打的男生咬着牙，苦着脸道："主……"

他的话说了半截，有人突然举起了手，道："我。我跟他打的。"

许念把书丢在了桌上，站了出来。

教导主任左看右看，嘀咕了一阵，怒道："李强！许念！跟我来办公室！”

三分钟后——

教导主任温柔地对办公室里的第三位同学道："谢一，你怎么也跟过来了？我没叫你，你是听错了吧？"

许念瞥向站在自己跟李强中间的男生。

"没听错，我也参与了。"

教导主任："？"

局势好像有点儿不受控制，教导主任推开香味一直在自己鼻子底下环绕的饭菜，敲敲桌子道："说吧，到底为什么打架。"

他在七中教学这么多年，打架的学生见得不多，特别是在这种尖子班，一群好孩子待在一起，能出什么事？

所以，他也就没把事情想得太严重。

结果听完许念面不改色地阐述之后，教导主任差点儿没被自己的唾沫呛住。

七中向来秉持团结友爱的精神，这种在背后说同学坏话、乱造谣，甚至有意带领其他同学搞孤立的行为，是绝对不能有的！

教导主任拉下了脸，连香喷喷的饭菜也不想吃了，板着长脸问："李强，许念说的是真的吗？"

李强自知理亏，低着头小声道："那我也没说谎，她妈本来就是小……"

李强突然被人提起了领子，"三"字卡在了喉咙里。

谢一剑眉紧蹙，那双原本透亮的眼睛此刻满是寒意。

他怒着脸，字字冰凉："再乱说，让你竖着进来，横着出去！"

气氛剑拔弩张。

教导主任反应过来后，立马插在中间道："干吗呢！干吗呢！当我不存在？"

谢一松手，恢复了常态，继续背着手站着，像是什么都没发生过一般。

　　大概这三个人不是好学生就是有特例的，教导主任也被气急了，指着三个人吼："明天都给我把你们的家长叫来！

　　"还站着干吗？给我滚回去上自习！"

　　许念耸耸肩，用胳膊肘撞了一下身边的谢一，在他看过来的时候扬了一下下巴道："走了。"

　　两人一前一后出门，身后的李强暴躁道："为什么就说我，不说他们！我才是受害者！主任，您看看我都被打成什么样了！"

　　主任抬手就是一巴掌，道："你还好意思说？！尤其是你！李强，你行啊，还带头生是非？你知不知道自己这样的行为像什么？像那些蹲在墙头乱嚼舌根的大妈！这么多年的书都念到狗肚子里了？行，你说这都是你爸说的，明天你就把你爸给我叫来！"

　　身后传来教导主任的训斥声，许念对着黄昏伸个懒腰，活动着筋骨，然后漫不经心地问："你怎么跟过来了？"

　　谢一躲过她伸懒腰时打过来的手臂，站在她身后，跟她看着同一片落日，道："担心。"

　　许念眼皮跳了一下，没回头："嗯？"

　　谢一的目光逐渐落在面前身形单薄的背影上，道："担心你。"

　　不知道为什么，许念觉得自己被噎了一下，浑身不自在。她转身往学校食堂的方向走，半道上又回头问："吃了吗？没吃的话一起。"

　　已经吃过饭的谢一很不要脸地说："没吃。"然后跟上去蹭吃蹭喝。

　　这个点，食堂基本上已经没什么能吃的了，剩的不是早上的包子，就是下午的饭菜渣了。

　　许念挨个儿看了一圈，脸上的嫌弃越来越明显。

　　早知道她就应该换个武器。王叔的老婆杨姨手艺特别好，她做菜就是跟杨姨学的。今天饭盒里有她爱吃的红烧茄子，就这么被她给浪费了……

　　许念越想越后悔，她应该再揍他一顿的，为了那顿美食。

　　许念正为红烧茄子痛心疾首时，手腕忽然一热，她"嗯"了声，尾音带着迷惑。再反应过来时,人已经被谢一拽到了餐桌旁。

安然嘴巴张得老大,正要往嘴里塞肥牛,眼前突然一黑。

她立马把麻辣香锅护在怀里道:"你们想干吗?我跟你们说,这可是我冒着生命危险取的!"

话刚说完,谢一已经拉着许念一块儿坐在了她的对面。

而不远处,林煜向阿姨要了三副碗筷,和安然对视后,他冲她挥手:"别吃独食啊,大家一起吃呗,马上来!"

安然:"……"

不得不说,安然在美食上真的很有经验。

用她的话来说就是:"想要知道哪家外卖最好吃,找你安姐就完事了。"

四个人在食堂的某个角落偷摸地吃着外卖,外面的天也渐渐黑了。

林煜夹住最后一个肉丸,在安然冷淡的目光下,笑嘻嘻地把肉丸给了许念。

许念已经吃饱了,看到安然眼巴巴地看着自己碗里的肉丸,于是把肉丸夹了起来,道:"要是不介意就给你。"

安然见许念都是用蘸碟吃的,放肉丸的碗几乎没怎么动过,便开开心心地捧起了自己的碗道:"不介意不介意。"

许念把肉丸夹给了她,眼里带了点儿温和。

如果说老图他们给她的感觉像是一群永远会为兄弟两肋插刀的……"憨憨",那安然就是一个值得被保护得很好的小公主。她笑的时候,别人也会跟着心情好。

这小丫头,有魔力。

许念给安然定好了人设,只是没多长时间,许念便发现自己大错特错。

这丫头哪儿是小公主,明明就是凶残的老虎。

眼下四个人吃完大餐,安然跟林煜回教室,两人齐齐看向许念。

"那什么,许念你没事吧?"这话是林煜问的。

他跟谢一去了趟篮球队，回教室的路上，他们听到有人说李强跟新来的转学生打起来了，不等他问原因，身边的谢一已经向教学楼跑去了。

这还是林煜第一次见到谢一这么失态。

"其实……"安然是个直性子，索性就直说了，"我俩就是担心你。刚才吃饭的时候就想说了，但总觉得跟你也不算特别熟，这么突如其来的关心，怕你会以为我俩跟那些人一样，是想看热闹。"

说完她踢了林煜一脚，示意他接话。

林煜立马点头道："对对对，我们就是怕你误会我们的意思。当然我们也不是自来熟，主要是你跟谢一熟，那就相当于跟我们熟了，哈哈哈，毕竟我们俩跟谢一是从小一起穿开裆裤长大的。"

两人像是在说相声，你一段，我一段，搞得许念有点儿蒙。

辗转了这么多个学校，除了老图他们，她几乎没别的朋友。因为她的性格问题，也因为她的家庭问题，大多数人总是会戴着有色眼镜看她，不会真心实意地跟她交朋友。

所以她现在的心情很奇怪。不算好也不算差，就是心里痒痒的，像是有什么东西在挠一样。

好半天，她只说了一句："大家都是朋友。"

话脱口而出时，她知道那种奇怪的感觉是什么了，是主动接受。她像是在心里开了一扇门，不再抗拒门外的人和事。

就好像今天在混乱中出现的谢一，本该让她烦躁，可她没有，反而有点儿感动。这点儿感动虽然不明显，但她感受得到。

听她这么说，还在说相声的两人愣住了。

安然说："那说好了，以后都是朋友了啊。"

林煜说："既然都是朋友了，嘿嘿，那就教教我打球呗。"

站在边上沉默寡言的谢一总算开了口："滚。"

林煜拉着安然一道儿走："好嘞，我俩这就滚，你俩好好聊，我给你们请半个自习的假啊。"

夜风习习，为这个夏天穿上了外衣。

许念坐在单杠上晃着腿，仰头看着夜空，心中却并不怎么平静。

她知道明天许女士应该不会来，但也少不了一场腥风血雨，毕竟在她那里，自己永远都是错的。

她不讨人喜欢，在家是，在学校也是。

谢一微微转头，看了一眼身边安安静静的人，问："在想什么？"

许念呼出口气，道："在想你是不是脑子有问题。"

谢一："？"

"没事掺和进来当'肉盾'，你说你是不是脑子有问题？"

听不到她话里有真骂他的意思，谢一单手隐隐护在她身后，避免她掉下单杠，嘴上说着："打架不是都讲究'重在参与'吗？"

许念："？"

她侧过脸看着他，脸上写着"你没事吧"。

谢一不躲不闪，看着她那双黑漆漆的眼睛。

被他那么盯着，许念有点儿不自然地收回视线。

恍惚间，她想起老图之前说过的一句话："对视十秒还能保持心脏正常跳动，那你跟那人铁定不会出现爱情。"

所以，她刚刚和谢一对视有十秒了吗？

许念正胡思乱想时，身边的人跳下了单杠，仰头看着她，说："许念，不要总觉得大家都不喜欢你。你也会有朋友，很多很多朋友。"

也会有一个人，爱你很久很久。

"嗯？"许念没明白他为什么会突然说这个。

谢一伸手给她，道："林煜和安然，他们都是你的朋友。"

许念扫了一眼那只准备扶自己下去的手，移开视线，撑着单杠自己跳了下去，嘴硬道："他们是你的朋友。"末了她又有点儿别扭地补充了一句，"你懂什么？"

她被识破了。此刻，许念只有这一个想法。

眼前这个眉眼间写着"生人勿近"却很自来熟的男生，在他们相识不过半个多月的时间里，便把她在心底压了好长时间的事看得一清二楚。

有时候她会产生错觉，会有种莫名其妙的熟悉感，他们像是早已认识好多年。可是他们之前从来没有见过……

见她口是心非，谢一笑了笑，道："走吧，去上自习。"

两人往教学楼走。因为已经上了自习，学生不准到处乱跑，教学楼正门也有老师站岗，所以谢一带着许念走了教学楼的"密道"。

这个"密道"其实就是教学楼一直锁着的侧门，因为上着锁，老师们也没太注意。

看谢一手臂一伸，从侧门门头上取了一把钥匙，许念默默地竖起了大拇指。

"学神们也会从侧门偷溜？"许念提出疑问，并表示，"'学神'是褒义词，是指这人学习很好、令我仰望的意思。别误会。"

谢一低头开了侧门，两人悄悄溜进去。谢一把侧门重新锁好，再把钥匙重新放回原位后，垂眸看着身边观摩他的小姑娘，嘴角一扬，道："你不需要仰望学神们，仰望我就够了。"

还在震惊某人的手法居然如此娴熟的许念，闻言眼皮抽了两下，问："要脸？"

谢一冲她扬眉道："我可是学神。"

他三分得意，七分炫耀。

许念翻了个白眼，敷衍地点点头："行、行、行，这位学神，再不走，站岗的老师就来了。"

谢一指指手边的楼梯口，又一次神奇地变出了一把钥匙。

许念："……"

她算是发现了，七中的学生能这么聪明，全都是靠平时跟老师们斗智斗勇锻炼出来的。再对比原先她和朋友直接翻墙或是勇闯校门的行径，他们是多么憨！

她不得不说一句："七中牛，但是七中的学神们更牛。"

或许这就是"青出于蓝而胜于蓝"？

第一节晚自习一般有老师在，平时许念还能偷摸地聊个天、玩个消消乐什么的。可是今晚是班主任坐镇，回到教室后，她不仅打不了瞌睡，还得跟脑子有毛病的李强，以及非要掺和进来"凑热闹"的谢同学一起在教室门外罚站。

班主任背着手，板着脸看着他们，道："能耐了啊，你们还敢打架？我带了这么多届学生，你们……"意识到自己的声音太大，其他班还在上晚自习，班主任降了分贝，毕竟"家丑不可外扬"，虽然今天的事已经闹得尽人皆知了……

"你们是我带过的那么多学生里，第一次自己班内讧动手的！"

听班主任这么说，李强嬉皮笑脸道："老师，您以前带的学生都是跟其他班的学生动手，或者是跟其他学校的学生打架吗？"

班主任被他气到血压飙升，上手就在李强的脑袋上拍了一巴掌。

李强自觉地闭嘴。

班主任转头，看到老老实实罚站，并且站得十分笔直的另外两人，点点头。

看看，看看，人家知错了就好好领罚，这个臭小子居然还敢跟他油嘴滑舌？！

于是，十分钟后，教室门外只剩李强孤独地吹着冷风。

重新回到座位上的许念打着哈欠，瞥了旁边正在掏试卷的谢一一眼，顿了一下，扯了张纸，在上面十分潦草地写了两个字：谢了。

刚才她本来是打算跟班主任讲讲"道理"，让无辜人员回去，她正要开口时，宽大的校服袖子被人拽了一下。

谢一对她摇了摇头。

她正疑惑，就见比她还不知好歹的李强先发了言……

谢一很快给了回复：红烧茄子跟酸菜鱼。

许念迷惑地画了一个问号。

谢一的目光在讲台上低头批改试卷的班主任身上扫视了一圈后，微微侧身，低头在她耳边说道："我帮了你这么多，点个菜不过分吧？"

许念："……"

这人还是谢一吗？平时他挺高冷啊！莫非这小子对她有意见？只在她这儿不要脸？

在她逐渐怀疑自己的同桌平时的清冷都是装出来的时候，没皮没脸的人又一次靠近她，低声说："周末补课，记得包餐。"

许念："……"

她觉得自己被压榨了。

晚上王叔照例来接许念。

许念有意无意地问起许女士这两天的情况。不过王叔依旧拿"工作很忙"来应付她。

这个时候，她并不知道许女士的公司真的出了问题。

"麻烦王叔一会儿给她带句话，就说教导主任明早请她去学校喝杯茶，她去不去给个话，我也好跟教导主任交差。"许念又开始烦躁了。

一年四季，许女士就没有闲的时候。公司那么多人，就她一个人最牛？离了她，公司就不转了？她压根儿就是不想见自己这个碍眼的"东西"吧。

红灯时，王叔踩下刹车，从后视镜里看了一眼黑着脸望着窗外的小丫头，叹了口气道："念念，你也别怪王叔多嘴。许总平时对你确实是苛刻了些，但她还是念着你这个女儿的。最近公司事很多，大家都没日没夜地加班，许总也是总部、分公司连轴转，你应该要多多体谅她才是。"

"苛刻？我倒希望她对我苛刻。"许念开了车窗，外面的凉风灌了进来，她拨开迷了眼睛的头发，看到街边的一道身影。

"王叔，过了马路靠边停一下。"

谢一从黑色路虎上收回视线，低头弯了弯嘴角，径直往前走，像是没有看到她一样。

"喂。"身后有人喊了声。他知道是在喊自己，但他没停，继续埋头看自己的手机壁纸。

壁纸是一幅水彩画，名叫《未来》，右下角有一小串签名，不仔细看是看不出写了什么的。但他知道，那个签名是"Cohen"。

画真的很出彩。

这也是他对她产生兴趣的开始。

身后的声音比前一次大了一点儿，对方喊道："喂，谢一。"

又一次在心里对《未来》赞叹了一番，谢一如愿地听到了自己想听到的，迟缓地转身，露出一副惊讶的神情，问："你怎么在这儿？"

黑色路虎慢慢地行驶到了他的旁边，车窗里的那个小脑袋探了出来，道："叫你半天了。上车。"

谢一上了车。王叔见是许念的同学，热情地打招呼："你是念念的同学吧？"

谢一十分乖巧地点头："是的。还是她的同桌兼家教。"

他话音刚落，许念补了句："也算朋友。"

谢一明显愣了一下，继而笑道："嗯，我们是朋友。"

许念在学校这么快就交到了朋友，实在是一件令人高兴的事。一路上，王叔向谢一介绍许念有多优秀，许念听得有些怀疑人生。

她只是想叫谢一上来活跃下气氛，不然因为十几分钟前的那番话，她跟王叔这一路得多尴尬。当然，她也承认是看谢一一个人孤零零的，正好顺路带他一程。

她转头，跟谢一嘀咕："王叔口中的那个我纯属虚构，如有雷同，那肯定是搞错了。"

谢一学着她的样子，低头悄悄道："我觉得王叔说的是事实。"

许念："……"

正讲到兴头上的王叔从后视镜里看到两个小年轻关系这么好，说得更来劲了。

谢一家比许念家离学校近，王叔先把谢一送到后，三分钟内也把许念安全送达了。

　　临走时，许念似乎是在犹豫什么，然后她敲了敲车窗，在王叔那张和蔼的脸露出来后，她左看看右看看，就是不看他。

　　"念念还有事？"

　　许念拽着书包的手紧了紧，咬了咬牙，道："我收回一开始的话。是我不懂事、太任性，乱发脾气了。"

　　王叔一瞬间笑了出来，道："哎，我当是什么？你就是刀子嘴、豆腐心，跟你妈一样，王叔还能不明白你吗？去吧，做完作业早点儿休息。"

　　许念"嗯"了声，正要往回走，又突然回过头，道："要是她真的忙，明天就不用来学校了，也不是什么大事。"

　　她过来也只能添一肚子气。

第四章
上 瘾

坚持了一周，许念还是败给了熬夜。

昨天的烂事那么多，她居然还有心情打游戏到凌晨四点。今早成功被监督早读的班主任抓了现行时，她开始迷惑自己会不会心太大了。

不过早上的空气还是不错的，她安慰自己，多呼吸新鲜空气，有助于长高。

教室里，安然踹了踹谢一的椅子，道："别看了，眼睛都要掉出来了。"

谢一从窗外的人身上收回视线，心却还绑在那道身影上。

在早读开始前，教导主任让他们三个下了早读就过去。他不知道她有没有给许阿姨提前做思想工作，也不知道她昨晚有没有被骂，但一会儿可能避免不了一场腥风血雨。

到时候，她要怎么办？

"谢一！"班主任又叫了一声，见背书背得着迷的人回了神，笑呵呵道，"你妈妈来了，就在门外。"

闻言，谢一转头，他老妈正站在门外，同罚站的许念……聊天。

谢一眼皮猛地跳了一下，摘下眼镜起了身。

门外的何女士注意到了里面的动静，冲自己的儿子挥了挥手，笑容里带着几分意味深长。

"妈，您来了。"谢一跟班主任打过招呼后就出了门，然后不动声色地往前一大步，站在了何女士跟许念的中间，将两人隔开。

何女士冲自己的儿子"啧"了两声，摇着头，然后趁自己的儿子不注意时，探出脑袋对他身后的小姑娘道："许同学有空的话，欢迎周末来我家玩。不是阿姨吹牛，阿姨这手艺可是师承烹饪名校。"

谢一："？"

他的剑眉忍不住皱了皱，低头对自己的老母亲小声道："您什么时候去的烹饪名校，我怎么不知道？"

老母亲冲他招了招手，谢一弯腰凑了过去。

老母亲嘀咕："你小子还给我装呢，你画本上的那姑娘就是这小丫头。今天我瞧了瞧，长得可比你画的好看多了。"

谢一道："您又翻我东西。"

"我可没有，是你爸捡到，然后给我看的。"何女士心虚了一下，一边摆手一边继续说，"别打岔！既然你对人家这么上心，就多把她带家里来玩呀。不是说小姑娘厨艺还不错吗？你都吃过她做的饭了，还不让我们吃，你小子要吃独食？！"

谢一："？"

何女士的思维太活跃，不要说他自己，就连他老爸也经常跟不上她的脑回路。这或许就是娶一个比自己小八岁的女人的老爸，以及诞生在这个家庭的他所要承受的吧……

旁边的母子也不知道在说什么悄悄话，不过看起来两人应该是在讨论什么喜事吧。许念低头，继续踩脚边的一小片树叶，却到底还是忍不住，又偷偷地看向旁边。

下了早读，谢一本来是要送何女士去教导主任办公室的，只是何女士非要自己去，还推了他一下。他撞到了身边的人。

"哎呀，我们家长先去挨骂，你们小屁孩儿一会儿再过来。"说完，她给自己的儿子递了个眼神后，欢快得完全不像一个被教导主任请去"喝茶"的家长。

谢一掐了掐眉心，感觉脑袋疼。

被撞到的许念在何女士离开后，像是没了骨头，往后一倒，靠在了墙边，然后从兜里摸了半天，找了两颗糖，自己吃了一个后，问："吃吗？"

见她眼睛不眨地把糖果丢到了嘴里，谢一顺嘴就说："你不是不爱吃甜的吗？"他拿的时候，指尖碰到了她温热的掌心，心颤了一下。他剥了糖纸，跟她一样，贴着墙站着。

这时大部分同学都去食堂抢早饭了，走廊跟教室里都没什么人。

许念没在意他为什么会知道自己不爱吃甜的。她平时除了可乐，基本没碰过甜的食物，他在她家吃过几次饭，知道也正常。

"我听人说，吃甜的心情会好。"她不走心地回答着他的问题，"一会儿估计得受气，你也多吃点儿。够吗？不够自己去买。"

谢一笑了笑，道："吃你给的就够了。"

许念嘴角一抽，扫了谢一一眼，觉得他总是说些莫名其妙的话。不过，眼下她还挺好奇另一件事的。

"你妈……"许念顿了一下，掩盖住不自然，问，"你妈跟你好像不太一样。"

听她提到了何女士，谢一点头，脸上明明白白地写着无奈："嗯，是不一样，她很幼稚。"

头一次听到有人说自己妈妈幼稚，许念的好奇心越来越大了。

其实她明白，除了好奇之外，更多的是羡慕，还有一点点……嫉妒。

"幼稚？为……"许念正要问，远处有同学扬声打断了他们的谈话。

"谢一！许念！主任让你们过去！"

许念嚼着口中的糖，然后往肚子里一咽，整理了一下校服，道："走吧。"

在这之前，许念发誓她完全没想过许女士会亲自跑一趟。她更没想过，许女士连个解释的机会都不给她，刚见面就甩了一巴掌过来，估计是当作她们塑料母女的"见面礼"了。

而在推开教导主任的办公室前，谢一对她说"委屈了就哭，别硬撑"，瞧瞧，她压根儿连委屈的机会都没有。

教导主任也被许女士这突如其来的一巴掌搞得有点儿蒙，反应过来后，立马上去把人拉开道："许……许念的家长，有什么话咱们好好说，别动手打孩子。"

许女士把发抖的手放在身后，转过身时又是一副女强人的模样，道："我的女儿我自己会好好管教，就不劳烦外人了。"

她这话一出，教导主任也不尴尬，因为这话本就不是冲着他说的。

几分钟前，李强的家长骂骂咧咧地要她给个交代，两个家长差点儿动起手来。

教导主任也没想到李强的家长会是个不讲道理的，上来就把所有错往别人身上推。提到李强说的那些话，他们像是被踩了尾巴的老虎，比被侮辱的当事人还要暴躁，一口一个"老子说的都是实话"。

本来是想跟几个家长好好谈谈心，再让几个孩子握手言和的教导主任，到最后跟何女士一块儿变成了劝架的。

现在眼看着又要吵起来了，教导主任正头疼，打算把几个家长分开谈话，结果嘴还没张，有人却在这剑拔弩张的气氛中开了口。

就见脸上还有着手掌印的小姑娘咬着牙，声音颤抖道："是我错了。"

室内霎时安静了下来。

几双眼睛几乎是同一时间看向了她。

许念能听到自己牙齿打战的声音，脸上的疼痛不断地提醒着她，她道："是我错了。"是她错了，她就不该为了许女士跟别人打架，现在的自己实在是太可笑了。

许女士用不着那些可笑的尊严。

似乎是没想到她会认错，就连李强父子也没话说了。

好一会儿后，教导主任才出声："快上课了，你们先回去。"说完，他给谢一递了个眼色。

谢一看着许念回了教室；看着她借了安然的试卷；看着她抄完了昨天所有的作业；看着她直视着黑板，记录老师所讲的内容；看着她去水房打水；看着她一直坐在那里，安安静静，不喜不怒。

那双黑漆漆的眼睛像是一个黑洞，谢一什么都看不到。

谢一唯一能感受到的，就是她的绝望。

"许……"安然实在是沉默不下去了。许念这样很可怕，像是她几年前看到的那位因为压力过大、丧失希望而跳楼的学姐。

只是不等她说完，同样一言不发的谢一回过了头，对她摇了摇头。

安然实在不能理解，谢一既然那么在意许念，在许念心情不好的时候，不该去安慰她、开解她吗？一句话都不说，算什么？

差不多从小就跟安然穿一条裤子长大的林煜按住了安然那只不安分的、想要扒拉许念的手，然后在纸条上写道：**老谢会有办法的，你别添乱。**

安然郁结，这群只知道读书的榆木脑袋，能有什么办法！

于是她目睹了许念呆坐了一天，在下晚自习前，她偷偷地往许念的书包里塞了一样东西。

希望她看到心情会好。

只是安然不知道的是，许念比她想象的要坚强太多太多。

晚自习后，许念往书包里随意地塞了一通东西，然后拿着包低头往外走。

秋天在不知不觉中悄然来临，它默默地送走了夏日的炎热，带来了凉意。

许念被风吹乱了头发，凌乱的发丝擦过胳膊，起了鸡皮疙瘩后，许念才觉察到自己忘穿校服外套了。

今天早上来学校的路上，王叔提醒过她要降温了。

许念回头，对着还没灭灯的教室望了一会儿，放弃了回教室拿衣服的想法，正要转身离开，肩膀上突然微微一沉。

谢一从她手中强行把书包拿了过来，背在了自己的身上，然后把套在她身上的外套拽了两下，找到链头。

拉链被拉到了最顶端，许念被迫抬起了下巴。

谢一穿着短袖校服，提着两个书包，拍了拍她的脑袋，道："走吧。"

两人一前一后，沉默了一路。

直到到家门口时，许念从谢一那里拿了自己的书包，才说："别摸头，会长不高。"

沉默了一天的人终于开口了，谢一悄悄松了口气。"我不一样。"他眉眼一弯，继续道，"我可是学神，想让我摸头的人能绕地球七八圈不止，你就偷着乐吧。"

风带着男生的轻笑声落入了她的耳朵里，然后在她的脑海里游荡一圈后，落到了那颗似乎快要死去的心脏上。

然后，一下，两下……缓缓地，心脏开始有规律地跳动。

就像是被困的鱼突然被人解救，捧在了手心里。即便救鱼的人没说要放生，鱼却依旧感受到了希望。

因为，她看到了光。

"等会儿回去早点儿睡，别胡思乱想，听到了吗？"见她又恢复了那副没有生气的样子，谢一担心地叮嘱道。

"嗯。"许念应下，在他离开时，突然出声叫他，"谢一！"

要离开的人停下脚步，转身道："嗯？"

"我想去你家。"许念说。

片刻，男生轻笑，笑容在路灯下格外晃眼。

他说："好，跟我走。"

"算了，改天吧。"许念从停在大门外的那辆路虎上收回视线，临时改口。

谢一也不因为她的反悔而气恼，笑着说："好。"

许念扭头，看向黑漆漆的院落想，她应该是在家的。

空旷的房间内，许女士拿着一张旧照片，静静地坐在沙发上。她没开灯，门响的时候，她在黑暗中抹掉了脸上的泪水。

灯光亮起来的那一刻，空气凝固了一瞬。

许念视若无睹地从冰箱里拿了瓶可乐便往楼上走，才上了三个台阶，身后的许女士就按捺不住了。

"许念！"许女士克制着自己的情绪，却发现自己明明想温和点儿，说话时却不是想象中那么温声细语。

她这才惊觉，自己在外人面前的和气，在女儿这里竟透露不出半分。她习惯了对女儿严格，习惯了拿她自己的做派来要求女儿。明明她不想如此的，就像那时候她也并不想丢掉女儿……

"你……先过来，我有事要说。"她终究还是欠女儿一个道歉，也欠女儿一个解释。

许念却半点儿都没理解她话里的意思，她在楼梯上，居高临下地说："我们已经没什么好说的了，你不用跟我解释，因为解释了我也不一定理解你。如果你是想听我认错的话，那么抱歉，我白天已经认过错了。"

她句句带刺，毫不留情的话回荡在空荡冷清的客厅里。

许女士还没消散的火气又一次被重新点燃，她怒斥了一声："许念！"

"嘭——"

许女士的话被紧闭的门彻底隔断。

客厅里，旧照片缓缓飘落在地面，上面的女人看起来二十出头，她用右手抚摩着毫无赘肉的肚子，看起来小心翼翼的，脸上挂着跟单膝跪在她面前的男人同样的笑容。

那个笑里有惊喜，有幸福，也有爱。那是他们一家三口第一张合照。

许女士蹲下身，捡起了地上的照片。她跟照片上的自己比起来，变化太多，最显而易见的就是她老了，已经不再是当初那个一腔热血、什么都不懂的倔丫头了。

不过人总会老，她只是比普通人经历得更多，老得更快。但她希望，在未来的日子里，自己的女儿不要活得跟她一样失败……

落叶被窗外的风卷得肆意飞扬，像是要飘去不知名的远方。

许念想把风和落叶留在画板上，却始终没法儿静下心来。

烦闷间，她瞥到了画室角落里的那几个篮球。

篮球上面密密麻麻的公式还在，意外的是，看到这些公式，她居然没有之前那么头疼，甚至还觉得心里平静了不少。

莫非，这就是学习的快乐？

许念被自己的想法吓了一个激灵，抖了抖身上的鸡皮疙瘩。

没多久，二楼的窗户被人从里面推开，紧接着从里面掉出来一个篮球。篮球落下、弹起，一路滚到了院子里的树旁停了下来。

这时窗户像是一张大嘴，正在不断往外吐着一个小梯子。

心情不好的时候，许念会选择画画，或者干点儿能够转移注意力的事。但很明显，今天她没法儿继续待在那个家里，所以她选择出来打球。

球场上的几个男生在许念到之前刚好结伴离开了，眼下空旷的场子里，只有许念一个人。

许念先运着球在篮球场上来回秀了几圈，没多久便枕着球躺在了地上。

这个时候，她居然很奇怪地想到了谢一，如果眼下他在，估计这球也不会打得这么无聊。谢一在篮球方面真的是有异于常人的搞笑能力，她有时候会怀疑，是不是上帝剥夺了他的运动细胞，才让他的肢体那么不协调。

要不叫他出来一起玩吧？偶尔"虐菜"也挺有意思的。

如此一想，许念便掏出手机在好友列表里找到了谢一，"出来玩"三个字还没编辑完，消息那里却显示出了一个"1"。她切出画面，一念刚刚发了消息给她。

一念：你还好吗？

即便只是看到了一念的头像，许念浮躁的心也能瞬间平复下来。

Xu：不太好。

她跟一念有段时间没联系了，一念似乎是有事，除了周末，其他时间基本不在线。

一念：心情不好？

Xu：嗯。

一念是许念的"心事桶"，她所有的事他都知道。所以这一次，她依旧向他倾诉。

她把这次的事大致地说了一遍，然后问他：你是不是也觉得我不应该站出来？

那边回复得很快。

一念：不会。因为不管重来多少次，你依旧会为她站出来。

一念：你总是认为你们之间感情淡薄，也总是说自己一点儿都不在乎，但你比任何人都要爱她。你也希望她能够爱你。

一念：其实，你们俩很像。你有没有想过，她其实是爱你的，只不过她是以她认为是正确的，但对你而言是错误的方式在爱你？你们之间缺少的是交流，你们太不愿意去听对方的想法，去了解对方这么做的理由，从而导致了你们之间的矛盾愈演愈烈。如果你们可以给彼此机会，可能情况就不会像现在这么糟糕。

一念：所以，你愿意给她机会吗？

那边一连发了好几句话过来，许念反反复复地看了好多遍后，苦笑一声。一念总是能隔着屏幕完完全全地看出她的弱点，也会一针见血地告诉她问题所在。

可是这些她也很清楚，但她愿意，不代表许女士愿意。

Xu：嗯，我试试。

又一次在一念的真心劝告下露出了有点儿敷衍的态度，许念心存愧疚。来来回回在键盘上敲了"对不起"三个字，她发出去的第一秒，对方也回了消息过来。

一念：我知道这对你来说很难，慢慢来，不着急。

顷刻间，所有复杂的情绪在一念的温柔下化成了一摊水。

许念拿开手机看向夜空，天上的星星零零散散的。

许念突然很想见一念，哪怕只是知道他在周围，这两天的不愉快应该也会通通消散吧。

Xu：你现在有空吗？能……出来一下吗？

此时谢一跟谢先生在餐桌上等何女士做的"大餐"，看到这条信息后，他一个激动，打翻了手边的水杯。

谢先生正在给自己续第十杯白开水，见儿子突然情绪激动，叹了口气道："虽然你妈晚饭准备得是慢了那么一点点，你的肚子在'号啕大哭'，但你也不能带情绪，知道吗？"

谢一擦了桌上的水，装作没听懂谢先生这是在向厨房里的何女士疯狂抱怨自己快要饿死了，"噌"的一下站起了身道："同学约我出去吃，我先走了。"他说完转头去向何女士请示，得到批准后，他穿好外套，满脸同情地冲谢先生摇了摇头。

谢先生咬牙切齿，但还是小声道："回来的时候带点儿吃的！"说话时，他的眼睛一直往厨房那边瞄，生怕自己被老婆抓包。

谢一比了个"没问题"的手势，急匆匆地出了门。

就在几分钟前，许念又跟了一条消息过来。她说可以不见面，但希望他能在她身后。

那一瞬间，谢一承认自己是松了一口气的。大概是伪装得太久，他越来越不敢告诉她自己就是一念了。她总是对一念毫无保留，却和真正的谢一划出了明确的界限。

如果她知道这个在现实中相识不到一个月的人知道了她所有的秘密，这人还在明明知道她的身份时有意地接近她……他不敢想象那会是一个怎样的结果。

到篮球场只需要十分钟左右，他一路跑过去，将时间缩短了一半。

撇开脑海里那些乱七八糟的想法，谢一驻足，对着篮球场上的那一道身影微微喘息。

现在快晚上十点了，加上立秋后盐城气温骤降，球场附近连个过路的人也没有，那道身影便越发显得瘦小孤独。

就在他想着该如何很好地在这空寂的地方隐藏自己时，篮球场上的人抱着球，向他这边转了过来。

许念自己玩得无聊，开始设想如果一会儿一念来了，她要以什么方式面对他。如果她要是一不小心看到了他，要怎么给出最佳的临场反应，才好让对方不那么尴尬。

许念正想着，就看到了站在篮球场外正要抬脚离开的谢一。

她小跑了几步，走近后问："你怎么在这儿？"

正准备"隐身"的谢一："……"

"我……路过。"谢一扯了一下嘴角，掩饰自己的尴尬，又指了指她怀里的篮球，转移话题，"一个人玩？"

许念若有所思地点了下头："一起？"

谢一调整了一下状态，跟她进了球场。为了圆自己"头脑聪慧、四肢简单"的人设，他继续使出砸马蜂窝的球技。

换作平时，许念虐一会儿"菜"就觉得没什么意思了，可她今天却跟打了鸡血一样。

本来还在尽可能地控制自己，好好当一个"菜鸡"的谢一，这一下真的变成了"菜"。

再这么打下去，他倒没什么，就是怕她搞出个肌肉损伤。

球到了他手里，许念做了个假动作截球，他侧身避开，把球往后丢了出去，道："先休息。"

运动过量，小姑娘的脸上带着一层红晕，额角的汗一路滑了下去。她气喘吁吁地盯着滚远的球，最终瘫在了地上。

"地上凉。"谢一把人拽了起来，又脱下了外套，在地上铺好衣服后，才让人坐了下去。

良久，许念的呼吸逐渐平缓。

谢一从口袋里掏了一颗糖递了过去，道："心情不好？"

许念把糖丢进了嘴里，嫌弃道："我讨厌甜的。"末了，她才回，"你不是知道吗？还问什么？"

白天在教导主任办公室的事，别说他了，学校里都已经传遍了。

"那你……"

"谢一，"许念打断他的话，"说说你妈妈吧，我很好奇。"

"那你准备跟她好好谈一谈吗？"他是想这么问的，但显然她对现实中的他没有那么推心置腹。

不过这也没什么，慢慢来。

"你好奇什么？"谢一在她身边坐了下来。

"你们为什么一点儿都不像？你妈妈看起来好年轻。你妈妈厨艺真的很好吗？她会不会经常陪你一起学习？她……"

谢一轻笑一声，道："你好奇的还真多。"

许念没吭声，那些她所好奇的东西，是她从来没有经历过、感受过的。

"首先，我比较像我爸。你觉得她年轻，是因为她今年四十岁不到，又特别注重自己的外表，保养得很好。我妈比我爸小八岁，两人是在一场演唱会上认识的。我妈追星，而我爸是那位明星的私人律师。至于她的厨艺，你有空可以来我家，尝一尝就知道了。她会不会经常陪我一起学习？不会，她大部分时间都在给喜欢的明星做数据。"谢一一口气回答了她的问题，见身边的人原本面无表情的小脸逐渐有了一抹笑意，道，"你好奇我妈的职业吗？"

许念点头，但自己先猜了一个："追星族？"

不知什么时候落了一片树叶在她头上，他抬手帮她拿掉，道："那是副业。主业你可能想不到。"

许念被他不经意的动作搞得有些不知所措，心不在焉地胡乱猜了几个："厨师？老师？医生？"

"都不是。"至今，谢一提到自己老妈的职业还是有点儿窒息。

"武术馆馆长。"他说，"在这之前，她还是一位白衣天使。"

突然有一天，他家何女士突发奇想，要开一家武术馆，原因只是她追了十年的偶像要拍动作戏，正在找一家靠谱的武术馆练习……

好巧不巧，他爷爷就是练这个的。特别会拍马屁的何女士哄好两位老人后，如愿以偿地开了现在在影视圈里赫赫有名的谢家武术馆。

"虽然听起来有点儿……不靠谱，但我还是很羡慕。"许念实话实说。能有这样的家庭，才能培养出谢一这么优秀的人。

"不用羡慕。"谢一知道她在想什么，"其实，你妈妈也很爱你。我妈跟我说，白天我们到之前，她一直都在维护你，听不得别人说你半点儿不好。"

何女士回来就感慨了这件事。就算她是一个外人也看得出来，这对母女明明都很在意对方，却总是装出一副无所谓的样子。

"所以，试着去跟她谈谈。你们之间太缺少交流了，都不愿意听彼此解释。如果你们愿意给对方一个机会，你一定会知道她很爱你，她也会知道你很爱她。"谢一自以为不擅长处理这样的事情，却在遇到许念后，慢慢对这些事情有了了解，也知道了原来这个世界上，并不是所有人都像他这么幸运，拥有这样幸福的家庭。

见她听完拉下了脸，谢一叹道："我知道这对你来说很难，不过没关系，慢慢来就是了。"

一瞬间，许念身体一僵。风声似在耳边停止，唯有谢一的那句话不断地在她耳边回荡。

就在大约一个小时前，她从一念那里听到过几乎一样的话……

恍然间，她好像有点儿明白了。

她明白了自己在听到谢一的开解后，那些熟悉感来自哪里了；也好像明白了为什么两次他都会那么巧合地出现在篮球场；更明白了为什么到现在为止，一念不仅没有出现，甚至连消息也没有回的原因了。

或许，眼前的人就是那个人。

"在？"谢一拿手在盯着自己的人的面前晃了晃，有点儿不自然地轻咳了声，"时间不早了，我送你回去。"

坐在旁边的人依旧目不转睛地死盯着他，一动不动。

片刻，她突然站起身，把地上的衣服拿在了手里，眼睛里有一点儿谢一看不懂的情绪。

许念说："走吧。"

直到把人送到家，谢一也没能理解她眼中的那点儿情绪。

等他回到家，肚子叫了几声，他才惊觉自己应该跟她一起去吃饭的。

不过，更让他欲哭无泪的是，何女士听到动静下了楼，五分钟内给他热好了饭菜。

看着桌上的黑暗料理，谢一突然无比想念许念的红烧茄子了。

他正想着，兜里的手机振动了两下。

何女士哼着偶像的新歌，拿着碗筷走了出来，还没出声，就看到自己的儿子忽然转身往外跑，喊道："你去哪儿！"

回答她的只有动静极大的摔门声……

坐在画室的窗口处，许念托腮望着窗外。

在看到转角处出现的那道熟悉的身影后，许念心下一动。

果然是他。

就在几分钟前，她给一念发了一条信息：你说，人活着的意义是什么？

这句话可以理解出很多层意思，你可以认为是在谈人生道理，也可以理解为闲得没事、有病。而一念一定会在第一时间想办法告诉她——要活着，好好活着。

在屏幕上敲敲打打，最后许念发了句：人活着，吃不到夜宵还有什么意思呢？所以我点了一份外卖，要给你点一份吗？

她以玩笑的方式结束了这场小小的恶作剧。

她只是想知道，一念是不是真如她所想，就是谢一。

现在她确定了，就是他。

　　楼下抬头往这边看的人应该是收到了信息，好半天后，他才转身离去。

　　也不知道是不是她的错觉，许念觉得那道人影离开时比来的时候放松了很多。

　　忽然间，她有种前所未有的轻松感。很奇怪，在她猜想谢一可能很早之前就知道她的身份，他也极有可能是有目的地接近她时，她却并没有觉得失望或是愤怒。

　　是因为一念的理解与温柔，还是因为谢一对她的关心？不过无论哪种，他的善意总是让她生不出其他情绪。

　　画室外传来了响动，许念收起眉眼间的笑。

　　"我做了吃的，你出来吃一点儿吧。"许女士敲了两下门，"先吃饱再生我的气。我做了你爱吃的红烧……"

　　"茄子"两个字她还没说出来，面前的门突然被打开了。

　　许念径直从她身边走过，道："好饿。"

　　一念……不，是谢一，谢一说的话是对的，她应该尝试跟许女士好好交流。恰好，许女士好像也有这个意思。

　　"你跟你妈和好了？"早读的时候，谢一悄悄问身边的人。

　　许念很难得地在背书，闻言，嘴角动了一下，不太明显地笑道："嗯。"然后她在桌兜里摸了一阵，攥着拳头目不斜视地盯着课本对他道："手。"

　　谢一愣了一下，把手摊开。

　　小拳头在他的掌心上碰了一下，然后拳头一松，把一颗软糖放在了他的手里。

　　许念死记硬背地把数学公式装在了脑子里后，转头对同桌道："昨天谢谢你。"

　　谢一闻言，笑着说："不客气。"顿了一下，他又凑过来，问："还需要帮忙吗？"

许念满头问号，扭头，却撞上那张凑得极近的脸。

谢一近在咫尺，许念能闻到对方身上淡淡的栀子花香。

其实她一直都没有说过，谢一长得很好看，特别是那双眼睛，像是装着一整个星空。他的皮肤也很好，冷白皮，脸上没有一点儿瑕疵。

在这之前，她的想象中，一念应该是一个有着不错的头脑的普通学生，他生活的家庭环境应该跟她相差不多，他们说不定有着同样的经历，否则他不可能对那些事情那么了解，也不可能在她每次烦恼时立刻给出适当的应对方式。

可事实证明她想错了，一念跟她想的完全相反。

后座的安然看到前面两人的小动作，捶胸顿足，疯狂地挥舞着自己蠢蠢欲动的"爪子"！

这是来自"按头党"的冲动！

而这时谢一屏住呼吸坐了回去，偷偷地把红了的耳朵"藏"了起来。

许念回神，不自然地清了清嗓子，回头冲安然"啐"了声："我劝你赶紧复习，不然就会跟我一起被踢出 1 班。"

安然对许念做了个鬼脸，道："我才不怕。"说完她用胳膊戳了谢一两下，在谢一看过来时，她笑得十分谄媚，道："求学神跟我握个手。"

谢一拧眉。也不知安然从哪里变了一块纸巾出来，在空中甩了两下，然后捧着纸巾龇牙道："小的已备好纸巾，求学神握手。"

谢一很是嫌弃地伸出左手，道："搞快点儿。"

许念目睹安然把纸巾放在谢一的左手上，然后隔着纸巾跟谢一握了一分钟手的奇葩操作后，她觉得这个班真的是越来越神经了。

她窒息地摇头，继续坐回去看书，结果才发现这一切才刚刚开始。

许念生无可恋地站在边上，看了一眼没有尽头的长队，有点儿无语，道："封建迷信不可取，我劝你们有这个时间，还是多背背书吧。"

终于轮到了某位男同学，男同学抖着自带的手帕，神秘兮兮地对许念摇着食指，道："非也非也。"握完手后，他把自己的手移到许念眼前，向她介绍，"这是被学神赐予力量的手，这次测试稳了！"

许念："？"

见她还是不明白，男同学翻了个白眼道："考前拜学神，懂不？宁可信其有，不可信其无！"

许念："……"

合着就是烧香求佛、拜学霸，跟有些男生考试前拜他们的女神是一个道理。

看着跟同学们握手的女神……哦，不，是学神，许念自觉地……去排队了。

她也想考前抱个"学神大腿"。

她正要往后边排队，被大家"供"起来的学神开口了："那位叫许念的施主，学神允许你插个队。"

许念觉得谢一应该是习惯了被人"供养"，做起这些事来得心应手。

因为他这会儿闭着眼睛，表示自己正在集结所有的学神之力，他的右手在她的脑袋上按了将近一分多钟，看上去神神道道的，就差撒把米、跳个大神了。

许念："……"

她是有病才会听他的话过来插队。

"好了。"谢一眯眼打量到眼前的人逐渐不耐烦时，放下手，露出一副豁然开朗的表情，"有我的神之右手保佑，你这次会有一个好成绩的。"

许念眼皮直跳，学了多少东西她心里没点儿数吗？她真的越想越觉得自己有病。

只是她身后还在排队的"信奉者"们好像有所不满。

"为什么她就能是右手！我要握右手！"

"右手答卷，那右手肯定比左手管用，请让我摸右手。"

"对！我要摸右手……不不不，是握右手。谢一，给个机会啊！！"

许念："……"

露出本性了吧，这群人摆明了是冲着谢一来的，而不是冲着所谓的

"学神之力"。

肤浅。

居然没有一个人是跟她一样，真的希望握个手就能考年级第一？

有一个人带头闹起来，后面的人也跟着凑起了热闹。

许念有点儿无语，甚至觉得有点儿不舒服。不过她还没想清楚为什么会觉得心里不太舒服时，自己已经拦下了非要握谢一右手的女生。

"给你们免费蹭学神之力，要懂得知足感恩。"意识到自己的语气不太好，许念换回了那副懒懒散散无所谓的样子，"很抱歉，学神今天的学神之力已经全部用光，下次有机会再来蹭。"

许念边往自己的位子上挤边说："让让啊，未来的学神要抓紧复习了，你们不要挡着她的'成神路'。"语毕，许念无精打采地冲他们伸出手，道："要不你们跟我握？我算过，道士说我是考上清华的苗子。"

众人："？"

算命的也跟他们这么说，谢谢。

眼看着"信奉者"们纷纷准备抗议，被他们"信奉"的学神开了口："今天就这样吧，祝大家都能取得好成绩。"说完他像是想起什么，眉峰一挑，补充道，"我忘了说，右手是专属，仅对个人提供。"

大家还没明白这个"个人"指的是谁，班主任就从外面走了进来，看到这场面，十分习以为常地摆手让大家坐好，道："我说一下，今天的考试主要是测试一下你们假期的学习情况，大家平常心答卷就好，不过——"

知道肯定有转折，底下的学生都安安静静地听着。

"不过，这次总成绩排名掉出年级前三十的，将会去其他班级，大家加油哦。"说完，班主任笑眯眯地拿着监考牌离开了，走到门口又折回来，"哎呀，忘记了，我监考咱们1班。"

因为班主任的话，班上喧嚷了一阵后，逐渐变得寂静，静到许念甚至可以听到自己偷偷捏干脆面的声音。

早上没吃东西的她真的是一点儿都不容易……

"早饭没吃？"坐在旁边的人注意到她这边的动静，也不知道从哪里变出了一堆零食，全放在了她的腿上，"偷吃要有技巧。"

许念："？"

就见谢一拿过她手中的干脆面，面色如常地一扯。

"唰——"

全员回头。

许念也跟着把目光投向了噪声制造者，结果被他撕试卷的动作吓了一大跳。

"抱歉。"他低声说了一句，十分淡定地把干脆面放在她的腿上，然后拿了胶带开始粘试卷，做出一种假象。

围观了拿外卖、逃自习、走侧门等举动，许念依旧被谢一震撼到了。

更要命的是，明明看到他扯塑料包装的同学们居然什么话都没说，还表示要帮他粘试卷？

或许，这就是学神的力量吧。

许念看清现实，在所有人不注意这边时，一口吞了大半干脆面。

答题时，许念发现试题跟自己想象的有点儿出入，她以为精英学校的试卷会是游戏里那种"王者局"，谁知道居然是个"青铜局"？

里面的内容好多都是谢一前些日子给她画的重点，就连心情不好时背的数学公式也全部用上去了。

不过，许念仅限于把公式写上去。但是这对她来说也是一个质的飞跃。

结束考试的同学们即将赢来他们高中最后一场篮球赛和运动会。

"真没人报名？你们别搞我，好歹报一项呗？谢一，去打球呗，我看你上次挺……坚持不懈的呀。"体育委员拿着报名表在班上绕了七八圈，愣是没有一个人抬头。

众所周知，他是这个班上最底层，也是最不受欢迎的课代表。

他好难。

谢一用眼角的余光扫到了正从外面吃完独食回来的人，脸不红、心不跳地继续给自己加固"篮球杀手，实力没有"的人设："比起打篮球，我可能更适合打你。"

体育委员乖乖地溜走，结果正撞到满身都是烤肉香的许念。

"许念！要来报名篮球比赛吗？机不可失，时不再来，只要现在加入，立即获得烤肉套餐一份！"懂得投其所好的体育委员开始拿实物收买成员。

许念打了个嗝儿道："成，写上我的名字。"

成功后，体育委员像是某传销组织的特派员，又奉上了运动会报名表，道："运动会也了解一下呗！不求拿第一，重在参与，就——"

他话还没说完，许念就越过他，直接坐到了位子上。他还没来得及垂头丧气，就听许念很好说话地道："你自己看着写吧。"

此话一出，埋头刷着试卷，实际上是为了避开体育委员追击的众人都默契地用很是同情的眼神看向许念。

下一秒，许念就看到体育委员从头到尾在所有项目上都写了两个字：**许念**。

许念迷惑道："运动会不是有规定每个人参加的项目不能超过三项吗？"

体育委员一副"你已经上钩了就别想跑"的表情，道："我们学校没规定哈。校长说了，重在参与。"

谢一默默地补充了一句："并且学校没有明确规定学生必须参加。"

许念意识到自己被下套了，不过也没什么，重在参与，又没说非要拿第一。

只是每天被体育委员强拉硬拽地去训练，许念还是挺烦的。不过，值得一提的趣事是，篮球队里有个实力相当不错的同学，至少三分球能跟她一较高下。

某天又被对方截下一球后，许念一张小脸霎时间变得严肃起来。

而篮球队队长做了一个假动作，然后在她的面前轻轻一跳，手腕一动，把球投了出去。

谢一是在被班主任派来叫许念回去上课时撞到这一幕的。

就见一高一矮两道身影，以一张纸都夹不进去的那种超级、无敌、碍眼的距离站在一起。

男生低头笑着，不知道在女生的耳边说了什么。而女生还没来得及往后撤，就被后面穿球服的人撞了一下，稳稳地跌进了男生的怀里。

谢一："？！"

谢一生平第一句脏话，献给了此情此景。

而那边，许念尴尬地往后撤了好几步，嘴角僵硬地动了两下，对面前的男生说："不好意思，我妈让我好好学习，不让我谈恋爱。"

篮球队队长在心里讽刺地一笑。有点儿意思，第一次要女生的联系方式，她不仅没有明确地拒绝，吊着他，还摆出一副爱学习的样子来给他看？

许念被盯得有点儿毛躁，逐渐暴躁道："打不打？不打我回去了。"

篮球队队长极度敷衍地从队友手里接过球道："打，当然打。不过，如果我赢了，你要给我联系方式哦。"

许念觉得这人可能理解能力不太好，十分干脆地说道："那你还是自己玩吧。"

当她转身要走时，手腕却被来人一攥。

"打，当然要打。不过，是我跟你打。"谢一拉着一张臭脸，七分薄凉、三分挑衅地说道，"既然你这么想要奖励，行，赢了我，给你我的联系方式，要吗？"

许念暗搓搓地低头说着悄悄话："别，他球打得真的有水平。"

也不知道她哪里惹到他了，谢一听完她的话，手上的力道重得让她表情扭曲。

谢一冷冷地扫了一眼对面的男生，笑了声，很是不屑道："这就厉了？"

这时，场上训练的人虽说没有都聚过来，但大家的耳朵都高高竖着，时刻留意着这边的动静，生怕错过一点儿八卦。

在他们竖耳聆听时，就听他们的队长咒骂了一句，然后把球砸了过去道："比就比，怕你？"

看到自己想要用心追的女生跟挑衅自己的人举止亲密，篮球队队长怒气横生。

站在一边的许念想了想，觉得谢一输了也没什么坏处，反正那理解能力不好的队长看起来也不想要他的联系方式。

于是，她郑重其事地抬起手，正要鼓励一下"篮球杀手"，不想"篮球杀手"谢某人竟冲她冷哼一声，然后气势汹汹地往前走去了。

许念："……"

行，输人不输阵，徒弟好样的！

然而几分钟后——

谢一照着男生原来的动作把球砸在地上，等球弹到了男生的面前时，讥笑一声，冷酷无情地吐了一个字："菜！"

许念确定自己被骗了，她又不傻，谢一打球的技巧和熟练度完全不是一两个月就能练出来的。

现在仔细想想，他那不是肢体不协调，而是她眼瞎了，连演戏都看不出来。

此刻，现场的气氛一度尴尬。

篮球队队长大概是无法承受"菜"这么"优美"的字眼，手中的球一蹦三尺高，看样子他是想打架。

见谢一气定神闲的样子，许念的屁股刚离开椅子，又重新坐了回去。

这架她估计是打不起来的，七中死规矩一堆，那男生想打架，就要做好被篮球队除名的打算。

显然，其他队友并不想去他们的好队长，纷纷上来阻拦，然后架着骂骂咧咧的队长离开了。

"你看人的眼光似乎不好。"

许念系好鞋带，再起身时，谢一已经迎面向她走来，并向她飞来一个篮球。她稳稳地接住，转着球走到他面前道："不好吗？"

她说话时语调松散，言行举止间都带着慵懒的气息，而那双眼睛却直勾勾地盯着他。谢一的心跳再次乱了。

"我倒觉得我挺有眼光。"许念把球投进篮筐，拍拍手，"不然怎么能看上你？"

"你……说什么？"谢一听到自己的声音微微有些颤抖。

许念莫名其妙地扫了他一眼，起身活动筋骨，一边往教室的方向走一边道："夸你球打得好呢，你个骗子。"

谢一收起自己的失望情绪，紧跟了上去。

"我不是。"他道。

"不是什么？"

"不是骗子。是老师教得好，我也比较优秀，学得快。"

"你是觉得我眼瞎还是觉得我没脑子？"

"……"谢一发誓他已经尽力了。既然被发现了，他想就没有再隐瞒下去的必要了，更何况他并没有察觉到许念因为自己的隐瞒而生气。

两人一前一后回了教学楼。

在篮球赛与运动会的准备期间，七中高三年级组也迎来了他们开学第一次小测成绩的公布。

教导主任照例把红榜贴在了公告栏，然后看了一眼勉强不算"吊车尾"的许念，额角开始冒细汗。

如何能在全校学生都知道许念是年级倒数的情况下继续把她留在1班，这是一个很大的难题。

他觉得这事有必要跟校长商量一下了。

与此同时，榜单前已经被围得水泄不通了。看到自己的成绩，大家有失望的，也有兴奋的。

许念拿着葱油饼，避过好几个同学的撞击，成功保护好自己的美食后，咬了一口。

"许念，你不去看吗？"大老远跑过来的安然气喘吁吁地把手上多买的一瓶饮料递给她，"听说咱们 1 班这次考得都很好，我估计你肯定也考得不差。"

许念拧开瓶盖，一口气灌了半瓶饮料。她嫌人多，一点儿都不想被挤成肉饼。她正要开口时，谢一越过众人，往她们这边走了过来。

他个头儿高，气质出众，在人群中异常惹眼。就这一会儿，有不少小姑娘主动给他让了道，方便他出来。

"不错，至少不是倒数第一。"谢一在她面前停下，这么说道。

如果不是没吃早餐，许念铁定用手中的葱油饼堵上他那张嘴："怎么着？谢老师对你学生的期望就这么点儿？"

看到她依旧是一副无所谓的模样，谢一不知道是该笑还是该生气。按照成绩排名来看，她这次肯定不能够再留在 1 班了，但教导主任那边，许女士应该是打过招呼的，所以因为这件事，她可能又会被议论很久。

既然谢一都帮她看了成绩，许念也就懒得再去看了。她瞥到他紧紧皱在一起的眉头，猜到他在想什么，心中微微一动。

她叫："谢一。"

还在走神的人思绪有点儿跟不上，先"嗯"了一声。

在周围的议论声中，许念用只有他们俩能听到的音量问："你是不是担心我？"

担心她被"发配"去其他班，或者担心她被别人说三道四。

良久，她看到那双亮晶晶、似是装了万千星辰的眼睛看向了她。有一瞬间，她看到自己置身在他眼里的那片星河之中。

之后，他很认真地说："嗯，担心你。"

这是许念第一次知道，原来被别人担心是会上瘾的，因为你会企图在他那里得到更多的在意……

　　1班的成绩向来不会叫人失望。撇开许念，稳坐班上最后一名、总分六百多的胖虎同学，因为跟隔壁2班的第一名考了相同的分数，几位老师讨论后，最终决定把2班的第一名提优到1班。

　　大概是许念这次也很尽力，而有关于许念个人的问题，教导主任以"借读"的名义把她继续留在1班观察。一个多月后，她的期中考试成绩如果还不能够达标，她就将离开1班。

　　"差不多就这么多，这次也是你们高中最后一个运动会跟篮球比赛了，我希望大家能够好好珍惜，能给未来的你们留下一份美好的回忆。"班主任开完班会，拿起笔记本往外走，临走前点了许念的名。

　　昏昏欲睡的人神情涣散地跟了出去，被外面的秋风吹了一个激灵，她瞬间醒了。

　　"许念啊，主任那边的意思你也知道了吧？"班主任也没卖关子，开门见山道。

　　虽说许念成绩不好，在班上也给他惹过事，但勉强还算得上是让人省心的。

　　大清早，许念已经被教导主任传唤过一次了，便点了点头。

"那就好，还有一个多月，你好好学，如果有什么问题就问各科老师，多跟你同桌学习……"班主任又唠唠叨叨了一堆。他是担心1班讲课进度比较快，怕她跟不上，又不敢问，所以一不小心就说多了。见面前的小姑娘在偷偷摸摸地打哈欠，被他逮到后立刻闭上嘴巴，两个眼圈还泛着红，便无奈地结了个尾："行，先这样，你回去吧。"

许念拖着沉重的身体回到座位时，班上的人大多去学校食堂买早餐了。

许念摸了摸肚子，在犹豫是去食堂还是去小卖部时，桌上突然出现了一大袋吃的，各式各样，什么都有。

许念顺着零食袋子往上一看，人不熟。

那人放下零食，就跟个小姑娘似的，红着脸跑开了。

许念："？"

许念看了看零食，又看了看后排跟胖虎坐在一块儿、给她送零食的男生，打开钱包一看，现金没带够，这零食钱她付不起。

就在她想着要以什么样的方式把东西还回去的时候，那只还没碰到袋子的手被人用筷子敲了一下。她条件反射般把手收了回来。

许念再定睛时，谢一正眯着眼，目光紧锁着她桌上的那一大袋吃的。

三秒后，那一大袋东西从她的面前消失不见，取而代之的是豆浆、油条。

谢一拉着一张脸，说："少吃零食，不健康。"

然后，他拎着那袋零食走到最后一排，把东西物归原主后，微微弯腰说了什么，然后直起身往自己这边走来。

隔得远，许念自然是听不清，只是留意到那个送零食的男生原本就红通通的脸，眼下更红了。

"你说了什么把人给气成那样？"许念漫不经心地问了一句，拆了筷子准备吃油条。

油条还没夹起来，早餐就被旁边的人连筷子一起没收了。

许念迷惑地看他。

谢一把早餐放在窗台上，然后不冷不热道："这么关心他，看来你还是比较想吃零食。"

许念眼角一抽，问出了这两天比较疑惑的问题："你这两天是不是那啥来了？"

谢一："？"

"别不好意思，反正大家每个月总有那么几天……我能理解。"如果不是这样，那这两天，这家伙怎么总是话里带刺地针对她？篮球场那次就算了，今天还来？

谢一是真的很想撬开她的脑袋，看看她一天到晚都在想些什么乱七八糟的东西，道："你在胡说什么。"

许念白眼一翻，道："那不然你这两天小情绪一波一波的，我以为你也需要多喝热水了。"

谢一："……"

本来就不求她能看出点儿什么，现在为了防止她再语出惊人，谢一便把早餐还给了她，以此来堵上她的嘴。

许念继续吃着自己的早餐，眼角的余光却一直在谢一身上徘徊。

其实她还想问一个问题，这个问题在她知道一念就是他时，就很想很想问了。

她想问，他对她到底是在意，还是……同情？

她不太敢问，怕答案是后者。

今天早上有两节课是语文课。

后座的胖虎惬意地打着瞌睡，醒来的时候，他看到自己的同桌正在刻苦背书，顿时困意全无。

"不是，这篇不是不用背吗？"听了大半天，胖虎才发现这篇并不需要背诵，里面也就几句名句会被考，挑重点背就行。

结果他就听同桌咬牙切齿道："谢一会背的，我也必须会！"

胖虎问："为啥？"

你跟谁比不好，非要跟学神比？

同桌学着电视剧里的角色，捏起了自己沙包大的拳头，道："我就是看不惯他那种高高在上的样子，不行吗？"

胖虎竖起大拇指，语气敷衍："行、行、行，你加油啊。"

而事情的起因要归结于几分钟前——

把零食物归原主后，谢一单手撑着桌面，俯身对端坐在那儿、目露不爽的男生道："别打她的主意。"停了一下，他又补了一句，"谁都别想。"

篮球赛是在运动会前一周的周五举行。除了本身就是篮球队成员的同学，每个班主动报名的同学少之又少，最后篮球赛就变成了理科班跟文科班对打，而篮球队挑出四个主力，两边各放两个人，完美地体现了教导主任口中的"重在参与"。

在这之前，许念压根儿不知道这个篮球赛如此随便，不过既然都参加了，她还是要给"学神班"争口气的，千万别给"学神班"拖后腿。

他们的对手是篮球队队长带领的文科班。文科班男生不多，报名的更是没两个，最后文科班让几个球玩得不错的女生顶上了。

于是，这场篮球赛的意义彻底转变成了……重在参与。

好在上场的基本都懂规矩，玩得倒也像是那么回事。

许念抢了篮板球，晃了一个假动作，穿过文科班的眼镜男，可下一秒被篮球队队长截了去路。

他们之前一起玩过，虽然次数不多，但许念了解这家伙在女生面前收不住，爱耍帅，知道他肯定又要用那些花里胡哨的动作来截自己的球，她索性把球从腰间往后一抛，传给了体育委员。

体育委员带球避开了两个女生，弹跳进球，然后冲许念比了个剪刀手。

明明没有什么惊人的操作，周围还是爆发出了一片尖叫声。

无语间，许念小跑过去跟体育委员会面，两人正要击掌，场内瞬间爆发出一阵整齐划一的应援声。

　　许念被吓得脚底一滑，差点儿摔倒。稳住身形后，她再往看台一瞅，文科班的人不知道从哪儿变出了一堆手幅、灯牌，上面印着篮球队成员的头像跟名字，正撕心裂肺地为她们的偶像加油呐喊。

　　许念："……"

　　她怀疑自己走错了片场。

　　"篮球队这群家伙，绝对拿钱收买人心了！"现在全场基本都在为文科班应援，体育委员不爽道。

　　许念一脸"我受到了惊吓"的表情，眼里却毫无波澜道："我好害怕。"

　　体育委员："……"

　　"不过，"许念顿了一下，抢到了球，站在三分线上一跳，"越是这样，我就越想赢。"话毕，球进。

　　全场寂静，两秒后，尖叫声充满了整个体育馆。

　　"啊啊啊！刚刚那个是不是 1 班的许念？！"

　　"肯定是她啊！我之前就听说她篮球打得好！太帅了吧！"

　　"长得也好好看，呜呜呜。"

　　"颜值和实力是成正比的，我哭了。"

　　原本只是来体育馆看热闹的同学，没想到比赛比他们想象的要精彩太多，纷纷放下了手中的复习资料，专心为场内的球员尖叫。

　　比赛十分激烈，持续到后半段的时候，基本是许念跟篮球队队长两人在打了。大家都没想到许念的体力会这么惊人，全场跑下来，连体育委员都累得气喘吁吁了，可她看起来跟平常没什么两样。

　　休息时间很快结束，比赛继续。

　　两边的分数咬得很紧，后半场基本都是许念进一球，对方进一球，两边拉扯到最后十秒钟，球被传到了许念这边。

　　球拿在她手里的那一刻，全场呼吸一窒。

　　这个位置不在三分线上，距离有点儿远，想要投进的话基本没可能。

　　此时，两个队伍分数持平。

　　时间还有七秒。

在这七秒间，大家都以为拿着球的人准备放弃的时候，就看她原地一跳，被抛出的篮球在空中划出了一道完美的弧度，最后落在了篮筐上。球绕着篮筐旋转了一圈，然后越转越慢，在哨声响起的那一瞬间，掉进了篮筐。顿时，体育馆人声鼎沸。

体育委员手心里的冷汗直冒，看到球进后，一路"啊啊啊"地冲许念飞奔了过去。

"牛！太牛了！！！"体育委员上来就要给大功臣一个熊抱，还没上手，大功臣已经弯腰从他的臂弯下钻了过去。

体育委员半点儿不在乎这些，激动地吹着自己毕生所学的"彩虹屁"。他只觉得自己"彩虹屁"的储备量还是太少，远远不够他夸的。

而被夸的人正转过头，望着看台那边。

打球前，许念就看到谢一站在那儿了，现在她再看过去的时候，发现他不知从哪儿捡了一个应援手幅，上面写着她的名字。

心跳莫名其妙地漏了一拍，许念生平第一次在赢了球赛时有喜悦感。

作为这次篮球赛的大功臣，许念成功地为学神们赢得了他们压根儿用不到的篮球一个。

据说这个篮球是校长当年追星的时候从 NBA 选手那里要到的，上面还有签名。不过，这签名怎么看都像是校长自己乱涂乱画上去的。

"管他是什么呢，这可代表着我们班的荣耀！"体育委员把众人嫌弃的篮球像个宝贝一样抱在怀里，然后把它放在了教室里"奖品展览角"的柜子中，"这可是很有纪念意义的。"

他的话刚说完，篮球就被人从柜子里丢了出来。李强阴阳怪气道："少把这种垃圾跟我奥数竞赛赢得的奖杯放在一起！"

上次的事过去后，李强老实了不少，不过还是处处看许念不顺眼，处处针对她。

其他人本身对许念没什么意见，就是被他那些话影响，随口说了几句不负责任的话，但在这段时间的相处中，特别是今天在球场上，许念一个人为理科班挣回了面子，大家都对她和善了不少。

因此，眼下李强再开口，到其他人的耳朵里也就变了味。

"你什么意思啊，李强？我们篮球比赛拿来的奖就不是奖了？你这是要搞'奖品歧视'是吗？"体育委员很实在，谁好相处、谁不好相处，他心里都有数。

李强冷笑："我可没说搞歧视，你看这一柜子奖杯，要么是奥数竞赛，要么是物理竞赛，你们也好意思？有些人好歹也要看清自己的位置吧。"

这话许念怎么听怎么觉得牙疼，扒拉了一下前面怒气冲冲、打算撸起袖子揍人的安然，许念接过体育委员手中的篮球放进了柜子里，然后把李强的竞赛奖杯丢进了他的怀里，睨着他，道："嫌我们配不上，拿着你的奖杯走人不就行了？"

李强险些没接住奖杯，气红了一张脸："你！"

那根指着许念的食指突然被人打开。

"我还没听说过第一也分高低，如果是这样……"谢一回头，目光在展览柜里扫了一圈，把里面写有"李强"的奥数奖杯拿出来丢给他，"那你也不配。"

众人："……"

看看那展览柜，大大小小基本都是谢一得的奖，李强败了。

"你们！"李强气急败坏地抱着奖杯，"你们就是仗着人多，欺负老子人少，是吧？"

谢一下意识地握住许念的手，把她往身后拉了拉："你说对了，我们就是在欺负你，想告状就趁早。"

想到上次被教训的时候，老爸让他没事少惹许念这个"贱人"，李强暂且忍了。

教室外，有人喊了声"班主任来了"，看热闹的一群人一溜烟儿回到了自己的座位上，当作什么都没发生过。

许念看了一眼还被谢一紧紧握着的手。谢一也有所察觉，飞快松开。

两人的视线撞在半空，又很快移开，各自回了座位。

今天放学时，是许女士来学校接的许念。

自从两人上一次谈和后，许女士忙于工作，在外出差，两人已经很长时间没有见面了。

许念上了车，对驾驶座上的许女士道："等会儿，还有几个朋友。"

最近她跟安然、林煜还有谢一基本都是"组团"回家。

许女士应了声，降下车窗，点了一支烟。

她看起来很疲惫，应该是很多天没有好好休息过了。

"工作……"这方面许念从来不过问，但看她这么累，还是忍不住道，"累了就休息，公司离了你也能运作。"那么大的一个公司，都经营这么多年了，底下的员工个个都是精英，没必要事事都要她一个大老板上。

结果许念就听许女士没头没尾地说："这个寒假跟我回去一趟吧。"

不知道是不是许念的错觉，她似乎听到许女士的语气中隐隐约约地带有一点儿恳求。

应该是她的错觉吧……

"嗯。"许念答应了。

这时候，她并不知道许女士口中的这个"回去"，是回孟家，而这一趟回去后，过了很多年，她才重新回到这座城市……

车外，安然跟林煜打打闹闹，他们身后跟着谢一。

许念一眼就看到了他们，降下车窗，挥了挥手道："谢一。"

那边三人看了过来。

隔得不远，许念看到谢一在见到她的那一秒，眉眼一弯，笑了。

那一瞬间，校门口来来往往的人群中，她只看到了他，就好像他的眼睛里也只有她。

"我刚刚看你跟谢一那孩子相处得还不错。"到家后，许女士翻了翻冰箱，随口说到了刚才的事。

许念想了想，点头："是挺不错。"现在她跟他已经算是朋友了。

加上一念就是他，他们应该不仅仅是朋友这么简单。

许念被自己脑海里突然跳出来的想法吓了一跳，她摇摇头，转眼看向还在翻冰箱的许女士。

"没菜了，吃什么？我去超市买。"

冰箱里还剩几颗鸡蛋和几个西红柿，本来打算就这么随便应付一顿的许女士突然想到，她们娘儿俩好像从来没有一起逛过超市。"一起去吧。"她说。

许念系鞋带的动作停了一瞬，漫不经心地"嗯"了声，然后心情不错地在心里哼着歌出了门。

今天是周五，超市里的人比较多，结账的时候要排老长的队。

平日里跟许女士单独出来的机会少之又少，即便是有那么几次，两人在一起的交流也不算多。眼下这么长的队，周围都是热热闹闹的小情侣，或是一大家子，大家欢乐地聊着愉快的事，完美诠释了一天最快乐的时光就是放学或者下班。

许念低头数着自己鞋面上手绘的星星的个数。鞋子本是纯白色的帆布鞋，星河是她自己画上去的。这会儿再看，许念觉得画得好像有点儿繁复了，应该稍微简单一点儿会更好看。

许女士也跟着低下头，看到她脚上那双鞋，没话找话："这鞋还挺好看的。"

被打断后，许念也懒得重新数了，抬起头道："还行，画得有点儿丑。"

许女士这才留意到那双鞋上的星河是人工手绘的，心里不免有点儿惊讶。

她当初同意许念学美术，只是为了让许念别一天到晚没事闲得跟别人打架闹事。之后为了这事她后悔过不知道多少次，本来就不善人际交往、不爱说话的一个孩子，被送去学美术之后变得更沉默了。许念还总是画一些让人看到心里会不太舒服的东西……

所以，在她看来，许念那是在浪费时光。

可今天看到许念鞋上画的那片星河，就连许女士一个外行人都觉得很美，像是看到了浩瀚的宇宙，充满了美好的幻想。

"到我们了。"许念把东西从推车里全部拿了出去，又扫了一眼被许女士盯着的鞋子，"你要是喜欢，改天我给你也画一双。"末了，她又想起许女士虽然不干预她画画，但也很明确地表现出了不喜欢，于是改口道，"还是算了吧。"

"您好，一共八百九十六元，请问刷卡还是现金支付？"收银员热情地微笑着。

许女士反应过来后，把卡递了过去，在装东西的时候说："改天给我也画一双吧。"

"好。"许念一口气拎了所有的购物袋，心情颇为不错。

晚上许女士做了一顿大餐，两人吃完后，许念把碗筷收拾了，打算趁着有点儿灵感去画室把那幅《一念》再完善完善。

她正要上楼，切好水果的许女士端着盘子到了客厅道："先等等，我还有事要说。"

许念的眉头几不可察地皱了一下。今天的许女士很好说话，看来是有事要说，做铺垫呢。

"说吧。"已经做好心理准备，无论听到什么都会努力控制自己情绪的许念拿了一块苹果放进口中。

许女士难得地有点儿为难，不知如何开口。

"有什么就说。"许念一点儿都不适应这样的许女士，这会让她很没安全感，会让她瞎想。

"最近公司的事，你也多多少少听说了一点儿。"许女士本来是打算过完这学期再说的，但王叔也说了，那个时候再告诉她，对孩子不公平，有些事她应该提前知道，才好做准备。

许女士不再犹豫了，道："公司这次的问题比较严重，我打算跟孟氏合作。"

跟孟氏合作意味着什么许念很清楚，只是许念难以置信，一向高傲、什么都一个人硬扛的许女士，最终还是向她最厌恶、最看不上眼的那个男人低头了。

看来，这次公司确实碰到大问题了。这个时候，许念只能骂自己半点儿用也没有，帮不上忙。

"你自己考虑清楚。"许念咬咬牙，虽然她经常说"公司的事可以交给别人处理，别自己一个人挑大梁"这种废话，但这种时候她希望许女士能坚持住。

许女士放下手中的咖啡道："工作上的事你不用管，我跟你说这么多也是想让你有个心理准备。

"过几天，我会带你去见个人。你应该也能猜到是谁，到时候你尽量不要耍小孩子脾气，知道吗？"

许念的小脸紧绷了一下，然后道："知道了。"

许女士比她还要憎恶孟家，带她去见孟家的人，怕是许女士自己更受折磨。

"嗯，上去吧，早点儿休息。"许女士端着咖啡，翻开了手边的资料。

许念起身上楼，在快要走到画室门口的时候，楼下的许女士扬声道："许念。"

"啊？"

"你会选择妈妈，对吗？"

"废话。"

"嘭——"

楼下，许女士抬头看向二楼的画室门，提起来的心彻底落下了。

周六这天难得地下了一场大雨，许念懒洋洋地在床上翻了个身。

这样的天气，还是比较适合窝在被窝儿里。

只是，有人明显不这么想。谢一第三次打电话过来的时候，许念已经被烦得下床洗漱了。她含着一嘴牙膏沫，含糊不清道："知道了，起了，烦不烦？"说完挂断电话，她匆匆弄完就下了楼。

许女士已经去公司了，走之前准备了早餐。许念本来是打算让谢一进来吃的，结果发现他压根儿就没在门外，再一看他发的消息，才发现今天的补课地点改到了他家。

先前王叔送他回去了好几次，所以许念知道谢一家住哪儿。

离她家不远，走路过去也就几分钟。

吃完早餐，许念叼了一袋酸奶，按照谢一发来的东西准备着今天补课用的试卷跟书。实际上，就算补课她也压根儿听不进去，拿这些东西过去基本等于没用，但有时候仪式感还是挺重要的。

把东西收拾好，许念拿了把伞，出发去谢一家。她还没到，隔着一段距离，就看到不远处有人撑着一把黑伞立在那儿。

伞遮住了谢一的脸，只露出了他完美的身形。他穿着他们第一次见面时穿的白色衬衫，扣子一如既往地扣到最顶端，在这个雨天显得异常禁欲。

许念有点儿出神，在心目中又对《一念》有了新的定义。

其实，他很适合穿制服，连脸都不用露，什么也不用做，就会有一大批人因为他那双大长腿，以及男模般的身材疯狂地向他奔来。

他大概也看到她了，黑伞往后倾了大半，那张俊逸的脸露出来了。

谢一撑着伞，一步一步走了过来，在距离她只有不到一米的距离停下，在大雨"哗哗"声中，问："冷吗？"

意识到自己走神太久，许念回神道："还行。你在外面干吗？"雨天风也大，他跑到外面来等，是有多怕她逃课……

谢一眼神闪烁了一下，丝毫不避开她道："等你。"

雨水像是突然落到了许念的心尖上，一瞬间她觉得酥酥麻麻、冰冰凉凉的。

今天谢先生临时有个案子，去了当事人那边。本来打算去武术馆的何女士，因为夜里听到下雨声，心血来潮说要吃火锅，大半夜去敲儿子的门，让儿子把补课地点改到了家里。

"为了一顿火锅，你至于大半夜不睡觉吗？"当时被叫醒的谢一在床上坐了好半天后，带着点儿鼻音问。

何女士精神百倍道："我这是为了吃火锅吗？动动你那榆木脑袋，我这个当妈的容易吗？而且我看许念的妈妈周末也不在家，她一个人该多无聊，来家里玩，正好热闹热闹。

"所以，我想好了要吃番茄锅底，但听你平时的描述，许念应该喜欢吃辣的，那就鸳鸯锅吧。"

谢一："……"

他觉得他妈就是想吃火锅。

于是，许念进门后，就迎来了何女士热情洋溢的笑脸，以及她手中的娃娃菜。

"念念来啦！我今天做火锅，你们待会儿下来吃。"虽然她是想吃许念做的饭，但小姑娘第一次来，怎么着也得自己招待一下，她觉得日后有的是机会过嘴瘾。

许念跟何女士之间的交集也就是教室门口那次，她们之间并不算熟悉，而许女士口中的朋友应该是谢一的爸爸。他爸爸是律师，跟许女士或许有工作上的联系。

不过，从谢一那边了解到何女士的"光辉事迹"后，许念面对何女士的自来熟也没有多么尴尬。何女士很热情，总是能带动别人的情绪，所以她也根本没有机会尴尬。

"你们快去学习吧，我先给你们切盘水果。"何女士热情地把两个孩子送上楼，然后去"战场"搞了个果盘。

许念的"不用麻烦"甚至连说出口的机会都没有。

看到自己老妈忙忙碌碌、瞎折腾的背影，谢一很是无奈地叹了口气："你让她弄吧，她就是闲的。"

许念也希望许女士能够每天在家这么折腾。

何女士切好果盘，摆了个很满意的造型后，哼着歌，端着盘子去了书房。当手快要碰到门的时候，她发现门是开着的，敲了一下后便轻轻推开，结果就看到了让她震惊的一幕——自己的儿子居然"壁咚"了人家小姑娘！

何女士惊得下巴都快要掉了，这还是她那个一天到晚除了读书什么都不知道的儿子吗？！

几分钟前——

在谢一的注视下，许念被迫从书包里拿了几本书出来，打算意思意思。但那本书里掉出来了一个粉色的信封，信封好像是前几天老图寄过来的，她都快忘记这件事了，这会儿才想起来。

等她弯腰去捡的时候，有人已经先她一步把信封捡了起来，然后二话不说，胳膊一抬，把它丢到了书架最顶层。

许念："……"

她实在搞不懂谢一这突如其来的一拨操作是怎么回事，但第一反应是把信封取回来，说不定老图在里面夹了游戏卡之类的，拿不回来多可惜。

只是，她有点儿高估自己的身高了。

许念踮着脚尖，眼看着快要拿到了，突然身后有一阵温热传来。

她大脑一宕机，整个人都僵住了。也就是这个空当，那个快要被她拿到的信封，被身后的人一点点往里塞了进去。她彻底拿不到了。

许念："？"

"谢一！"许念有点儿暴躁地转过身，由于动作太大，不小心撞到了他的胸膛。许念捂着鼻尖，抬头看着他那双幸灾乐祸的眼睛，"有意思？"

近在咫尺的人并没有想着拉开距离，而是更靠近了一点儿。

霎时间，周遭的一切都静止了。在这一片静止的画面中，突兀地响起了什么声音。

"怦怦怦……怦怦怦……"

像是心跳，没有规律，也让人分不清这心跳来自哪一方。

忽然门外好像有什么动静，许念下意识地挣扎了两下，却被谢一圈得更紧。

"你？"她咬咬牙，正要问他玩够了没有，门外的何女士端着果盘进来了。

六目相看，一时无言。

何女士清了清嗓子，把果盘放在桌上，笑道："吃点儿水果。"末了，她瞪了自己的儿子一眼，"好好给念念补课，都高三的人了。"

何女士说完，念念叨叨地关上门，出去了。

谢一："……"

这种时候，他妈倒是挺会装正经的。

许念面无表情道："闹够了吗？"

谢一还没开口，脚上就被人狠狠一踩，他吃痛地往后退了好几步，靠在书架上的人已经闪到了一边，正抱着胸看他吃瘪的样子。

"拿下来，那是我的东西。"许念看到谢一的脸憋得通红，意识到自己刚刚那一脚确实是有点儿用力了。不过谁让他那么闲，逗她玩？

谢一老老实实地把信封拿了下来，十分不爽地放在她手里道："喜欢成这样，里面是写了情歌还是情诗？"

许念晃了一下信封，里面果然有游戏卡，她呼了口气，心想幸好拿回来了。不过，她怎么听谢一这话感觉不大对劲呢？

"你怎么阴阳怪气的？"她说出了心中的疑惑，"该不会是因为之前我扔了你的情书，所以你打算借机扔我的，讨回面子吧？"肯定了自己的这个想法后，她一脸"没想到你居然这么幼稚"地对谢一摇了摇头。

谢一："……"

"做你的题吧！"他彻底放弃沟通了，因为她的脑回路压根儿没有跟他在一条线上。

关于期中考试，谢一已经提前画了重点。这次考试对许念至关重要，如果她的总成绩达不到 1 班的平均分，就会直接被调去其他班。

谢一是不希望她被调走的，所以他参考了之前的试卷，把自认为的重点都做了笔记，只要许念肯背，那么考试就不会出太大的问题。

许念也是没想到谢一会这么上心。

实际上对她来说，在什么班都一样，学习对她来说不过是道程序，每天按部就班地在学校打卡就成。她从来没想过自己有一天会一鸣惊人，因为看书让她头疼。

看到谢一给自己的笔记，还有他在书上画的那些重点，许念觉得，如果自己辜负了他的一片心意，大概以后想起这件事，她都会很愧疚吧。

所以，她老老实实埋头学了一个多小时，等闻到外面有烟味时才停下来。

她抬头，看向坐在对面的谢一，正好撞上了他看过来的视线。

"阿姨是不是把什么东西烧煳了？"她半是疑惑地问。

谢一从容不迫地把试卷翻了个面道："应该是吧，习惯了。"

许念："？"

"我没说吗？我妈是'厨房天敌'。"把一整张试卷批阅完，谢一在上面写了一个大大的"23"后，把试卷推了过去，"只有二十三分，错题解析我大致写了一下，你先看一看，等会儿给你讲。"

他的话刚说完，外面突然传来了何女士的惊叫。

两人对视一眼，放下手中的东西，先后赶了出去。

抵达现场后，二人着实被眼前的一幕震撼到了。就见厨房里乌烟瘴气的，何女士正蹲在地上手忙脚乱地抓一条活蹦乱跳的鱼。他们再看锅里，应该是在煮什么东西，而案板跟洗碗池还有台子上乱七八糟地放着洗过的、没洗过的蔬菜跟肉……

比战场还要乱上三分。

听到脚步声，被鱼折腾出一身汗的何女士笑眯眯地看向正对她的"战场"进行参观的两个孩子道："你们怎么出来了？去学习吧，一会儿好了我叫你们。"

许念觉得，等何女士做好这顿午饭可能要再等个几百年。

她单膝跪地，一只手找了个支点后，另一只手把那条鱼按在了地上。

在何女士跟谢一震惊的目光下，许念单手将那条鱼放在案板上，然后狠狠地一刀下去，鱼"凉"了。

何女士："……"

谢一："……"

"阿姨，您歇一会儿吧，我来就行。"为了能够顺利地吃到火锅，许念寻思了一下，还是自己动手比较靠谱点儿。

没想到这么快就能吃到许念做的饭菜，何女士当即就把自己的儿子推了过去道："那行，让谢一给你打下手，我出去给你们买点儿饮料。"

"啊？不……"后面的话许念还没来得及说出口，何女士就已经脱了围裙，拿着钱包风风火火地出了门。

许念不得不再次感叹："你跟你妈真的……一点儿都不像。"

谢一点点头道："我比她聪明。"

许念翻了个白眼没接话，把清理现场的活儿交给谢一后，找到火锅底料，打算先炒一下。

谢先生回来的时候，就看到自己的老婆端着果盘靠在厨房边，笑呵呵地看两个孩子有条不紊地准备火锅。

"你——"你怎么不去帮忙？谢先生是想这么问的。

何女士将食指放在嘴边道："嘘！"然后招了招手，把谢先生叫到了一边："别打扰他们。"

谢先生哭笑不得道："孩子才多大，你一天到晚都在想什么呢？"

何女士道："我这可是为咱们儿子的美好未来铺路呢！我跟你说，念念这孩子我特满意，长得好看又懂事，还有一手好厨艺，这么好的姑娘，打着灯笼都找不着！"

谢先生往厨房那边看了一眼，道："这孩子我倒是没什么意见，就是……"

"就是什么？"何女士一听有转折，立马严肃了起来。

谢先生叹了口气道："也没什么。"那都是父母辈的恩恩怨怨了，跟孩子也没什么关系。

"神神道道的。"何女士嘀咕了句，扬头看到自己的儿子开始上菜了，立马去拿碗等吃。

谢先生无奈地跟了上去。

这顿饭是许念长这么大吃得最热闹的一顿。

从第一口开始，何女士就变着花样地夸她。实际上她也没做什么高难度的菜，但何女士却像是吃到了什么绝世美味似的，夸得特别来劲。

许念都快被说得不好意思了，但心里却暖烘烘的，很开心。

吃完火锅，谢先生主动包揽了洗碗的活儿，许念本来是打算吃完就溜的，结果被何女士强行送回了书房。

"能休息休息吗？"刚吃饱，许念看到试卷会很容易生理性反胃。

谢一表示没意见。

被批准后，许念坐在椅子上无聊地晃着腿，突然桌上的手机振动了两下。

她伸长脖子看了一眼，瞥见是之前在附近篮球场打街头篮球的某个男生发来的消息，约她一会儿出去打球。

许念莫名其妙地心虚了，她偷偷地瞄了一眼坐在对面低头修改试卷的谢一，本来打算回"没空"，对面很快又说今天来了一支挺有实力的队伍，想跟他们比一比。

生命在于运动，学习也要讲究劳逸结合，许念觉得自己没有拒绝的理由。

于是，她答应了。

然后她开始打哈欠，道："好困，今天要不就到这儿吧？"

对面的人头也不抬道："错题还没讲。"

"明天吧，今天有点儿累了。"许念拿出自己十二分的演技，就差趴在桌上表演一个"当场去世"了。

修改试卷的人笔尖一顿，抬头道："我看你都能答应跟别人去打球，挺有精神的。"说着，谢一又拿了一张试卷给她，道："再做一张。"

许念："？"

不是，他怎么知道她要去打球？这人会透视吧？

"谁说我要去打球了？我真的只是想回去睡觉。"她死鸭子嘴硬道。

谢一盯着她，道："那就在这儿睡。"

许念说："倒也不必。"

她索性也不演了："劳逸结合很重要，我认为现在我应该去打球，你觉得呢？"

谢一说："做完这张试卷。"

试卷做完，比赛都结束了。许念胡乱地抓着东西往书包里一塞，拍拍屁股道："明天见。"说完就要走人。

她还没往前迈出一步，就被一张白花花的试卷拦住了去路。

谢一异常执着道："做完再去。"他看了一眼时间，"距离今天补课结束，还有四个小时。"

硬走也走不了，许念恨不得一头撞死在这张试卷上。

一气之下，她问道："你让不让我出去？"

谢一无动于衷。

许念一咬牙，道："再不让我出去，我就亲你了啊！"

意识到自己说了什么，许念紧紧地闭上了嘴。大脑飞速运转后，她往旁边挪了挪，再挪了挪，然后趁谢一还没反应过来时打算赶紧溜走。

她前脚刚迈开，手还没碰到门把手，就被人给拽了回去。

谢一拎着书包把人拖了回来，问："还亲吗？"

明明狠话是许念放出来的，这会儿却轮到她呆滞了。那双看着她的眼睛比平时更加透亮，像是被点亮了万千星光。而她此刻正被这万千星光困在其中，只因为它的主人搭理了她一句玩笑话。

只是因为这样。

许念被自己的口水呛到了，咳了半天缓过来后，说话也难得地开始打绊子："我、我开玩笑的。"

不知道是不是她的错觉，谢一好像皱了一下眉。等她一眨眼，他又换上了最开始那副逼她做试卷的表情。

"那就做完再去。"

许念："……"

这场比赛，许念到底是没去成。不过明天他们还有场比赛，还是老时间，于是许念跟那几个玩街头篮球的男生又约了一场。

为了不再错过，许念一口气把周日的试卷也做完了。虽然错误率很高，但至少数量是有了。

眼看着快要国庆节了，国庆节前开运动会，节后就是期中考试。时间紧、任务重，这两天班上气氛凝重，就连下课也没人趴在桌子上补觉了。

1班的竞争压力很大，这一点就连不把学习当回事的许念都感受到了。她顺便也跟着学神们一头栽进了这热烈的学习氛围之中。

估计是学神们的感染力比较足，谢一出的那几张试卷，许念现在已经差不多都消化了，至少考试可以过及格线。

不过距离1班的平均分，她好像还差很多。

但学归学，运动会还是要参与的。在这方面，学神们显然要比她分得更清楚。

许念慢慢地摸索清楚了七中的学神们之所以能够这么优秀，除了跟学校领导斗智斗勇的原因有关之外，还因为他们懂得如何规划时间。

就比如，该运动会时就好好地举办运动会，虽然他们不参加，但精神与参赛成员同在。

看着上一秒还在教室里刻苦刷试卷的学神们下一秒就穿上了荧光橙的班服，举着牌子在操场上排练，口号还喊得异常响亮，覆盖力强大到别的班连出声的机会都没有……许念只能用大拇指表示对1班学神们的敬畏了。

只是这个口号，她嘴皮子动了半天，死活也喊不出口。

"许念！喊起来！大点儿声，咱们不仅学习上要碾轧其他班，气势上也绝对不能输！"体育委员站在第一排，亢奋地用喇叭冲最后一排的许念喊道。喊完后，他还顺势唱了一首《生日快乐歌》。

许念："……"

"来，大家继续！"等一曲《生日快乐歌》完毕，体育委员清了清嗓子，再次带头，"王者1班，七中最强！你要不爽，现在来战！1班！牛！"

全体学神口号嘹亮："王者1班，七中最强……1班！牛！"

许念知道了，之所以她喊不出口，大概是因为她不配吧。

趁着休息时，许念跟"狐朋狗友"们说了这件事，大家没心没肺地笑过后，问她其他班的口号是什么。

许念嘴角一抽。

就1班这么拉仇恨值的口号，全年级十六个班，有十个班的口号都是围绕着1班来的。

什么"3班不爽，下课就战""1班榜样，十六的偶像""前有1班，后有3班，2班奥利给"等。

正儿八经参加比赛的班级没几个，一个个都跟口号杠上了。

总之，对这个运动会，许念的期待程度大幅度提升。

运动会是周四这天开始的，一连好几个阴雨天，到运动会这天晴空万里，老天还是很给面子的。

许念本以为之前的彩排已经算大开眼界了，没想到今天的实战更是让她狠狠地震撼了一把。

当看到操场上什么奇怪的服装都有时，许念顿时觉得他们班的荧光橙好像也不是那么辣眼睛了。

走完各项流程，第一天的项目也陆续展开。

除了被忽悠参赛的许念，1班还有几个主动参与的学生。安然就是其中之一，她报了跳高，说是要向林煜证明自己腿长两米八。

实际上，她在第一轮的时候就被刷掉了。

"念念，你练过的吧？"卡在第一轮的安然围观了许念跟5班的一个女生多次升杆，不禁对许念油然而生了一种敬佩之情。

许念活动了两下脚腕，退后一段距离后，助跑，再一次轻轻松松地越杆。

周围顿时爆发出了一阵热烈的掌声。

5 班的女生在第三次的时候险过，杆再次升高。

许念再次一跃而过。

5 班的女生第一次没过后就直接放弃了，临走时还跟许念互相吹捧了一番。

"牛啊！"安然把水递了过去。

许念一口气灌了半瓶，边拧瓶盖边说："更牛的还在后面，要看吗？"

接下来，许念让安然体验了一把什么叫"头脑简单，四肢发达"，学习可以不行，但运动没有她许念不会的。

横扫了大半项目后，许念抽空休息，听到广播站又念到了自己的名字。

从运动会开始到现在，至少有十三张带她名字的稿子了吧，都是 1 班的学神们写的。

许念没想到学神们平时一个个都对她爱搭不理的，在背后却能对她吹一天"彩虹屁"。

"你笑什么？"安然问。

许念摇头道："没什么，就是觉得学神们还挺口是心非的。"

安然闻言，摆手道："嘻，那群家伙就那样，玩久了就知道他们心眼儿不坏。我跟你说，别看他们成天脑子里只有学习，玩起游戏来一个比一个厉害。还有，你知道我们学校取外卖的那东西吗？那可是年级前十的几个学霸一起测量、计算做出来的，能够刚刚好拿到外卖，还不让外卖洒出来，是不是很牛！"

一个取外卖的竹竿还需要精心计算，许念又长见识了。"牛！"她说。

"不过话说回来，谢一呢？一早上都没见到他的人影，也不知道去哪儿了。"又聊了几句，安然这才注意到今天那个总是爱围在许念身边转的家伙没在。

想到早上谢一被叫去批改试卷，许念下意识地看向了教学楼的方向，正巧，瞧到了熟悉的影子。

"喏，在那儿呢。"她扬了扬下巴道。

安然用手遮着太阳一看："什么情况啊他这是？"

就见不远处，一男一女正低头说着什么。女生的手上拿着一瓶水，看上去满是娇羞，而男生的手中不仅有瓶饮料，还捏着一个粉色的信封，是什么不言而喻。

许念觉得大概是她脑子坏掉了，才会在看到这一幕的时候不爽。说"不爽"有点儿严重，顶多就是不顺眼。

她将这种别扭归结为是她还没完全适应谢一就是一念。在她的心里，她自私地把一念当成了她的专属，但现实中他还是谢一，那个走到哪儿都自带光芒、让人不会忽视的学神。

"要过去看看吗？"察觉到旁边人的异样，安然抑制不住自己的幸灾乐祸，憋着笑问道。

许念眯了眯眼。

送了信不就行了吗？至于说这么久？

"我正好回教室拿点儿东西。你要跟我一起去吗？"安然再次发出邀请。

许念不轻不重地"嗯"了声，跟了过去。

距离逐渐缩短，谢一似乎也注意到了她们。

谢一往后撤了一步，把硬被塞进手里的信封还了回去："抱歉，我不能接受。"

女生准备了好多天的话，因为过于紧张只说了一半，而后面的话已经被眼前的人堵死了。

她笑容勉强地问："为什么？"

谢一的目光却没有因为她的话而收回来。

顺着他的目光，女生慢慢地转过头，看到不远处正走来两个女生。

她一眼就能确定目标，是因为那个女生本身就足够耀眼。

谢一冲迎面而来的人抬了一下手。

女生咬了咬唇，问："是因为她吗？"

谢一目光坚定道："是，一直都是。"

这时许念走了过来，擦肩而过的时候，她对那个看上去有点儿呆的女生道："小妹妹，我劝你还是好好学习，别把时间浪费在他的身上。这位学神的心里只有学习，其他事只会影响他学习的速度。"说完，许念扫了一眼她口中的学神，见他正看着自己，并笑得十分诡异，她抖了抖身上的鸡皮疙瘩，拉着安然往教学楼走。

谢一无奈地摇了摇头，跟了上去，把刚刚买的运动饮料放在她的脑袋上，道："你刚刚破坏了我正要开始的初恋，知道吗？"

许念翻了个白眼道："哦，我不是故意的。"

她话刚说完，耳边突然一热。

"你得赔一个给我。"

他突然靠过来，许念清楚地感受到了他温热的唇擦过自己的耳垂。

蓦地，她耳朵发热地往旁边跳了好一大截，道："赔什么？"

谢一一脸无辜道："初恋啊。"

许念懒散地指了指身后，道："你现在赶回去，说不定你的初恋还没走。"

安然憋着笑，虽然平时总能看到谢一在许念面前吃瘪，不过无论看多少次，她都依然觉得好笑。

"别靠这么近，热。"见谢一又跟了过来，心跳还没平复的许念脚下加速，带着安然走远了。

身后的谢一目光锁定在那道远去的身影上，无声地叹了口气。她到底要多久才能发现他喜欢她，也到底还要多久才能像对一念那样，对他也毫无保留……

第六章

回应

　　运动会第一天结束，许念的腿都快要跑断了，好在战绩勉强还可以，参与的项目三分之二她都拿了第一。

　　体育委员再次感慨自己没有选错人，1班头一次能在运动会上拥有姓名，实在是一件值得载入1班史册的重大突破事项。

　　体育委员老泪纵横地找到了功臣，难得地想要大方一次，道："念姐，今天放学有空吗？请你吃大餐！"

　　许念倒是想去，不过今晚不行。

　　"明天吧，今晚我还有点儿事。"她拍拍体育委员的肩，很诚实地说，"你先别失落，钱包准备好，明天的项目都是我擅长的，所以明天可能会狠狠地宰你一顿。"

　　体育委员："……"

　　你哪只眼睛看到我失落了？！

　　意识到明天自己的钱包可能会来个大瘦身，体育委员的心脏突然痛了一下。

　　由于运动会期间不上晚自习，走读生在六点半运动会结束的时候可以提前离校，不过到家后要让家长在班级群里报平安。

在安全方面，七中向来做得不错。

刚出校门，许念就看到了许女士的车，她不自觉地眯眼去看车内。

而一旁的谢一双目微沉。

下午的时候，他隐约听到有人说孟氏集团的人来了盐城。

关于孟氏集团的传言很多，它被广大网友位列在"明星财团"之中，稍微有点儿风吹草动都会挤上热搜，这绝大多数原因是孟氏集团现任CEO一改传统，在娱乐圈里也分了一杯羹。

"不过还有一个八卦，这个可能有那么点儿过分。不过能传得这么逼真，十有八九是有这回事的。"

"什么？什么？"

"就孟氏总裁啊，我看热评一直有人说孟氏总裁那方面有问题。"

"哪方面？现在的网友连这种都要八卦吗？"

"要不然怎么说网络给了'键盘侠'喘气的机会呢？反正只要是有关孟氏的热搜，评论里绝对有说孟氏总裁性功能障碍、生不出孩子的。"

"那许念……我就说吧，肯定是李强在胡说八道。我上次见到了许念的妈妈，典型的女强人形象，跟他说的那些乱七八糟的事压根儿沾不上边。"

"我也觉得……反正李强那话我是半点儿不信，那家伙就知道吹牛。网上想要做孟氏私生女的网友一抓一大把，听他瞎扯。要是许念真是私生女，那肯定跟孟氏的人多多少少有点儿联系吧？"

"嗐，不说了，我还得写明天的广播稿，给许念吹'彩虹屁'呢！她今天真太帅了！"

"我也去写！"

秋风肆意。谢一收回神，目光里全是身侧的人。

真相究竟是什么并不重要，他只希望她能够不被那些东西牵扯，每天都开开心心的。

只要她能够快乐，其他的并不重要。

"今天你自己回吧，我要跟我家许女士出去吃饭，就不捎带你了。"

确定车里没有陌生人，许念暂且松了口气，对跟她一道出来的谢一道。

"嗯。"谢一应了声，眼看着人就要离开了，他出声叫住她。

"还有事？"许念回头。

落日的余晖映在她的脸颊上，她像是被镀了一层光，温暖耀眼到让人舍不得移开视线。

"你可以随时找我。"他说，"不管遇到什么事，你都可以随时来找我。"

只要是你，我都会第一时间赶到。

良久，离他两米开外的人浅浅一笑，道："知道了。"

直到跟许女士离开，校门口的那道身影依旧在。

而车上的许念弯了弯眉眼。

谢一就是一念，不管现实中的谢一是什么样的，一念对她的那份温暖，谢一依旧保留着。

"笑什么？"开车的许女士看了一眼后视镜，心不在焉地问。

许念把昨晚谢一加班加点给她改好的试卷拿了出来，随手翻了翻，道："没什么。"

红绿灯路口，许女士回头看了一眼许念，道："要期中考试了？"

"嗯。"

"用点儿心，留在1班对你而言很重要。"

见她一直没话找话，许念合起了试卷，道："有什么你就直说。"

许女士欲言又止，握在方向盘上的手紧了紧，最后道："一会儿见到人，你……你记得要有礼貌。"

"嗯。"

"也要把握好分寸，不要让姓孟的觉得我们母女好拿捏。"

"嗯。"

"或许他会说一些花言巧语，但你要记得你答应了我什么。"

"知道。"

"许念。

"你会选择妈妈的，对吗？"

许念抑制着自己的不耐烦，耐心道："就这几天，同样的问题你已经问过很多遍了，我的答案还是一样的。我不会选择一个陌生人。"

不论她跟许女士之间的感情有多淡薄，也总比一个十多年对她不闻不问的男人好。

车内又陷入了死寂。

半小时后，黑色路虎停在了一家西餐厅前。

许念到底还是有些紧张，她是怕自己压制不住暴脾气，一会儿在饭桌上跟人翻脸可就不好了。

许女士今天来的目的也很明显，她是想跟孟氏集团谈合作，许念不能因为一时冲动而破坏她的事。

"进去吧。"整理好仪态，许女士拎着包，踩着细高跟鞋走了进去。她又恢复了她那副女王的模样。

许念跟在她身后，觉得此刻的自己像极了一个"拎包小弟"。

许女士和"拎包小弟"一路被引到了一处别有情调的落地窗前。这边的设计独特，现在天色渐暗，在这里能很好地看到盐城的夜景。

从进门到现在，许念没看到其他客人，于是很大胆地猜测这位孟氏老总包场了。

孟氏老总晚来了十分钟，用他的话来说那就是："盐城事多，刚下飞机就去了分公司处理业务，这会儿才赶过来。"

许念沉默地听着两个大人你来我往的交手，顺便给自己续了一杯水。

大约过了半小时，话题到了她的身上。

许念是看过孟氏老总的，毕竟她也是个热爱八卦的人，平时偶尔刷个微博热门也能撞上这位老总的热搜。不过私下见面这倒是头一次。这么多年许女士带她跑了好几个城市，大抵就是为了躲他吧。

许念皮笑肉不笑地跟这位老总打过招呼后，为了不让他们后续的话牵扯到自己，她尽力地在降低存在感。本以为她的沉默可以更好地让这顿晚饭进行，没想到许女士比她还沉不住气，一个小时不到，两人就闹翻了脸。

临走时，孟氏老总还抓着她的胳膊，摆出一副"我真的很想要弥补"的样子跟她说："念念，跟我回家，家里什么都有，总比你跟你妈在外面四处奔波强。"

许念想，既然许女士都跟你翻脸了，那自己也没必要继续装着了。

许念干脆地甩开他的手，告诉他："生不出孩子了才想到我，早干吗了你？抱歉，我妈告诉我，我从小就没爹。"

老总的脸色应该很难看，因为在出门前，许念听到了摔东西的声音。

回去的路上，车内更安静了，许念索性靠在后面装睡，没想到还真就睡着了，大概是白天运动会太累。

迷迷糊糊中，她好像听到了哭声，哭的人很克制，声音很小。她尝试着转了个身，哭声便戛然而止了。

"别装睡了，车给你叫好了，一会儿王叔过来接你。我现在要去机场，这两天你不要接他的电话。他如果找上门，你就直接报警，听到了吗？"许女士擦干了眼泪。

许念勉强撑开眼皮道："又要出差？"这个时候走，就不怕她跟那个男人回去？

许女士看起来很严肃，许念不再作声。这么多年了，公司风风雨雨都经历过，这次看来是真的严重到撑不住了。她有时候真的挺佩服许女士的，一个人敢和孟氏集团硬碰硬这么久，如果当年她要是懂点儿事，别从许女士的肚子里爬出来，兴许就没这么多问题了。

王叔来得很快，许念下车的时候，外面已经飘起了毛毛细雨。

王叔跟许女士说了几句话，才小跑着回到了车里："我先带你去吃点儿东西吧。"

刚才因为那些礼仪，那些食物许念压根儿没有动几口。而且她不喜欢吃西餐，仪式感太重，还吃不饱。

不过，她现在也没什么胃口。"直接回家吧。"她说。

王叔嘴上应着，可是路过某家馄饨店的时候，非说是盐城的活招牌，拽着她去店里吃了一顿。

估计是吃得太快，胃里不太舒服，许念不怎么安稳地睡到了"站点"。

送走王叔后，许念的胃里一阵翻江倒海。王叔回去的时候千叮咛、万嘱咐，让她不要胡思乱想，好好睡一觉，可今天这顿恶心人的饭到底还是吃了，并且让她一直不舒服到现在。

从见面的第一秒开始，她就看出来那男的对她根本就没有半点儿感情，可能是出于什么原因，他才要接她回家，但那从来不会是父爱，是弥补。

正因为许念很清楚这些，所以之后他每一个讨好的笑容，都让她极度不适。

终于吐出来了，许念的表情舒缓了很多，她直起身，靠在墙边淋了几分钟雨后，觉得自己像个傻子，有家不回，蹲在外面淋雨，于是翻了翻钥匙，准备进家门。

她一转身，就看到不远处有人撑着一把黑伞立在那儿。

路灯下，淅淅沥沥的雨落在黑色的伞面上，伞下的人纹丝不动地站在那里，身高挺拔，立得笔直。

应该是看到了她，那人打着伞向她快步走过来。

"怎么一个人回来了？还不带伞？"

望着眼前满是焦急的人，许念心底某一处突然就化开了。

许念往前挪了一小步，开口道："你怎么在这儿？"

谢一把另一只手中的餐盒提到她面前，道："猜你应该没吃什么东西，过来给你送好吃的。"

明明刚吐完，胃里还火辣辣的，许念却突然很想看看餐盒里是什么，因为闻起来挺香的。

"你猜得很对，那我就收下了。"她接下他手中的餐盒，语气尽量显得轻松。

谢一却还是察觉到了异样，低声问："你还好吗？"

开餐盒的动作一顿，许念把餐盒盖好，道："我不好。"

她很不好，被人抛弃、被人嫌弃、不被需要，她厌倦了这种感觉。

蓦地，头顶的人对她说："拿着。"

手中被强塞了伞柄，许念还没来得及细想他要做什么，下一秒她就落入了一个温暖的怀抱……

"现在呢？感觉好点儿了吗？"谢一的右手轻轻地拍着她的背，像是在哄小朋友一样。

到嘴边的"好多了"未说出口，许念紧紧地握着手中的伞柄，问："可以再抱一会儿吗？一小会儿就行。"

谢一的怀抱让她很安心。

大抵是没料到她会这么说，放在许念后背的那只手明显顿了一下，连带着谢一的身体也僵硬了片刻。

没多久，谢一微微弯腰，放在许念腰上的手加紧了力道……

雨幕中，女生撑着伞依靠在男生的怀中，画面安静而又美好。

第二天天气阴沉沉的，不过听说很难下雨，所以运动会照常开始。

今天的项目许念只有两项，一个是长跑，一个是女子五十米决赛。

许念轻轻松松地拿下了五十米决赛的第一，一边活动着筋骨，一边在一众学神殷勤地递来的水中，挑了谢一的。

昨晚雨中的场景反复在许念的脑子里回放，手中的水像是被加热了一般，变得有些烫手。许念装作不经意地回头，正巧撞上了谢一抬头。

他也在看她。

许念的心跳得飞快。

纵使她没有经验，也知道自己大概是喜欢谢一的，但她又不是很确定，到底是喜欢谢一，还是因为谢一是一念，才让她产生了依赖……

半小时后，许念到长跑检录处集合。

长跑一直是她比较擅长的项目，正常发挥的话，至少是可以拿到名次的。

安然一边给许念按摩，一边让她不要有压力。

体育委员也凑了上来道："别太拼了啊，念姐，反正你现在已经是我们 1 班的头号功臣了，尽力而为！"

林煜也来凑热闹："这位小妹妹，要哥哥陪跑吗？"

他这句换来了众人齐声道："滚！"

被你一句我一句地激励，许念往后撤了几步，难得地有点儿手足无措。大概是以前被学校的人冷落太久了，面对这么多友好的关心，一时间她觉得有些别扭。

"许念，你别紧张啊，虽然你面对的是去年的长跑冠军，但我们还是相信你！"

"拿不拿第一没事，重要的是坚持！"

"我跟你讲，你一开始别跑太快……"

许念："我……"

"尽力吧"三个字还未说出口，她脚一崴，整个人往后倒去。

众人吓得倒吸了一口凉气，离她最近的人伸出了手，但在看到许念被稳稳接住后，又收了回去。

"你往后退什么呀？我又不会吃了你。"收回手的人小声地说完，还是往后退了一步，跟她拉开了距离。

应该是许念不喜欢跟人近距离接触吧，虽然这很怪，但他能理解。

而许念到现在还没从差点儿摔倒的惊慌中缓过神来。

"没事吧？"谢一把人扶稳，暗自松了口气。

"怦怦怦……怦怦……"

没有规律的心跳声又一次清晰地回响在耳边，许念的耳根有些发热。她不确定这个心跳声是自己的，还是她身后的谢一的。

那边的裁判吹了哨，让大家抓紧时间准备，无关人员退场。

体育委员带着大家陆续离开，直到最后，女子长跑赛道上，只剩谢一一个男生。

许念用胳膊肘撞了他一下，道："你不走？"

谢一"嗯"了一声，尾音上扬，几秒后点点头道："加油！"

他看上去心不在焉的。

已经整理好状态的许念摸了摸耳朵，搞不明白他在发什么愣。

比赛正式开始，许念不想跟其他人挤一块儿，等人都出发得差不多了，才优哉游哉地离开出发点。

欢呼声从比赛开始后就没有停下来过，赛道两边挤满了人，有陪跑的；有加油呐喊的；夸张点儿的，还有端茶递水的。

安然从林煜那边拿了几瓶水，打算拿给一会儿跑过来的许念。她正用力地拧瓶盖，眼角的余光瞥到边上目光直愣愣的谢一，然后她把水拿给他，用恨铁不成钢的语气道："拧开，一会儿许念过来给她。"

这个时候，这家伙居然还有心思发呆？他没看见赛道边围观的男生，有一半是准备给许念送水的吗？

谢一的视线落到被强塞过来的那瓶水上，然后又移到拿着水瓶的那只手上时，脸不自觉地再次烧了起来。

想到昨晚拥抱过后的那个梦，谢一拧开水，一口气灌完。

他再抬头时，正好看到跑完一圈过来的许念。她穿着球服，号码牌用胶带粘在腰间……

从"罪魁祸首"那边别开眼，谢一红着脸，把手中另一瓶水往前一伸。

许念调整呼吸，本来对她来说很轻松的长跑，因为一路都有伸手递水的人，搞得她还得边跑边防着别被水砸到。

只是没想到，谢一也会伸手过来。

本来错过了，许念想了想，还是折身回去了。

大家看到本来保持在前三的许念，半道上竟然停了下来，然后折了回去，从年级第一的手里接过了水，喝了大半后又把水还了回去，继续跑。全程悠闲的样子，让人差点儿忘了这是在比赛。

眼看着许念又一次追到了前三，体育委员那颗心总算是放回了肚子里，道："我以为咱念姐放弃第一了呢。"

安然扫了他一眼，道："念念跟你熟吗，一口一个'念姐'？"

体育委员叉腰道："怎么不熟？我俩熟着呢，这次篮球赛……"

两人因为一个不痛不痒的问题杠了大半天，而其他人开始聊八卦。

"你说许念跟谢一是什么关系啊？"

"我昨天看到他俩一起回家啦！"

"我猜许念肯定对谢一有意思，不然那么多人的水，她怎么只接了谢一的呢？唉，男神要被抢走了，心痛。"

"不对啊，为什么我觉得是谢一对许念有意思呢？你看，平时谢一对大家那么高冷，一碰上许念就那么温柔。"

"对，对，对，我也觉得。难道你们看不出来，谢一的眼里从头到尾都只有许念吗？许念第一天来班里时我就注意到了。"

几个女生凑在一起嘀嘀咕咕时，许念已经在做最后的冲刺了。

去年的长跑冠军确实有点儿厉害，全程都不带大喘气地加速，到最后居然还有力气冲刺。

最终以第二到达终点，许念扶膝，调整呼吸，在看到第一名的那姑娘快要倒下去的瞬间，一把将人捞了起来，道："别躺，先走走。"

女生"嗯"了声，被班上的人架着舒缓肌肉去了。

许念兀自调整时，胳膊猛然一沉。拉她的人力道算不上重，但因为她刚跑完长跑，全身都像是负重一般，举步难行，被这么一拽，腿一软，差点儿跪在地上。

谢一眼明手快地把人拦腰勾到了怀里，然后身体一僵，放在她不盈一握的腰上的手往前扶了一下，不动声色地移到了她的手臂上，道："你还有心思关心别人，嗯？"

男生低沉的声音由远及近，跟她的呼吸声掺杂在了一起。

许念被扶着往前走，撑着一口气对他道："关爱美女，人人有责。"

谢一被气笑了，从跟过来的安然手里接下水，道："你什么时候能关心关心帅哥？"

知道她现在没力气说话，谢一也没再跟她贫嘴，等人缓得差不多了，才把她送回了教室。

见他在自己面前蹲了下来，要给自己按摩腿部肌肉，许念表演了什么叫"受宠若惊"："天哪，学神给我按摩，那我期中考试是不是能考高分了？！"

谢一抬眸，扯了一下嘴角道："是的，你是本学神的专宠，高分只是低级福利，你还能跟学神进同一所大学，期待吗？"

之前何女士在武术馆陪偶像练习武术，谢一硬是被谢先生强拉硬拽着学了一套舒缓肌肉的按摩手法。

学的时候他没觉得有必要，今天这么一看，还算有用。

谢一换了一条腿，把握好力道，继续给她按摩。

教室里这会儿只有他们两个人，其他人都还在操场上。

安静中，谢一听到许念问他："你想考哪所大学？"

这个问题何女士也问了很多次，班主任也旁敲侧击过。

谢一其实一直都有答案。

"清华吧。"他说。

那是他父母相爱的地方，他想去看看。但是他又很犹豫，他不知道她会不会愿意跟他一起。

"你呢？"他问。

许念趴在桌上，享受着专人服务，道："英国吧，我毕业应该会去英国。"

"哟——"

许念吸了一口凉气，她疼得端坐了起来。

谢一忙抽开双手道："弄疼你了吗？对不起。"

许念看着今天不知道心不在焉多少次的人，摇了摇头道："没事。不过……你没事吧？你好像一直有心事？"

"没什么，就是……你真的要去英国？"

实际上，隔着网络，他也问过同样的问题，但她都是避之不答，现在他却希望她说"不"。

许念没想到他是因为这个走神，撑着下巴想了半晌，道："应该吧，我也不知道，不过清华好像也不错。"

她大概不会想到，她的一句话，给了谢一多少希望，而未来他又会多失望……

国庆节长假前，许念跟朋友约好一起上分，结果国庆节时被家教强制复习了六天功课。

好在这六天的复习还是有成效的，做完试卷出了考场的那一刻，许念万万没想到自己也能有跟同学一起讨论试卷题目的一天，真的是……创造了她小半辈子少有的奇迹。

期中考试成绩出得很快，前一天刚考完，第二天榜单就已经贴出来了。七中下到学生，上到老师，效率都是一等一的。

粘贴好榜单的教导主任在看到许念挤进年级前一百名后，震惊中带着点儿欣慰以及自豪。

看看，这就是他们七中高三1班的影响力，能把成绩倒数的人变成年级前一百名，就问你牛不牛！

于是，当天盐城论坛上又多了一个名为"走过路过不要错过，盐城七中，人才制造厂，梦想的开始，了解一下！"的帖子。

许念也很惊讶，能在七中挤进前一百名，相当于在她以前的学校能进前五十名。也就是说，她一下从一所大专冲向了二本线。

不过她很清楚，能有这么好的成绩，三分之二的功劳来自谢一勾画的重点和押的题目，这些大半都考到了。

不过让她意外的是，就连她的朋友都问她是不是作弊了，而学神们居然没有一个人质疑她。

许念低头在群里打字。

Xu：不愧是学神，思想境界都要比你们这群学渣高。

老图：可别包括我，我可没有怀疑你作弊，一丝丝都没有！

二狗：学神们没有怀疑你，八成是学神们被你威胁了。醒醒吧，念姐，跟我们一起做学渣不好吗？

大羊：跟谢一学了这么久，念姐，你要是还考不进年级前一百，学神们八成会质疑你的智商吧。

Xu：你们不用这么着急地告诉我。你们是我的狐朋狗友，谢谢。

Xu：我是来跟你们炫耀成绩的，老老实实夸人就好。你们念姐只想听好话。

许念扯着嘴角回复完，翻着自己的试卷，正想着要不要跟许女士报个喜，手机开始持续振动，她还以为有人打了电话过来。

结果一低头——

二狗：念姐牛啊！念姐本身就是学霸体质，之前考倒数完全是不想展示自己真正的实力。

老图：念姐人美心善智商高，全天下找不出第二个如此完美的人！

大羊：你是那陈年清酿，你是那七月急雨，你是那天上明月，你是那词不达意的温柔，你是我的意中人，更是我的心上人。

大羊撤回了一条消息。

大羊：复制错了。

大羊：念姐牛就完事了哈！

许念："……"

把这群人挨个儿禁言后，许念才觉得舒服了不少。

犹豫了半天，许念还是给许女士发了一条短信，言简意赅地告诉了她自己这次的考试成绩。只是许念没想到，许女士会回复得如此快。在她的消息发完后一秒，短信对话框里就跳出了一条新的信息：成绩我看到了，你终于像是我许芹的女儿了，有点儿水平。再接再厉，想要什么奖励就告诉我，我回去给你带。

来来回回把这条短信看了三遍，许念脸上隐隐露出了点儿笑意。她得意地挑了下眉，把手机丢进了桌兜里。

似乎那次交谈过后，她跟许女士之间的关系就融洽了很多，至少不像以前那样，见面就吵。

许念瞥了一眼旁边的空位，想起谢一刚刚被班主任叫去了办公室。

许念盯着旁边的位子，有点儿出神。

好像她能跟许女士友好相处都是因为谢一。如果不是他，大概她们现在都还在跟对方别扭，不肯向对方低头吧？还有这次能考出这样的成绩也是因为他，他在不经意间已经帮了她这么多了吗？

"在想什么？"

被突如其来的声音吓了一跳，许念瞪大眼睛，盯着"罪魁祸首"。

"嗯？"他不解地坐回了座位。

片刻后，他听到身边的人问："你有什么想要的吗？"

谢一愣了一下，把差点儿脱口而出的"想要你"咽了回去，换了一个委婉一点儿的要求："有啊，我想吃红烧茄子。"末了他又问，"你是要报答我吗？"

许念见他背靠着墙，单手撑着下巴，食指有一下没一下地在侧脸上敲打着，那双细长而又透亮的眼睛此刻微微眯起，一看便是一副不怀好意的模样。

许念眼皮狠狠一跳，僵硬地笑了一下道："突然不想报答了。"

谢一一脸失望道："你好没良心。"

许念："？"

谢一继续道："没良心！"

许念："……"

他还跟她杠上了？

两人正僵持着，物理老师夹着课本从外面进来了，手上还拿着实验道具。

物理老师将道具整理好的那一刻，紧跟着上课铃声响起的，还有谢一那句阴魂不散的"没良心"。

许念："……"

讲台上，物理老师拍了拍手，吸引大家的注意力。

"我前几天在网上看到一个小实验，觉得很有意思。这节课咱们先做实验，再讲试卷。"

一听做实验，底下顿时炸开了锅。

"什么实验？什么实验？"

"好久没做实验了！"

"我猜是那个'千人震'吧，因为我昨天也在网上看到了。"

一片讨论声中，物理老师道："我听到有人说'千人震'了。没错，就是'千人震'。其实这个实验是你们班主任提议的，他的目的是增进你们之间的感情。俗话说'过命的交情'，过了这节课，你们就是'过电的交情'了，所以同学之间要互帮互助，互相信任。像谢一跟许念，就是很好的例子。"

1班班主任提议做这个实验的时候，物理老师其实并没有什么感觉，只是听到他说起最近1班的状况才有所触动。

1班的学生大多是人上人，都认为互相竞争才会有所进步。这固然是没错的，只是这段时间，班主任那边收到了太多匿名举报信，大多都是些不痛不痒的小问题。

一个班级，如果缺少了信任，便会少很多东西。这个道理，班主任跟他都希望能通过这个实验让他们明白。

"我这边已经准备好了，你们要是准备好了的话，就牵起旁边的人的手。或者说，要是你能信任对方的话，就把自己的手交给对方。"物理老师说完后，开始倒数，"现在我数三下，三秒后，你们要做好准备哦，放弃的人可以直接忽略。"

"三。"

"二。"

"没良心的，要试试吗？"谢一把自己的手伸了出去。

许念顿了一下，把自己的手放在了他的掌心上。

被大掌包裹的那一刻，许念心头猛地一跳，莫名地紧张了起来。

她不自觉地看向身边的人，却撞上了他的目光。

谢一眉峰轻挑，嘴边牵起了一个好看的弧度："准备好了吗？"

他话音一落，不太明显的电流从指间飞窜，很快便消失不见了。

许念眨了眨眼，有点儿蒙，她不太清楚那一瞬间的感觉是因为电流，还是因为……他牵着她的手。

"怎么样？有感觉吗？"物理老师观察着底下这群孩子的神情。

"没有，老师，再搞一次吧。"有人这么说。

物理老师丢了半截粉笔过去道："别以为我不知道，你就是想趁机多摸一下小姑娘的手。你给我松开！"

被粉笔砸中的男生冲坐在自己身边的女生"嘿嘿"笑着，两人瞬间红了脸。

"好了，点到为止。你们班主任的用意我想你们应该也清楚了。但我还是要说，一个班级，首先是一个集体，其次才是个人。这个道理我希望大家能够明白。"说完，物理老师翻开试卷，"好了，看一下试卷最后一道大题……那些还在偷偷牵手的，差不多行了啊，我不瞎。"

顿时，班上一阵哄笑。

许念动了动，道："说你呢。"

谢一飞快地松手，然后侧身而坐，将自己红透的耳根藏了起来。

而他不知道的是，许念正捂着脸，开始心不在焉……

这节物理课，老师并没有讲多少题，他知道大家的心思肯定还在那个实验上面，讲再多他们也听不进去。

回了办公室，物理老师向1班班主任竖了个大拇指，道："你这招还真灵，我看你抽屉里的匿名信这次会少一大半。"

班主任摆了摆手道："但愿吧。"说话间，他叫住来领试卷的2班班长，道："刘虎，你帮我喊一下我们班的谢一跟许念。"

他刚说完，一回头，发现物理老师不知道什么时候来到了他的位子旁。

"叫他俩干吗？我似乎闻到了八卦的味道。"物理老师刚毕业不久，平时跟同学打成一片，爱好就是听学生之间的小八卦。

班主任长长地叹了口气，而此时谢一跟许念已经到了。

"老师，您找我？"许念以为班主任是要说这次成绩的事，兴冲冲地来挨夸了。

班主任看了一眼手中的匿名举报信，抬头，目光来回在两个孩子身上扫了几圈，道："有人举报你们早恋，是真的吗？"

许念："？"

"搞错了吧，老师，我俩那是纯洁的师生情谊。"许念不知道自己为何会慌乱，第一反应便是解释自己跟谢一之间的关系。

班主任点点头，对一边的谢一道："谢一呢？你怎么说？"

就见男生直挺挺地立在那儿，半晌后，望着身边的女生道："还没开始。"

"'还没开始'是什么意思？"本来忧心忡忡的班主任听到这话整个人都精神了，被吓的。

高三是关键时期，虽然以谢一的成绩没什么好担心的，但不怕一万，就怕万一。他之前就带过这样的学生，因为高三偷偷谈恋爱，高考发挥失利，哭都没地儿哭。

所以，趁现在苗头还没旺，他觉得有必要将其扼杀。

许念被盯得有点儿别扭，四处乱看，心里也开始抑制不住地乱想。

正在她迟疑谢一到底是在肯定班主任刚刚的问题，还是在模棱两可地敷衍班主任时，她听到身边的人轻笑了一声。

"没有的意思。"谢一说。

班主任沉默了。他现在的心情跟过山车似的，不过以他这么多年当班主任的经验来看，谢一八成是有早恋的苗头了。他再看一边云里雾里的小姑娘，一副什么都不懂的样子，估计是这小子在暗恋呢。

这就好办了。

"许念，你先回去吧。"把许念支走，班主任拉了一个椅子过来，"来，谢一，先坐。"

他话音刚落，男生往旁边走了一步，没有坐下来，而是很直白地说："杨老师，我知道您想问什么。"

男生像是在想什么，眼中带着点儿温和。

他说："我不会影响学习的。您之前不是问我想上什么大学吗？"

顿了一下，他浅浅一笑。

本就是青春年华，且谢一原本就生得很好看，学校里的那些小姑娘在背后都把他列在了校草行列里，现在他就只是这么一笑，班主任就觉得日后这小子会祸害很多小姑娘呢。

"对，你有目标了吗？"班主任摸了摸快秃了的脑袋，在心里长长地叹了口气。他年轻的时候，也是个班草来着，只不过他这个帅哥没经受得起时间的摧残啊。

班主任走了个神，再回过神的时候，就听站在自己面前的男生道："清华。"

他说："我会跟她一起去。"

到最后，班主任到底没再说什么，该走的劝诫程序他都走了。但谢一的决心这么大，他说再多也是无用的，更何况，许念这一次的成绩就是一个很好的开端。

"不过我作为班主任，还是不允许你们现在就谈感情。已经高三了，先把学习抓紧，等到大学想怎么谈怎么谈，如果最后真走到一块儿了，老师还得喝你们的喜酒呢。"班主任用开玩笑的方式结束了这场面谈。

见谢一走了，一直竖着耳朵听八卦的物理老师凑了过来道："我就说呢，今天做实验的时候，两个小家伙眉来眼去的，肯定有情况。"

班主任头疼地把他轰走，道："去去去，一边儿去，别给我添乱啊，现在学习最重要。我这么大的时候都是埋头刷试卷呢，哪有这闲工夫。"

谢一从办公室出来就看到了让他心情不愉悦的一幕。

此刻的许念也很头疼，她拒绝人向来直接。但这会儿她还没开口呢，眼前的小学弟就已经红了眼眶。

你是男孩子！你给我振作啊！

"小弟弟，你现在才高一，要以学业为主。"一向直来直去的许念还是决定委婉一点儿拒绝他。

男生抿着唇，很用力地摇头道："这两者之间并不矛盾，我现在是年级第一，各科差不多都能考满分，所以你不用担心我的学业问题。"

许念："……"

七中随手抓一个都是学神，这么牛吗？

许念回："你也说了，是差不多满分，也就是说你还有无限进步的空间，还是要好好努力。加油！"

她的话都说得这么明显了，小学弟应该能听懂了吧？

结果小学弟貌似误解了她的意思。

就见小学弟鼓着一张娃娃脸，握着拳头，似乎是下定了什么决心。

"等我像谢一学长那样优秀，你是不是就能答应我了？"

不等许念张口，小学弟一脸振奋道："我会努力的！这次期末考试，我一定能做到！你就等着吧！"说完，他开开心心地转身要走，却一头撞到了什么人。

"啷——"

他倒吸了一口凉气。

小学弟没想到他刚提到谢一，这会儿正主就出现在了他的面前。不过，他也没尴尬，而是往前一步，盯着他，目露杀气："我会超越你的！"

许念："……"

谢一瞥了一眼靠在墙边打算看好戏的许念，拉着一张臭脸，上下打量了一圈面前的男生后，居高临下地对他道："超越我？你试试。"

谢一的话中并没有讥讽，却比讥讽更让人羞愧。

众所周知，谢一是七中，乃至盐城所有中学的一个传说。

小学弟羞愤着一张脸，死鸭子嘴硬道："试试就试试，我一定会考过你的！"

谢一的太阳穴"突突"地跳了两下，有点儿头疼。他没有了耐心，剑眉一动，伸手把看好戏的人拽了过来，道："人你想都别想。"

小学弟再反应过来的时候，许念已经被"七中传说"带走了。

他愤愤地咬了咬牙，打算追上去，却在楼梯口看到谢一低头靠近了他钦慕的女生，而他钦慕的女生并没有躲开……

　　小学弟不知道是怎么回教室的，但是在同桌问他发生了什么的时候，他脑海里只有楼梯口的那一幕……

　　他，失恋了。

　　空气仿佛凝固住，周边安静到许念只能听到快速的心跳声。是她的，也是谢一的。

　　"你……"想问的太多，她不知道先问哪个。

　　谢一却思路很清晰地回答她："嗯，我喜欢你。"

　　"本来打算毕业后再告诉你，但你太受欢迎了，我很不放心。就像刚才，你平时都是直接拒绝，怎么碰上小学弟就犹豫了？你对他有意思？因为他年轻？嗯？"

　　许念："？"

　　有人正要上楼，谢一松开手，道："从开学到现在，你收到的情书比我给你的试卷都多。"

　　实际上，谢一的镇定是装的，他现在很慌。刚刚是他冲动了，在见到她对小学弟那么有耐心的时候，他很嫉妒。

　　"你……说句话。"她的沉默让他有点儿捉摸不定。

　　许念挑眉道："我说什么？哦，对了，有个问题。"

　　"嗯？"谢一觉得接下来应该是个"送命题"。

　　见他比自己还紧张，许念弯了弯嘴角道："为什么喜欢我？"

　　这个问题，谢一很早之前就确定了答案。

　　他说："是一见钟情，也是日久生情。"

　　这时上课铃声响了，许念背着手，一个台阶一个台阶地往下走。

　　谢一完全不懂了，他不确定她现在是接受还是排斥。

　　"许念——"在上课铃声中，他叫了她一声，在她停下脚步时，问，"我现在开始追求你，你会反感吗？"

　　下了七八个台阶的人又往下走了一个，然后转过身，对他歪头一笑："你过来。"

谢一怔了一瞬，往下走到许念的下方，转身面对她。那双明亮的眼睛里，此刻映着眼前的人，带着隐隐约约的光。

许念眉眼一弯，笑起来，然后边往下走边道："你可别太明目张胆，我可不想被班主任三天两头请去'喝茶'。"

许念确定了。

她是喜欢谢一的，抛开"谢一是一念"这个附加条件，她是喜欢他的。

在谢一对班主任说"没有"的时候，她很清楚地意识到自己那一刻是失落的。而他现在竟然主动表明心意，许念很欢喜。

她不会绕什么弯子，确定这份心意后，就会按照自己想做的去做。

谢一对她来说是特别的，就像一念在她心里是独一份一样。从来没有人会在做某件事的时候，第一时间考虑她的感受，但是谢一会。他会在告诉她心意后先问她反感与否。

那是谢一的温柔，全世界独此一份。她知道，自己是希望他的这份温柔只给她的。

谢一喜欢许念，许念也喜欢谢一，虽然可能她的喜欢并没有谢一的多，但是她确定自己需要他，也想要他。

所以——

"谢一。"

"嗯？"

许念顿了一下，摇头道："没什么。"

两人回到教室，上课后，谢一低声问："想说什么？"

许念慢慢靠近，低头在他耳侧道："就……你不介意我现在不给你明确的回应吗？"

避开英语老师的视线，谢一把手递了出去。

许念眨眨眼，把自己的手也伸了过去。

谢一轻笑道："看，这就是你的回应。"

第七章
再遇

谢一跟许念的事，一周之内，七中尽人皆知。

班主任自己都数不清这一周内被教导主任传讯了多少次。总之，他现在还在教导主任的办公室喝茶呢。

"许念跟谢一到底是怎么回事？你作为班主任，怎么能让班里发生这种事？！"教导主任也很头疼，一个成绩拔尖，一个有家庭背景，两个学生他都惹不起，但是他作为教导主任，该处理的他还是得处理。

班主任喝完茶有点儿尿意，夹着腿歪着头继续听训。

这一周他都已经被骂习惯了，反正他只管听着就是了，回去再当着所有老师的面把两个孩子告诫一下，走走过场。

他这也不算敷衍，毕竟他是努力过的，但他阻止不了啊。

"让他俩明天把家长叫过来！这件事必须严肃处理！"

"好嘞！"一听教导主任要亲自处理，班主任心头的大石头放下了，"那什么，主任，我还有课，先回了？"

"走走走，快给我走！看到你我就烦！"

"好嘞！"

而明知这种事要低调，最后还搞得全校都知道，这得怪谢一。

周一下午，有学弟写了表白信送到了广播站。像这种东西，广播站隔三岔五就能收到好几封。

作为广播站的站长，谢一偶尔来"视察"工作。周一他刚好给同学代班，在念表白信的时候，他毫无波澜，毕竟对这种东西见怪不怪了，等他念到最后的表白对象时，脸色却是一沉。

"……希望你能接受我的这份心意。写给高三1班最善良、美丽、大方、动人、娇艳的许……念。"

谢一扶了扶麦克风，黑着一张脸，沉声道："很抱歉，这位学弟，我可能要代替许念同学拒绝你了，因为她是我的。"

"因为她是我的——"

"是我的——"

"我的——"

不到一分钟，这句话传遍了七中校园里每一个班级，每一个角落。接近一半的学生趴在走廊扶手上往下看，引起了大片的骚动。

人声鼎沸之中，还在操场打篮球的许念抱着球，盯着离篮球场不远的广播。

"念姐，叫你呢？"体育委员凑了过来。

"不是，许念，你这是什么情况啊？"一块儿打球的人跟着打趣。

"嘻，看来我是没什么希望了。"

"听声音，是那学神吧？可以啊，许念，能把全校女生心心念念的高冷男神搞到手，厉害！厉害！"

"球还打不打了？就学神这醋劲，我怕他下一秒就杀进篮球场，哈哈哈。"

一众调侃声中，许念把球抛给了体育委员道："不玩了。"

"别啊，开玩笑的，再打一会儿呗。"闻言，有人急忙改口。

许念摆摆手道："算了，醋劲太大，我得去哄哄。"

她确实得去哄人了，不然晚自习她就别想偷懒了，肯定会被他的"五三"试卷砸死。

望着许念远去的背影，体育委员冲正走来的林煜摇头道："看到没？啧啧，女人啊。"

平时他们都没怎么见许念笑过。这学期，许念给他们的印象几乎都是不爱跟人交往，冷漠。其实大家也知道她是面冷心热，但是她的那双眼睛总是让人隐隐发冷。

她本就是偏混血的长相，目光深邃。在那双眼睛里，几乎看不到什么情绪波动，说得重一点儿，是看不到光。

但是刚刚好像有点儿不一样了，她会笑，也会有其他情绪了……

这样的许念，好像在发光。

"发什么呆呢？名花已有主，你可别打人家的主意。"见体育委员的目光还在那道快要进教学楼的身影上，林煜夺过他手中的篮球，投出去，没中。

体育委员回过神，反应敏捷地接下弹跳过来的球，又看了一眼教学楼的方向道："就觉得念姐笑起来好像挺好看的。"

林煜一掌压在他的脑袋上道："那是许念天生就美，笑起来自然好看，不过再好看你也不能打她的主意！"

"谁说我打她的主意了，一声'姐'，一生'姐'！"

两人你一句我一句地斗嘴，篮球场很快又热闹了起来。

与此同时，许念已经找到了广播站。

这还是她头一次过来。广播站在五楼，单独占了一层，她平时的活动范围仅限教室跟操场，以及在后操场的主席台上偷吃外卖。

许念探了探头，里面好像没人，她迟疑了一下，手刚握在门把手上面准备推门而入，身后突然有人贴着她的耳朵说："请问，你是来广播站找人的吗？"

许念被吓了一大跳，手一滑，差点儿摔进广播室。

谢一眼明手快地把人拉住，随手关好门道："没事吧？"他就是逗逗她，怎么她还是这么不经吓？

好半天许念才缓过劲来。她呼了口气，横了谢一一眼，道："我跟学弟可什么故事都没有，你用不着这么搞我吧？"

谢一气笑，把刚接好的热水拿给她道："要喝吗？"

许念："？"

怎么莫名其妙地就让她喝热水了？

气氛似乎有些尴尬。许念东瞅瞅、西看看，偷偷跟朋友发消息。

Xu：第一次都这么尴尬吗？

三分钟后，群被问号刷屏了。

老图：什么情况，念姐？

大羊：我瞎了吗？

二狗：啥玩意儿？到底是谁抢走了我未来的老婆？！是谁？！

Xu：我家教。

再次看到满屏的问号，许念眼角一抽，从他们这儿找答案，她也真的是想多了。

禁言了全部成员，她偷偷地瞄了一眼正在整理稿子的谢一，抿了抿唇，打算悄悄离开。

他看上去好像挺忙的。

只是她还没走到门口，埋头认真整理稿件的人突然出声："要看看那封写给你的信吗？"

许念被噎了一下，僵硬地回头道："没必要了吧？我都听你念了。"不对，这么回答是不是有点儿问题？

果然，下一秒她便被黑影笼罩。

谢一靠近她，手上还捏着一封粉色的信。

许念下意识地往后退，僵硬地笑着道："我没听到，什么都没听到。"

等下，她屄什么？她清清白白的，怕他做什么？怎么搞得像是只有她隔三岔五地收情书，他不也一样？！

"你……"

"看看吧。"谢一看见她的表情，不由自主地笑了，"我写的。"

许念："？"

　　谢一低头，在她耳边轻声道："写给你的。学弟们这么前赴后继地给你写信，我自然也不能落下，你说呢？"

　　他声音低沉，带着十足的蛊惑力。

　　许念的脸颊微微发热，她清了清嗓子，尽可能面色如常地接过那封信，当即就打开。

　　上面只有一句话：跟我一起去清华吧，毕业后我们就结婚。

　　很多年后，许念依旧留着这封信，跟那幅她想送却没有送出去的《一念》放在一起……

　　"你愿意吗？"谢一掩饰着自己的忐忑问道。

　　四五分钟后，许念抬头道："嗯。"

　　广播站此时恰好响起了一首歌——

　　我轻轻地尝一口

　　你说的爱我

　　还在回味你给过的温柔

　　我轻轻地尝一口

　　这香浓的诱惑

　　我喜欢的样子你都有

　　……

　　教导主任万万没想到，谢一的妈妈居然这么开明。

　　不过，何女士的表面功夫还是做得很足，嘴上一个劲儿地应着："我回去一定会好好地教育这两个孩子。主任，您大可放心，现阶段绝对让他们把学习放在第一位！"

　　教导主任："……"

　　麻烦您先控制一下您的嘴角。

　　何女士如果能听到教导主任内心的吐槽，肯定会笑得更加放肆。

　　不过在教导主任面前，她还是要严肃一点儿。

"念念，你妈妈今天没来吗？"何女士牵着许念的手，十分亲热。

许念摇了摇头道："她在出差。"

"出差啊……"何女士略感失望，不过想到许念妈妈一个人管理那么大一个公司也很不容易，"那你一个人在家要是无聊的话，就来找我玩。"说到这儿，她顿住，然后换了个说法："来找谢一复习功课。"

许念笑容甜甜道："好的，阿姨。"

"那阿姨最近要抓紧学几道甜点了，到时候做给你吃。"

话刚说完，一边的谢一轻飘飘道："她不爱吃甜的。"

"啊？念念不吃甜食吗？"何女士有点儿惊讶，女孩子都爱吃甜的，特别是像她这样漂亮的女孩子。

许念的手往后一探，狠狠地掐了谢一一下。

谢一闷哼一声，把她要收回去的手扣了下来。

两人一拉一扯地送走了何女士后，许念收起脸上僵硬的笑容，懒洋洋地瞥了一眼身边的人，道："还不放手？"

谢一不仅不放，还把她的手揣进了兜里。

许念："？"

"你刚刚掐了我。"谢一理直气壮道，"这是赔偿。"

许念："……"

见她不再挣扎，谢一勾了勾嘴角。

没走几步，瞥见不远处的教导主任，谢一松了手，道："这次期末考试，如果你的排名进了年级前五十名，我就送你一样礼物。你肯定会喜欢。"

"礼物？"许念想了想，她都不知道自己喜欢什么。不过，她倒是也有东西要送给他。

许念仰头，深邃的眸子里带着点点光亮，弯了弯唇角道："过完年就是你的生日，到时候我也有东西送你。我猜，你肯定也会喜欢。"

两人盯着对方的眼睛，良久后，相视而笑。

最美好的事大概就是，我在精心为你准备礼物的时候，恰好你也在想着我。

只是他们都没料到，这份礼物谁也没有收到。

寒假第二天，许念消失了，从此之后的八年时间里杳无音信……

谢一是在放假第三天发现许念不见的。

那时期末考试的成绩出来了，许念刚好考到了年级第五十名，他准备了很长时间的礼物也能如愿地送出去了。不过就在放假第二天，因为一点儿小事，他们吵架了。也不算吵，只是两人很默契地开始冷战。

那天，谢一连门都没有出，他怕走出那扇门，自己就会忍不住往她家的方向走。他期盼着许念能够主动来找他，可是没有，她甚至连信息都没有发给他。当晚，他就很不争气地认输了，只是不管他怎么给她发道歉短信，那边半点儿回应都没有。

这个时候，他并没有发现哪里不对，只是以为她还在闹情绪。

直到第二天，他带着准备了很久很久的礼物去找她，却发现那栋别墅已经冷冷清清了……

从那之后，许念的电话无人接听，短信无人回复。

半个多月后，那个他烂熟于心、每天至少拨几百遍的手机号码彻底成了空号。

这个新年注定难忘。

高三下学期开学不久，班主任在班会上提到了这个名字。

他说："你们要是都能像许念那样有本事，画画好，能出国学习，我也就不用瞎操心、天天骂你们了。"

班主任说完，下意识地看向了谢一。

上课已经快一周了，谢一每天按时上课，按时交作业，成绩依旧优异，明明跟之前毫无二致，可是他还是感觉有什么变了。

直到刚刚他提到许念的名字，坐在窗边死气沉沉的少年才有了点儿反应。

班主任在心里叹了口气，下课的时候叫了谢一过去。

他没什么能告诉谢一的，唯一能让谢一知道的就是——

"有些人，即便是短暂的相遇，也是美好的。记住那份美好，然后好好生活。许念或许只是你生命中一个美好的回忆，你记下她，但不要让她变成你的执念。"

班主任以为自己的话帮到了这个孩子，之后几天见谢一的状态都还不错，他跟何女士便松了口气，结果没想到第二天谢一就跟人打架了。

因为李强要擦黑板报，谢一不让动，两人就打起来了。

那是上学期他点名让许念以"高考"为主题画的。

他赶到班上的时候，谢一正跟李强拉扯着。看着狼狈的两个少年，他长长地叹了口气。

到这会儿，他还会因为谢一阴沉沉的那句"别碰她的东西"而发寒。

最后，班主任跟教导主任费了九牛二虎之力才让俩人和好。

不过从那天开始，1班多了个新班规——教室后的黑板报谁也不能乱动。

许念消失的第六个月，谢一填报了志愿，在所有老师的期待下，他填了"清华大学"，没让任何人失望。只是，只有他自己知道，他填"清华大学"只是抱了期望，哪怕只有万分之一的可能，他也希望能在那里遇到她。

他知道，以她的成绩完全没问题。最重要的是，她答应过他，会跟他一起去那里，毕业后两人就结婚。

他希望她能够遵守约定。

许念消失的第八个月，谢一踏进了清华大学的大门，他足足用了一个月的时间，反复确定新生名单之后，自嘲地笑了笑。

果然只是他的一厢情愿。

许念消失的第五年，谢一回到了盐城，应聘了七中的教师。

这时以前他的班主任已经是教导主任了，而曾教过他们物理且爱听八卦的徐老师也已经带出了一批又一批学生。

　　所有老师都还在，他们都很惊讶，也很好奇谢一为什么会回来。

　　他们都以为，以谢一这么优秀的条件，在北京不知道有多少人上人的机会等着他挑。可是他回来了，为什么回来？

　　徐老师作为八卦爱好者，这么多年半点儿没变。他嗑着瓜子，神秘兮兮地笑道："为了姑娘呗。"

　　"姑娘？"其他老师好奇道。

　　杨主任喝了口枸杞茶，摇头叹气道："这孩子就是太死脑筋了，都多少年过去了，还想着呢。"

　　有老师想了起来，道："你们该不会是在说那个……许念？是这个名字吧？就是妈妈是女强人的那个小姑娘？"

　　其他老师也纷纷找回了记忆。另一个老师道："杨主任，你这怎么还教出了个情种啊？"

　　"都五六年了吧。我记得那姑娘就在咱们学校念了一学期，还挺受欢迎的。"

　　"确实，我还挺喜欢那姑娘的，长得好看，脑子也灵活，学习进步得飞快，才一学期就从年级倒数考到了前五十名，是个清华的苗子来着。"

　　"后来她去哪儿了呢？"

　　杨主任吐了吐茶叶，盖上了盖子，道："英国。她好像是被送去英国学美术了。"末了他摆摆手道，"行了，明天谢一来上班，你们谁也不准提这件事啊，免得那孩子伤心。"

　　徐老师丢了手上的瓜子壳道："我倒是觉得，谢一这次回来会有收获。

　　"我敢跟你们打赌，那小姑娘绝对会回来找他。"

　　众人敷衍地笑着散开。

　　隔天，谢一正式来报到。

　　谢一看起来依旧是当年那个少年，只是好像比上学的时候冷峻了不少，不怎么爱笑，也不怎么跟人交流了……

　　日复一日，四季轮换，谢一不知道参加了多少次同学聚会。以前的同学渐渐成了家，甚至有了孩子。就连当初怎么都看不对眼的安然跟林煜都结婚了。班上单着的同学逐渐减少，剩下的那几个女生每次都会在同学聚会上意图明显地打着谢一的主意。

　　可谢一好像已经不是她们印象中那个看上去虽然高冷，但待人却十分和善的谢一了，他身上冷漠的气质让她们无法靠近。

　　大家都在猜，或许他还在等他心中的那个姑娘，即便已经过去了那么多年。

　　又一次同学聚会结束，安然隔天就要回警局，最近他们刑侦组参与了一项封闭式训练，第二天训练正式开始。

　　"可能会有好长一段时间回不来了，怎么说，出去喝一个呗。"安然提议道。

　　林煜一拳砸在她的脑袋上，只不过力道控制得适中，道："喝什么，就吃串儿，爱来不来。"说完，他看向一边低头发消息的谢一，道："老谢，去不去？"

　　谢一点完发送后，将只有信息发出、从来没有收到回复的聊天页面掐灭。

　　QQ 都更新换代好几个版本了，只是那个用户头像跟昵称一直没有变过。

　　几秒后，屏幕亮了一下，手机来了推送，是柯恩最新的画作。

　　"去。"谢一说。

　　安然跟林煜对视一眼，默契地推着谢一："走咯！咱们今天一定要吃个爽！"

　　谢一抬头看向夜空。只是不管怎么看，他都觉得月色之中透着薄凉，星星也不如多年前闪亮了。

　　她已经成了很有名气的画家，很多人都知道她叫"柯恩"。只有极少数的人才知道，"柯恩"就是许念。这个"极少数"包括他。

　　"柯恩"是在一年前火起来的，那时候，他除了惊喜，更多的是重新点燃了希望。他有了她的消息，哪怕这个消息只能从网络上得知。

一年多过去了，"柯恩"还是很火，但她终究还是没有跟他有任何联络。

就像她站在了更大的舞台上，底下万千观众，他身在其中，她却怎么也不会看向他了……

但他还在等。再等一年吧，再有一年，他一定不再像一个傻子一样，每天看着夜空发呆，每天对着一沓纸写同一个名字，每天对着一个永远都收不到回复的聊天框发消息，每天……想她。

再等一年，这一年里，或许他会渐渐记不清她的长相。

或许他就能彻底忘记她了。他这么想。

只是他不知道的是，在另一个国家，有那么一个中国姑娘，她每天都在努力生活，她日日都想回到那个属于她的城市。

跟八年前那个天真、冲动易怒的姑娘不同的是，她变得成熟开朗了很多。就在八年前的某一天，这个姑娘一夜间被迫长大。所有的一切都发生了天翻地覆的改变，唯一不变的是，她依旧念着那个在广播站问她"愿不愿意"的男孩儿。

这个姑娘就是时老先生的关门弟子，也就是现在几乎火遍全国的大画家"柯恩"。

一年后。

"你真的要回去？"时逸昂靠在画室门边，不冷不热地问。

正低头收拾行李的女人回过头。波浪长发，不用浓妆艳抹她就已经异常娇媚。

女人挑了挑眉尾，回道："自然。"

时逸昂走了过来，随手丢了什么在女人的行李箱里道："爷爷的意思，我只是传话。"说完他转身就要离开，快要走出去的时候又回过头，一副咬牙切齿的样子道，"你真的要回去？去找你的那个一念？"

"嗯。"

听到女人的回复，时逸昂踹了一脚门框，语气极差："那你就去找他吧，到时候碰一鼻子灰也别回来！"说完他甩上门。

画室里，女人低头看了一眼时间，下午两点半。

她走到窗口，望着外面的骄阳自言自语道："谢一，盐城的星星是不是还跟以前一样好看？"

无人应答。

隔着八小时时差，此时的盐城已经陷入了黑夜。

谢一加班加点地出完试卷，出来的时候天已经黑了。

门卫大爷见人出来，从窗口递了个烤红薯道："小谢，又忙到这个点了啊。来，大爷这儿刚烤了红薯，还热乎着呢，吃一个。"

谢一接下，说了声"谢谢"。

拿着红薯出了校门，谢一去了公交车站点。他还没走几步，身后突然传来了喇叭声。

谢一转头，见是何女士。

"妈，你怎么来了？"

何女士下车，抢了儿子半个烤红薯道："来接你下班啊。你看你，都没个女朋友等你下班，只能老妈来等你了，你可真惨。"

谢一眼皮跳了一下，意识到何女士要说什么，把另外半个烤红薯塞进她的手里，转身去了驾驶位。

"哎，我话还没说完呢。儿子啊，跟你说，今天武术馆来了一位特别的客人，你猜猜是谁？"何女士知道儿子沉默寡言，自问自答，"是妈很喜欢的一个男明星。你再猜那个男明星的女儿现在多大了？"

"跟你一样大！你说巧不巧，哈哈哈。"何女士偷偷地瞄了一眼冷漠的儿子，继续道，"今天他来武术馆，我还挺意外来着，结果就听说他家小姑娘最近喜欢上了一个男生，整天茶饭不思，就想着跟这个小帅哥见面吃个饭。"

何女士再偷偷地瞄了儿子一眼，结果撞上了他的视线。何女士心虚地吃起了烤红薯，正往下咽呢，却听驾驶座上的人出声道："妈，你安排时间就好。"

何女士："？"

"你愿意跟这小姑娘见一见了？"

半晌，谢一"嗯"了声。

何女士喜极而泣，八年了，儿子终于想开了！太好了！！！

结果相亲前一天，何女士收到了儿子的微信：见面的事麻烦妈拒了，我不能去了。

何女士立马打了一个电话过去："你说什么呢？！地点都选好了！怎么说不去就不去！儿子啊，不是妈说你，都老大不小了，不要总是想着好多年前的事，人要学会往前看，你……"

何女士话还没说完，就听那边轻描淡写道："我结婚了，所以不能去。"

一分钟后，何女士道："结婚？你跟谁？什么时候！距离我那天接你下班不过几天时间，你怎么突然就结婚了？儿子，你该不会是因为不想去相亲就找了这个借口吧！我跟你说，你妈已经识破了你的阴谋，你……"

"昨天下午领的证，跟许念。过两天我抽空带她回去。"话毕，谢一又道，"我还要上课，先挂了，那件事就麻烦妈了。"

何女士："？"

不是，等一下！她儿媳妇是谁？

"你说什么？谁回来了？"安然不敢相信自己的耳朵。

电话那头的林煜刚做完了一台手术，听到消息后，第一时间打给了自己的媳妇。见媳妇跟他一样震惊，他就放心了，道："许念。你没听错，她回来了，而且据可靠消息，谢一昨天带她去领证了，他们现在是合法夫妻。"

安然的脑子彻底混乱了，道："不是，谢一不是要去相亲吗？怎么突然就跟许念结婚了？还有，许念不是在英国吗？怎么突然就回来了？这都是什么情况？"顿了一下，她严肃道，"不行，我要请两天假回去。你也赶紧请假！"安然觉得自己的好朋友突然就结了婚这件事，她必须细细过问。

"得了，我的姑奶奶，你就别折腾了，你现在不是在封闭式训练吗？能请得到假吗？"从小到大，林煜已经习惯了安然这冲动的性子，只能理性地给她分析，"再说，老谢心里肯定有数。你好好训练，我最近调休，正好回去看看什么情况，到时候再跟你说。"

"那也行。"安然回头，看到队长往这边走来了，压着声音道，"队长来了，我先挂了，你赶紧回去看看什么情况。"

至于到底是个什么情况，还得从几天前说起——

夜幕笼罩，路灯下，许念的双眸染上了笑意。

她出声道："好久不见，谢一。"

男人站在那儿，没有反应。

许念往前走了两步，眼神闪烁道："遵守承诺，我回来了。"

面前的人依旧是当年的样子，可又感觉哪里不一样了。

谢一垂在身侧的双手紧紧攥住，没动。他不敢动，他怕下一秒自己会忍不住将她牢牢抱在怀里。

八年时间，他等了这么久，她终于出现了。

他幻想过无数次她出现在眼前的场景。当这一刻真实地发生的时候，他以为自己会难掩激动，或者就那样平静地将她当作路人，擦肩而过。可是并没有，他只是生气。

片刻后，男人冷漠道："八年前，你已经失约了。"

"嘀嘀——"

约好的出租车已经到了，谢一收回视线，径直离去。

许念回过神，追了上去，那双眼睛里充满了期望和小心翼翼。

她扯住他的袖子，仰头，笑得极浅，问："那你还要我吗？"

"嘀嘀——"

出租车司机很没眼色地又按了两下喇叭。

谢一抽开手，回头看了她一眼："不要。"

客人上车，司机确认了到达的位置后，哼着歌出发。他还没来得及点开今天的广播，就听后座的客人说："麻烦开慢一点儿。"

司机看了一眼后视镜，见那小姑娘还站在原地，点开广播时在心里直叹气。

现在的小帅哥啊，吵个架就把女朋友晾在那儿。大冷天的，也不怕姑娘回头真不理他了。要不是不能停太久，刚刚他就等两人吵完、讲和了再走。

"要不，我回去把小姑娘也接着吧？这大冷天的，有什么要吵的回去慢慢吵。"司机作势就要掉头回去，后座突然传来一声闷响，也不知道是小帅哥撞到了哪里，司机问，"小伙子，你没事吧？"

被拳头击中的座椅深深地陷下去了一块，谢一从那道转身离开的背影上收回视线，道："没事。麻烦开快一点儿，赶着回家。"

司机："？"

现在的年轻人真的是变化无常。

谢一虽然在盐城工作，但毕业后他就被何女士赶了出来，理由是他要独立。话虽这么说，但何女士给他找房子的时候还是选在了家附近。她说离得近方便她监督儿子。

不过，谢一倒是没那么多想法。无论住哪里都一样，只要关上门，哪里都是冷冷清清的，就像当年他看到的那栋别墅一样。

在冷冰冰的房子里，谢一每天都机械性地重复着一系列动作：进门换鞋、脱衣，然后洗手，再随便做点儿晚饭应付，接着洗澡、备课，在一沓纸上重复地写同一个名字，最后面对着毫无反应的聊天框、听着拨打无数次都是空号的提示音睡觉。

只是今天回来后，他在做第一件事的时候，就已经无法静心了。

她回来了，就像这么多年什么都没发生过一样出现在了他的面前。

所以他很生气，气她随随便便消失，又这么轻而易举地微笑着问他还要不要她。

可他想她，特别特别想她。

一瞬间，房间内再次空寂，只有被打开的灯暗示着刚刚有人来过。

谢一开车回了学校，可她已经不在那儿了。他去了她最爱的那个篮球场，那里也只有一群在玩篮球的少年。他又去了她最爱的那家烧烤店，那里人满为患，可偏偏没有一个身影像她。他还去了她最爱的那家网吧，没有，依旧没有。

就好像不久前的一切只是他的幻觉。她又一次消失了，而这一次，是他弄丢了她。

谢一漫无目的地开车在街上乱逛，猛然间，他踩下刹车。

有一个地方，那是最后一个她可能会出现的地方。正是因为那里有最后的希望，所以他已经很多年没有去过了。

几分钟后，谢一将车掉头。

那栋别墅还是原来的样子，虽然很多年没有人住了，但不管是里还是外，都保持着主人离开时的整洁。

当谢一几乎要认为在学校门口发生的那一幕是错觉的时候，他看到那栋别墅暗了八年的灯，这一次是亮的。

谢一停下车，胸口的起伏变大，那张过分俊逸的脸也紧紧绷着。他解开安全带，推开车门，刚迈出去一只脚，那栋别墅的门突然被人从里面打开。

几乎是条件反射般，他坐了回来。

里面出来了一个熟悉的身影。

没过多久，搬家公司的人来了。

他们从车里搬下来的东西都是从孟家运过来的。

许念擦了擦手里的相框，黑白色的照片上，女人笑靥如花。

"看吧，无论多久，你都入不了他们孟家的门。"许念自言自语，然后嘲笑道，"当初不送我走多好，也不至于到死都是一个人。"

"姑娘，这个放哪儿？"搬家公司的大叔抬着一个新画板问。

单是打眼一看就知道那画板做工精细，很是名贵。大叔却听小姑娘说："扔了吧。"

大叔咋舌，不太理解有钱人的随便，但还是很听话地没把画板往里面抬。

坐在台阶上，许念看大叔们把东西一件一件搬了过来。

"这个也扔了吧。"她指了指那堆颜料，还有一些名贵的物件，"还有这些都不要了，扔了吧，占地儿。"

到最后，大叔看了看她怀里的那张遗照，再看了看满地要扔的物件，再次确认道："你真的就只留这个？"

许念付了钱，道："辛苦你们了。"

对她来说，除了这个，其他的都是垃圾，抬回家也是占地方。不知道孟家人是怎么想的，她只要遗照，却给她搞来了这么一大堆。

再次跟大叔们道过谢，许念抱着照片关上了门。

门外，几个大叔你看看我，我看看你，最后默契十足地把货全部装回车上带走了。

不远处，谢一握在方向盘上的手慢慢收紧。

身体里某个地方像是被什么紧紧攥着，又闷又疼。

他以为她会拥有精彩的人生……

可是，她好像过得并不好。

夜里，许念接到了时老先生的电话。

在英国这八年，如果不是时老先生，她现在估计连尸首都不知道在什么地方。

"老师。"把画笔放在一边，许念把手中的酒藏了起来，心虚道。

电话那边传来的不是时老先生的声音，而是另一个人的。

就听那人喊道："爷爷，这臭丫头又喝酒了！我替你回国收拾她！"

是时逸昂。

一阵动静后，时老先生才慢悠悠地开口："又喝？"

隔着手机，许念也能想象得到时逸昂被教训的惨状，扯了扯嘴角，刚想扯谎，听到时老先生的咳嗽声，立马老实交代："一点点。"

时老先生气道："你就喝吧，在英国还有我管着，回国后你一个人，喝出事了都没人送你去医院！"

许念想反驳，咬咬唇，到底没有说话。

时老先生说得对，回国后，她就真的是一个人了。

没有了嫌弃她的许女士，没有了旧友，连谢一也不要她了。

去英国的时候是一个人，她以为回来就可以不一样了，但好像并没有什么不同。

谢一不需要她了。这么说来，她好像从来都不被人需要。

"那就喝到死吧。"她说。

听天由命，死了就死了，没什么大不了的。

她这话一出，那边的时老先生气得咳嗽了好一阵。

紧接着，电话里传来时逸昂的吼声："瞎说什么呢你，爷爷身体不好，你不知道吗？！再乱说，信不信我杀回国！"

听到时老先生的咳嗽声渐渐平复，许念揪起来的那颗心才慢慢地放了回去。她低头小声道："对不起，老师。"

时老先生无奈地叹了口气，道："创作需要用心，喝酒只会让你的心更加混乱。这个道理不要再让我说第三遍，听到没？"

许念连忙应"是"。

"我送你的回国礼物，一个月后你就可以看到了。行了，没事就挂了。"

时老先生说挂就挂，许念连个"谢谢"都没来得及说，电话里就传来了忙音。

许念把手机丢到一边，喝完手中最后半听啤酒，捏扁易拉罐，把它扔进了垃圾桶。许念起身，走到一块白布前呆看了许久，最后伸手将白布拉了下来。

那底下是一幅水彩画，画上的白衣少年干净而又美好，他浅浅一笑，满眼温柔。

画的右下角有一行小小的字，上面写着：送给我的一念。

八年前的礼物搁置了这么久，终究是送不出去了。

许念看到画框旁贴着一张泛黄的信纸。

她将那张信纸拿了下来，上面的字迹已经有些模糊了，但依旧能看得清。

上面写着：跟我一起去清华吧，毕业后我们就结婚。

脸颊上有什么滚落了下来，许念抬手擦掉。

出了画室，许念在冰箱里随手拿了一瓶酒。

她的失眠症很严重，而酒精是最好的解决方法。

喝完这瓶吧，喝完这瓶，明天她要再厚着脸皮去学校门前等他。除非他结婚了，或者他真的不要她了，否则她会一直等。

天色将亮，许念趴在桌上，朦朦胧胧间，听到了门铃声。

许念站起来，头痛得她倒吸了一口凉气，缓了半天，她才迷迷糊糊地赤着脚去开门。

门开时，谢一看到的就是这样一幅场景：那个让他等了八年的初恋，此刻正顶着一头乱糟糟的头发，满身酒味，赤着脚站在他的面前。

谢一的眉头紧紧地皱了起来，他强压着心里的躁动，把手里的东西丢了过去。

即便是喝了酒，许念也能反应敏捷地将东西接住。

她还没反应过来谢一为什么突然找上门，就听面前的人说道："拿好东西，跟我走。"

"去……去哪儿？"酒精导致她的反应慢了半拍，她发蒙地问。

谢一到底是没沉住气，拦腰将人扛了起来，然后往里走，嘴上却冷冷道："民政局。"

谢一在别墅外待了一整晚。

他想了很多，从他第一次看到她的画，开始莫名其妙地心动，再到以一念的身份跟她相识，又到某天意外地遇到了她，虽然那时候她并不认识自己。直到后来，他做了她的家教，他们成了同桌，她让那份悸动越来越明显，他开始自私地希望她的眼里只有他。后来他们真的在一起了，他心底的那份占有欲便越发明显，他只要她。

现在，仍旧一样。

当你真真切切地爱上一个人的时候，你会倾覆所有的温柔。后来你可能还会遇到无数人，可是不会有哪个人像她一样，能够让你把所有的耐心都花费出来。

天快亮的时候，谢一就近回了一趟家。

何女士跟谢先生还在睡觉，睡得太熟，连儿子拿了户口本都不知道。

取好东西快出门的时候，谢一想到了一件事。他上楼，在自己的卧室里翻了半天才找到了那枚戒指。

那是他毕业后攒了一年多的工资，在她生日那天买的。后来，这枚戒指就跟这么多年所有没送出去的生日礼物放在一起了。

很多年前，他许过承诺，毕业后就跟她结婚。那时候，他就确定自己可以给她一个很好的将来。

现在也是如此。

"你问我，还要不要你。你再问一遍。"把人扛回去，将拖鞋丢在她的脚下，谢一直挺挺地立在那儿，居高临下道。

被黑影笼罩，许念已经清醒了很多。

她明白了，他的眼里还有她。

男人就那样看着她，一如当年。

"你还要不要我？"很听话地，她又问了一遍。虽然是在问，但她像是已经确定了答案一般。

几乎是后一秒，她就听到了答案。

他说："要。"

一直都要。

很多人都说，当你跟一个人分开太久时，她的脸会渐渐变得模糊，直到有一天，有人偶然提到了这个名字，你甚至都想不起生命里还出现过这么一个人。

谢一觉得这都是假的，八年了，这张脸只会更加清晰。

是因为他每天都想念，还是说，他爱她到了如此地步？

不管是哪种，她现在出现了，就不要再妄想从他身边逃走。

"户口本在吗？"他问。

坐在沙发上的人点点头。

"去拿。"

大概一个小时后，楼上传来了声音。

谢一转头，脸上没有半点儿不耐烦，话里却嫌弃道："拿个东西这么慢。"

许念拢了拢波浪长发，那张化了妆的脸更加娇媚精致。

她眉眼一弯，唇角带着笑，道："去领证当然要收拾得好看一点儿了。这种照片可就只能拍一次。"

只拍一次，也只跟他拍。

谢一听懂了她话里的意思，面上没什么表情道："能走了吗？"

许念点点头。

到了民政局门口，许念表面上看起来一派自然，实际上心里依旧不相信这是现实。

她本来是打算从今天开始对谢一死缠烂打的，结果一睁眼，谢一先来找她了。

其实仔细想想，之前无论什么时候，都是他先她一步。在她这里，他仿佛永远都是主动的。

"你要想好了。"停下车，谢一忍住没再看身边的人。

她比以前更加阳光、有生气了。

许念克制住心中的紧张，把户口本递给他，笑道："你才是。"末了，她又低声问："谢一，你会后悔吗？"

这么冲动地跟她领证，他会不会后悔？

驾驶座上的人解开安全带下了车，然后扶着车门弯下腰道："下车。"

他要是后悔，等她这么多年是闲得慌吗？

许念不知道自己哪句话惹到了谢一。总之，他好像是生气了。

拍照的时候，摄影师都快要翻白眼了，他无语地对那位男士道："这位兄弟，你是来结婚还是离婚？"说完跟旁边的人嘀嘀咕咕："有这么漂亮的老婆，我半夜都能乐醒了，这兄弟怎么还一脸被胁迫的样子？无语。"

一边的小姑娘答："我要是有这么帅的老公，我也能乐醒，就算他不笑我也爱。"

摄影师："……"

看到低头说话的两位工作人员，许念挪了挪屁股，往谢一那边坐了坐，然后低头悄声道："不要板着脸，他们会怀疑是我绑架了你。"

然后她趁机把手往后一伸，碰到了谢一的腰。

这样亲密的动作，已经很久没有过了。

谢一浑身一僵，下一秒，笑了。因为他被挠到了痒痒肉……

摄影师抓准时机，定格了这幅画面。

在不知道第多少个工作人员问他们到底是结婚还是离婚的时候，证终于领到了手了。

许念看着那张结婚证，心跳得飞快。

她再看身边的人，他好像半点儿反应都没有。

许念的胸口闷了一下，很快，她露出了笑容，道："现在是要回家吗？你吃早饭了吗？回家我给你做吧！"

寒风薄凉，男人的声音落入了她的耳朵里。

他说："我要上班，你自己打车回。"

看着谢一离开的身影，许念咬着下唇。

当初她觉得谈恋爱很难，现在结了婚好像也不太容易。

谢一是在怪她当年没有履行承诺，就那么离开了吧。

可是，她明明给他留过信，告诉过他自己会回来的……

"嘀嘀——"

许念被突如其来的喇叭声吓了一跳，捡起被吓掉的结婚证，低头看了看降下来的车窗。

车内，谢一仍旧面无表情，看也不看她，说道："上车。"

许念坐在副驾驶上，对他眨了眨眼，道："你不是说要回学校吗？"

谢一不自在地咳了声道："顺路。"

意思是要送她回去。

许念在心中"啧啧"了几声，先前的失落一扫而空。

她能够回来，是笃定了谢一会等她。而谢一呢，他是不是也因为如此，才一直在原地？

"谢一。"她叫了他一声。

旁边的人不冷不热地应了声。

许念问："你是不是很怨我？"是问句，但她很确定答案。

旁边的人没说话。

她又问："要是我不回来，你还会一直等吗？"

红灯，谢一踩下刹车，扭头看她。那双冷了多年的眼睛里，此刻有了点儿温度。

"没有要是。"他说，"你回来了，也别想再逃。"

"许念，你没有机会了。"在进民政局前，他给过她逃跑的机会，现在她既然选择了结婚，就不可能再有后悔的机会。

看着那双亮得吓人的眸子，许念抿唇，没再吱声。

好像谢一的气还没消。

所以，她到底说错了什么？

见女人一张小脸皱巴巴的，不知道在想什么，谢一心底油然而生了一点儿自责。

他会不会太凶了……

两人一路无话。当车停下没多久，许念揉了揉太阳穴，睁开了眼，看到目的地并不是自己家时愣了一下，她转头看向身边的人。

谢一单手搭在方向盘上，另一只手还在翻看今天的教案。见她醒了，谢一把教案丢到后座，从钥匙扣上取下一个钥匙丢到她的腿上道："九楼，自己上去。"

许念蒙了一下，便知这是他家了。

许念下车前，谢一强行把什么塞到了她的手上。当车离开时，许念对着那股车尾气看了一会儿，然后仰头看向身后的高楼。

貌似她真的还没法儿适应已经跟谢一领证了这个事实。

明明昨天他还拒绝了她，明明今天他也还在生着闷气，却还是没有半点儿后悔地把结婚证放在了她的手里。

许念低头，看了一眼手中的早餐，还热乎着。

许念眼眶一红，这么多年的眼泪，在这一刻决堤了。

谢一还是那个温柔的谢一，还是她的谢一。

早上谢一换课的事已经成了二年级组教师办公室的八卦。大家都知道何女士给谢一介绍对象的事，都在猜谢一今天换课，会不会就是去相亲了。

他们正议论着，正主就来了。

"哎，小谢，怎么这么快？没请那姑娘看电影啊？"5班的班主任打趣道。

"对啊，我们都听说了。怎么样，那姑娘好看吗？"永远都在八卦前线的徐老师坐在谢一的桌上喝着咖啡，说完猛摇头，"不对，再怎么好看肯定也比不过许念那丫头。你说对吧，谢一？"

他的话一出，所有人都上来捂他的嘴巴，要强行将他拖走。

徐老师就不，他怎么可能让谢一就这么放弃对许念的等待呢？他的猜测向来不会出错，那丫头肯定会回来！所以，"一念"情侣人设不能拆！

"少说两句吧你！"教1班英语的冯老师按着自己老公的头。她老公哪儿都好，就是这张嘴太欠了。

"谢一，你别在意啊，他就这样。"杨主任也出马了，疯狂转移话题道，"对了，你班上的常小歙，前几天我看她又拿了大奖，还在电视上感谢你呢。"

其他人闻言，立马夸谢一了不起，带了一个国家运动员出来。

吹捧间，话题中心的主人公开了口。

他拿着自己的教案跟水杯起了身，道："首先，没看电影，我送她去我家了。"

还在撕扯的众人："？"

不是，谢一，你怎么这么直接？！帅哥追人的方式都这么直接的吗？

徐老师："……"

"其次，她是我见过最好看的。"谢一说完摸了摸包，才想到自己把结婚证给了许念，"最后，我领证了，改天办婚礼，希望大家都能够到场。"

他风轻云淡地宣布完，拿着课本就要出办公室。

这时，人群中，徐老师倔强地问道："你老婆叫什么？"他倒要看看是谁这么有魅力，能让一个愿意等一个女生这么多年的男生几天就死心塌地娶了她！

谢一回头："许念。"

瞬间，办公室鸦雀无声。

几秒后，徐老师欢喜道："我说什么了？我就说她会回来吧！来来来，主任，给钱，给钱！"

谢一轻轻地扬了扬嘴角，低头看了一眼自己空无一物的无名指，想着自己该不该戴一个戒指。

正好来办公室拿试卷的 1 班班长撞上了这一幕，然后当天整个七中都知道了，盐城最帅的物理老师结婚了，对象是他一直等待的姑娘，也是七中 1 班后黑板报的"创始人"。

一如当年，两人初次在一起闹得满校皆知……

在酒精的作用下，许念吃了点儿东西后倒头就睡了，一觉醒来天已经黑了。她又闭眼躺了一小会儿，等清醒后，她看到周边陌生的环境愣了三秒，立马从沙发上坐了起来，然后蹑手蹑脚地在房里转了半天，发现谢一还没回来。

怎么还没回来？她想着，然后翻了翻手机，打算给谢一发条信息，却猛然发现自己压根儿没有他的联系方式。

当初许念的手机被摔了，卡也被喝了酒的许女士直接丢进了楼下的喷泉池里，等她再捞上来的时候，号码已经被许女士注销了。

那是她第一次后悔没有在谢一让她背手机号跟其他联系方式的时候用心。

之后，她就被强行送去了英国。在那里，她没了所有人的联系方式，甚至连自己的社交账号也登录不了。她拿着许女士给的生活费，一个人在英国咬牙生存。

后来，孟家那边联系她，说许女士得了绝症，死了。

那时候许念还因为胃出血躺在医院。

再后来，她接到了律师的电话。许女士早早就写好了遗嘱，把所有财产转到了她的名下。律师还说，孟家想要压下这份遗嘱。

许念活了小半辈子，对商业真的是半点儿不懂，但她知道，公司是绝对不能给孟家的。

之后没多久，王叔不知道从哪儿搞到了她的联系方式，他们聊了很久。王叔说，许女士那么拼命赚钱，就是要让自己的女儿能在孟氏面前抬得起头，挺得直腰。

来英国后，再苦再累许念都咬牙熬了过来，却在那通电话后哭了很久。

那段时间发生了太多太多事，多到她没法儿去想谢一。但她知道，如果那时候谢一在的话，她会好很多。

从回忆中抽回神，许念揉了揉酸胀的眼睛，去厨房看了一眼冰箱。

里面有买好的菜。她想了想，撸起了袖子，开始埋头做晚饭。

"老师，这道题我半天搞不出来，你能帮我看看吗？"女生拿着试卷去了讲台那边，结果就看到他们班主任正频繁地看手机，单是这一分钟他就看了七八回了。

结了婚的男人啊。小女生摇了摇头，在班主任这里听到了题目讲解后，"啧啧啧"地回了座位，跟同桌分享八卦。

谢一头一次觉得晚自习漫长难熬，白天他走得太急，应该给她留电话的。谢一正想着，晚自习的结束铃响了。他的食指有一下没一下地敲打着桌面，手机屏幕亮了又暗，如此反复间，门外突然有学生喊："谢老师，有个漂亮姐姐找你！"

脑海里"嗡"的一下，谢一抬头，就看到教室后门那儿，穿着驼色大衣的女人正歪着头，冲他挥了挥手。

三分钟不到，高二1班教室前前后后被围了个水泄不通，这其中也包括仗着自己的身份挤到前排看热闹的其他班主任以及杨主任。

5班班主任笑道："还挺漂亮的。"

徐老师翻了个白眼，道："那叫'挺漂亮'？你的审美跟你的长相不成正比啊，老刘。"

5班班主任："去你的！"

杨主任也插话道："这么多年了，好像一点儿也没变啊。"教室里的场景，仿佛让他回到了八年前。那时候，少男少女也是这样坐在教室里，眼中只有彼此。

冯老师揪住她老公的耳朵道："还看？！"

徐老师求饶："我这纯粹是看自己'养'大的孩子，完全没有其他心思。"

七中没人不知道徐老师是"妻管严"，被他老婆治得服服帖帖的。看到两人又开始上演家庭大戏，登时大家哄笑一片。

而教室内，许念托腮看着谢一吃饭，对周遭的动静充耳不闻，她道："怎么样，还行吧？"她做了他喜欢吃的红烧茄子。

谢一收紧了手，抑制着不让手颤抖。他的睫毛动了动，哽咽了一下，哑着声音"嗯"了声。

他已经很久没有尝到这个味道了，还是跟以前的一样。

"你们几点下班呀？"欣赏帅哥吃饭的许念有点儿无聊了，她坐在凳子上东张西望，目光落在教室后黑板报上的时候愣住了，"黑板报……"跟她离开的时候一模一样，除了被反复描摹过，连一笔都没有多。

她怔怔地看向谢一。从落地后来七中等到他的时候她就想问这件事了。

"谢一。"

这时吃饭的人看了一眼时间道："马上上课了，你先回去。我下班很晚，不用等我。"说话间，他把餐盒装好。

许念"哦"了声，她还是等以后有机会再问吧。现在谢一压根儿不想跟她多说一句话，她还是乖乖回家好了。

唉，还真是"男人心，海底针"啊。

许念在心里感叹完，提着东西站起身道："那我先回去了，你……早点儿回家。"这句话有点儿别扭，许念说完总觉得怪怪的。她好像很久没有说过类似"早点儿回家"这样的话了。以前还能跟许女士说，去了英国后，这句话好像跟她没什么关系了，因为没有人让她关心，也没有什么人愿意关心她。

谢一不冷不热地"嗯"了下，然后转身回了讲台。

许念耸耸肩，拿好东西出了门。

许念出来的一瞬间，大家一下子就散开了。大家看看天，看看地，一副"我刚刚没有围观八卦"的样子。

许念歪头，在众人里看到了以前的班主任跟物理老师，道："杨老师，徐老师。"

两人被点名后，僵硬地回头。

杨主任说："哎呀，是许念呀！你回国了？"

徐老师说："许念，你可算回来了！走走走，咱们去办公室叙叙旧。"

莫名其妙被带去办公室的许念："……"

被一群老师围着，许念如坐针毡。

怎么都毕业了，还能被请来"喝茶"？

老师们你问一句，我问一句，许念只能保持着微笑，一个一个地回答他们的问题……

第二节晚自习，谢一原本是打算讲题的，但讲了几道题后他发现大家都心不在焉的，而且他的状态也不是很好，便让大家自习。

"有什么不懂的可以过来问我。"他翻开了明天的教案，打算再补充一下。

台下有人压着声音道："老师，您跟刚刚的美女姐姐真的结婚了吗？"

有人开头，底下就开始不安分了。

七中的学神们别的没学多少，聊八卦和偷吃外卖的本事倒是"传承"了下来。

"对啊，对啊，刚刚那个小姐姐真的是老师的老婆吗？"

"她是混血儿吗？眼睛好好看。"

"老师怎么没去送师娘啊？天这么黑，师娘又长得那么漂亮，一个人回家多不安全。"

"对呀，对呀，自习我们可以自己上的。老师，您快去送师娘吧，哈哈哈。"

"刚刚我看到师娘被杨主任他们截走了，估计师娘一时半会儿还脱不开身。"

"老师，您什么时候办婚礼啊？我们能去吗？"

"老师，能说说您跟师娘的故事吗？"

大家平时上课都没这么积极，一到这方面，一个接一个地发问，默契十足。

最后问题卡在了"能说说你们的故事吗？"。

在七中，不管是老师还是学生都知道，帅气的谢老师不是性冷淡，而是他已经有了爱慕的姑娘。听说那个姑娘就是画了1班的后黑板报的女生，而1班的后黑板报一度成了七中学子的观光打卡点。而现在，这个女人回来了，他们相遇，然后领证结婚了。

这样的故事即便只是听了表面，大家也会被吸引，并感到震撼。

谢老师该有多么痴情，才能一直等下去？而那个传闻中被他宠爱着的姑娘，该有多么幸运啊！

谢一拿着教案的手微微有些颤抖，他不知道该从什么地方说起，又从什么地方结束。

他们的故事啊……

"我们结婚了。"最后，谢一这么说道，"这就是我们的故事。"多年前的事只是铺垫，而现在故事才刚刚开始，它永远也不会结束。

这话听在学生们的耳朵里便成了敷衍，大家接连说着"不作数"，让他重新说。

谢一只是笑笑，道："就是这样，以前我们吵架了，现在和好、结婚了。很普通的故事。"

过去漫长的等待，他会当作是一场小小的争吵，会留下印象，但不会铭记。

重要的不是过去，而是现在。

"好了，做题。"没再给他们八卦的机会，谢一打断了话题后，继续低头看教案。

她估计会待到他下班。

一起下班回家，这样的场景他幻想过无数次了，它终于到来了。

谢一情不自禁地扬起了嘴角。

晚上十点半，自习结束，底下的学生们还没收拾东西，而讲台上上一秒还在翻试卷的班主任，下一秒就已经没了人影。

大家起哄地笑了起来，也加快了收拾的速度，打算抓紧时间去围观他们班主任秀恩爱。

这边谢一匆匆忙忙地赶到办公室的时候，里面已经没几个人影了。

他拉住哼着歌要离开的 5 班班主任，问："刘老师，我……"

不用他多说，刘老师也知道他要问什么。他笑容暧昧道："你老婆早就回了，你也赶紧回吧。新婚夫妻，别加班，早点儿回去陪老婆。"

谢一收回手，回座位上收拾东西。

她还是跟以前一样，只要他说"不"，不管是不是真心，她都会当真。

他让她自己回去，她就真的没等他。

谢一皱了皱眉，觉得还是自己的问题。他的心里终究还是过不了那个坎儿，纵使他嘴上说着不在乎过去，但还是在意。在意她当时为什么不辞而别；在意她为什么能够当作什么都没发生；在意她这么多年到底是怎么生活的，过得好不好，有没有按时吃饭；在意她失眠的时候是不是又乱吃药，没有灵感的时候是不是还会彻夜对着画板发呆……

还在意，她是不是也跟他一样，时时刻刻都在想念……

谢一没发现，平时开车回家需要十五分钟，而今天他只用了十分钟不到。

谢一着急地赶回家，开门的时候，房间里冷冷清清的。

他在原地蒙了一下，然后像是发了疯一样，一连开了好几个卧室的门。

没人，她不在。

一瞬间，谢一的大脑嗡嗡作响，双手失控到发抖。他拿出手机，在屏幕上来来回回找了十几遍，最后一根弦也彻底断了。

家里安静得不像话。

她又不见了。

"砰——"

桌上的杯子掉在了地上，连带着有什么飘落了下来。

他将那张纸捡了起来。

一分钟后，谢一冲出了门外。

许念四下扫了一圈，觉得东西都收拾得差不多了，明天再找个人把画室里的东西搬一下就行。谢一那边有个很空的房间，到时候腾出来，当作画室刚刚好，就是不知道他会不会同意。

许念一边这样想着，一边去了画室，而她的手刚碰到那幅《一念》，门铃就响了。

像是催命，门铃不停地响。

她小跑着下了楼，门开的那一瞬间，她连来人是谁都没来得及看清，就被猛然一拽，落进了一个冰凉的怀抱里。

鼻尖是淡淡的栀子花香，许念将刚抬起准备自救的脚放了回去。

抱着她的人很用力，像是要把她的骨头捏碎一般，许念吃痛地"哼唧"了声道："你没事吧？"她给他留了字条，要回家来收拾一下行李的。

"我东西收拾好了，回家吧……"

她话刚说完，只觉腰上力道稍微一松，可下一秒她又被死死抱住。

谢一低下头，狠狠地吻住她，放在她腰上的手也越来越用力。他往前，把人按在了墙边。

许念挣扎不了，只能任由他霸道地动。在她几乎痛得红了眼眶时，谢一终于停下了。

大概是从没有见过谢一这样，许念站在那儿没敢再动，只是在心里小小地松了口气。

谢一双目发红，呼吸沉沉地盯着她肩膀上那一道疤。

那是一道七八厘米长的疤痕，像是蜈蚣一样缠绕在她白嫩的肩头，很狰狞。

良久，谢一抬手，指尖微颤地碰到了那道疤痕，声音沙哑地问："怎么……弄的？"

许念把衣服拉扯了上来，淡淡道："遇上了暴乱，不小心被砍了一刀。"

她说得风轻云淡，像是在说别人的事一般。

突然，许念感觉到肩膀上湿润了一片。

她愣了一下，捧起谢一的脸。

他在哭。

"你……别哭，我一点儿都不疼的。"她一直都不太会安慰人，但她很清楚，谢一哭的话，她会心疼。

被她安慰的人哭得更凶了。他抱住她，把头埋在她的肩窝儿里。

许念抬起手，轻轻地拍着他的肩膀道："我真的不疼了。你别哭，行不行？我会难受的。"

回应她的，只有腰上加紧的力道。

这一晚，谢一没有回去，他住在了许念这儿。

"跟我说一说吧。"躺在床上，谢一跟身边的人肩并肩。

他想知道她这么多年的经历。

许念绷着神经，高度紧张，她实在是没法儿习惯床上多一个人。

她闻言，迟钝道："啊？你要听吗？"

然后她又道："会很长。可能得讲好几个晚上。"

谢一将视线从天花板上收回，翻了个身，看着她的侧脸道："慢慢说给我听吧。"

许念还真不知道该从什么地方说起。

她想了想，道："要不，先说我在英国遇到的贵人吧。这应该是我这八年以来最好的记忆了。"她想跟他说点儿开心的、有趣的事，但她回头一想，这几年过得还真是挺无聊的。她不希望他听到那些乱七八糟、影响心情的事情。

"嗯。"

大概是到英国的第二年，她遇到了时老先生。

"不能算巧遇吧，我在时老先生家附近徘徊了三四个月……"

那时候，她用身上所剩不多的钱买了新的颜料、画板，隔三岔五就会给时老先生送去一幅自己画的画。她不知道那些画到底有没有到时老先生的手里，总之她蹲了三四个月，时老先生总算露面了。

"你猜之后发生了什么？"

谢一摸了摸她的耳朵，摇头。

想到那时候的误会，许念就想笑。那也是她跟时逸昂第一次见面。

时逸昂大概是看她鬼鬼祟祟的，想要抓她，却反被她揍了一顿。动静挺大，时老先生赶来的时候，看到刚跟自己吵了一架的孙子被人揍得狼狈不堪。

时老先生也很怪，看到孙子的这副惨状，反而笑得很开心，还请她回去喝茶。

后来她才知道时逸昂一天到晚闯祸，时家上下没有一个人能管得住他。她是第一个能把他揍得那么惨的。

之后，她用了点儿小心思，跟时逸昂成了朋友，让时逸昂给自己创造了机会。当然，她的这点儿小心思没逃过时老先生的法眼，但时老先生并没有说什么。时逸昂没多久也发现自己被利用了，还约她打了一架，而时逸昂再次惨败。

这个故事里仿佛时逸昂是主角，但许念很巧妙地剪掉了时逸昂不少戏份，只跟谢一说了同时老先生相识到她拜师的情节，对时逸昂只是只言片语。

不过谢一还是问道："时逸昂是谁？多大？"

许念如实回答："跟我一样大。"

谢一眉头一皱，道："他喜欢你。"语气十分确定。

许念也十分确定地告诉他："放心，我不会出轨。"

时逸昂的确同她表过白，不过她没有给他任何希望。

谢一的神情这才放松下来，而后放在她耳朵上的手轻轻地抚上了她的脸，满是心疼道："是不是很累？"那时候就她一个人，一定很艰难吧？

想到这儿，他胸口发闷，心脏犹如被针扎了一般，痛得他喘不过气来。

许念点点头道："嗯。很累。"

她说："我一直在想，那时如果你在的话，我会轻松很多吧。"

许念眼波流动，说道："谢一，过去的很多年里，我都在想你。"

话音刚落，人便被紧紧搂住。

谢一低声在她耳边道："我也是，想你想得快要发疯了。还好。还好你回来了。"

否则往后余生，他都不知道该怎么熬。

两人紧紧地拥抱着彼此，似是在无声地诉说这么多年的思念。

也不知过了多久，许念挣脱出来，红着耳根，道："今天先说这么多吧，明天再跟你讲讲我是怎么'一战成名'的。"她看了一眼手机上的时间，已经很晚了，道："赶紧睡吧，你明天还有课。"

谢一神色一动。

许念还没放下手机，就被身侧的人勾着腰，抱进了怀里。

后背贴到温热的胸膛，许念一瞬间红了脸。

耳垂被人咬了一下，就听抱着她的人在她耳边轻声道："就这么睡吗？今天可是新婚头一晚。"

"那……要做什么？"许念顿了一下，道，"要彻夜长谈？不好吧，你明天还有课。"

谢一被噎了一下，问："为什么是彻夜长谈？"

许念转过身面对他，道："前几天我看的那本书上说的，男女主新婚第一夜彻夜未眠，谈了一夜的心。"

她说得煞有介事，谢一不信都难。

不过他很好奇这到底是什么书，新婚第一夜谈心？

谢一看了眼怀里一脸认真的人，到底是没再继续这个话题。他收紧了搭在她腰上的手，温声哄诱道："那些奇奇怪怪的小说以后别看了。"

许念眨眼道："挺好看的啊。"

谢一眼角抽了一下，用下巴蹭了蹭她的发心，轻声道："还是睡觉吧。"

暗暗地，许念松了口气。

她的演技越来越好了，刚刚的表演可太到位了。

抱着她的人动了动眉头，合着眼，嘴角扬起了一个好看的弧度。

黑暗中，许念就听谢一低声道："没有下次。"

明显感觉到怀里的人僵了一下，谢一轻轻一笑，道："下次我可就不会这么容易被你骗了。"

耳边是男人低沉的声音，像是蛊毒一样，种在了她的心里。

许念埋头。

上一秒还在庆幸自己演技好的她，此刻觉得自己实在是太傻了。谢一压根儿就没相信她的鬼话。

不过，下次……是什么时候？她要不要问问，也好做做准备？

带着这个疑惑，许念沉沉地睡着了。

听到身边均匀的呼吸声，谢一睁开了双眼。

月色下，她安安静静地睡在自己的身边，一切都显得很不真实。就在几天前，他还在发了疯似的想她，如今，他们领了证，她还去学校给他送了晚饭。

他很害怕，害怕自己睡着了，这一切就真的如同幻境一样消失了。

情不自禁地，他用力地将她紧紧地抱在怀中。

这一晚，谢一睡得很不踏实，直到第二天早上闹钟响了，看到身边空空荡荡的，他蒙了足足一分钟。一分钟之后，他"噌"地跳下了床。

许念做好早餐上楼叫人的时候，迎面撞上了匆匆忙忙从卧室出来的谢一。以为他是迟到了才这么着急，许念刚要开口，让他带着早餐去学校吃，人就被猛地拽了过去。

"谢一？"忽略掉过于用力地抱着她的那双手，许念出声道。

四下静谧。良久后，埋头在她肩窝儿里的谢一声音沙哑，几近乞求道："不要再离开我了，好不好？"

许念怔了一下，轻轻地拍着他的背道："嗯，不会再有第二次了。"

谢一似乎还是不安心，吃完早餐出门的时候，几次折返，道："要不你跟我一块儿去学校吧？"

许念哭笑不得，道："我今天还有个采访。你好好给学神们上课，晚上我做好吃的等你。"

谢一妥协，但还是再三强调道："采访结束记得打电话给我。手机号、微信号……所有的联系方式我都给你了。"谢一顿了一下，又补充道，"今晚我回来考你，记得背号码。"

许念："……"

送走了谢一，许念叫了搬家公司，把东西都送去了谢一那边。整理画的时候，许念想了想，然后给谢一发了条微信。消息刚过去，那边就直接打了电话过来。

许念受惊，接了电话道："谢一。"

"房间你随便用，不用过问我。"末了，他又说，"你是这个家的女主人，不要总是把自己当外人。"

"好。"许念笑着推开那间房门，"不过你回我微信就好，不用特意打电话过来。"

那边沉默了几秒。

"我想听听你的声音。"他说，"许念，我想你了。"

只是分开一个多小时，就想见你，想抱抱你。

许念握在门把手上的手颤了一下，她垂下眼帘道："我也是。"

下午的采访是许念回国之前就约好的。她不太爱搞这种东西，但这个杂志社的编辑是时老先生的朋友。

采访的话题一如既往，中规中矩，只是问到她是否单身的时候，许念举起了自己的右手。

无名指上的戒指在阳光下夺目耀眼。

"我结婚了。"

杂志社的工作人员有点儿惊讶，道："可是我前不久还听说柯恩老师是单身。这个问题也是我们杂志社的男同事托我问的。"

许念放下手中的水杯，微微一笑，显得明艳动人。

她道："昨天刚结。"

"那方便问一下，是柯恩老师一直在等的那个人吗？"工作人员不由得好奇了起来。

柯恩有一幅画叫《一念》，虽然没有出现在公众面前，但是时老先生对那幅画的评价很高。她没有那个荣幸瞧见这幅画，不过倒是偶然听到过关于这幅画的小故事。

一个关于救赎与等待的故事。

"是他。"许念不知道在想什么，出神了片刻，然后对工作人员道，"幸好，他也在等我。"

采访结束后，许念打车回家，在快要到家附近时，突然改变了主意。

"师傅，麻烦去七中。"她道。

谢一今天没有晚自习。

铃声一响，5班的学生还没来得及起立，讲台上的人就消失了。

几秒后，5班传出一阵起哄声，然后他们纷纷跑去1班聊谢老师的八卦了。

谢一是直接回的办公室，他收拾好东西，跟杨主任打过招呼后就准备下班。正巧，碰上了同样刚下课的1班英语老师。

冯老师叫住谢一，道："我刚刚听同学们说，许念在篮球场跟学生打球呢，不知道真假。"

谢一愣了一下，透过办公室的窗户往外看去。这个方位恰好能将篮球场尽收眼底。

现在是晚饭时间，篮球场上密密麻麻地围了一堆人。谢一看见篮球场内，那道熟悉的身影毫不违和地跟一众学生混在一起。

"那个是许念吗？"冯老师指着篮球场内运球的人问。

她是跟谢一同期进来的，但她跟谢一不一样，她是从小城镇被调上来的，自然就错过了谢一上学时的那些事。不过她有一个爱八卦的老公，就算她没亲眼看到过，也能想象得出来，毕竟她老公上辈子是个说相声的。

站在窗前的人"嗯"了声。她再张嘴的时候，谢一已经出了门。

篮球场内，许念起跳，投了一个三分球，险进。

在英国的这些年，她基本没碰过篮球跟游戏机了，整日都在为一个目标奋斗。现在玩了一会儿，许念的手感也差不多回来了点儿，不过跟以前比起来，还是差得很远。

大概是对好看的人有滤镜，就这么个险些进不了的三分球，也让周围的学生出声尖叫。

欢呼声中，许念挽起了袖子，小跑上前，打算截戴眼镜的小男生的球。

男生见许念过来了，警惕性十足，跟队友打配合，不过最后球还是被她截了下来。男生冲队友招了招手，准备回防，但还没跑开，有什么东西迎面飞了过来，他条件反射般接住，定睛一看，原本在师娘那边的球，居然跑到了他的手里。

他顿了一下，看向把球丢给他的师娘，道："师娘，你传错球了吧？"

他们不是队友啊！

许念歪了下头，冲小男生轻轻一笑，然后跟队友说了什么后便跑开了。

男生："？"

男生抱着球，不知道是不是他的错觉，他总觉得后背凉飕飕的。结果他转头一看，就看到他们的班主任正在不远处对他"死亡凝视"……

球瞬间变得烫手了，男生把球扔给队友道："你们投吧。"这师娘也太会害人了，他该不会要被谢老师穿小鞋吧？

唉，怪他过分英俊，连师娘那样的绝世美人都会情不自禁地对他产生好感，不忍心截他的球。

又玩了十几分钟，中场休息时，许念跑向了谢一。她微微喘着气，接过他递来的水，瓶盖刚拧开，另一只空出来的手就被谢一牵住了。

从学生手中拿到许念的衣服跟包，谢一扭头对篮球场上的学生道："我先带你们师娘回家，你们好好上自习。"

说完，他连拖带拽地拉着许念离开。

而篮球场内，被许念截球又传球的男生艰难地咽下口中的水，撞了一下边上的人，道："哎，刚刚谢老师是不是瞪了我一眼？"

那学生翻了个白眼，道："你的错觉吧？谢老师从头到尾眼睛都'长'在老婆的身上了，哪还有工夫看你？"

男生："……"

他发誓，绝对不是错觉，他真的被谢老师盯上了。看来，今晚要好好为自己的帅气写一份检讨了。

出了校门，许念等谢一取车的时候，低头捡了块石头在地上随便画着玩。听到喇叭声后，她笑嘻嘻地跑了过去。

"先去超市吧，冰箱里没吃的了。"中午出来的时候，许念大致记了一下要买的东西，上车后对谢一道。

开车的人不搭话，而是问："那孩子叫徐浩，我班上的学生，成绩很出色，各方面也很优秀，但就是有一个毛病。"谢一故意停顿了一下，继续道，"他是女生口中的'渣男'。"

许念："？"

跟她说这些干吗？更何况，这样说自己的学生是很不对的！

看她一副没听懂的样子，谢一空出一只手敲了一下她的脑门儿，道："让你别出轨的意思。"

许念："？"

"我现在多大？"许念一脸无语，问。

"二十六。"

"这位先生，我都二十六了，怎么会对一个不到十八岁的孩子有那些乱七八糟的想法？"许念实在是不懂谢一到底在想什么。他也太幼稚了，连个小孩子的醋都吃？

被挑破后，谢一并没觉得尴尬，道："我看你刚刚眼睛都快'长'在他身上了，就顺便提醒你一下，不要对我的学生'图谋不轨'。"

等红灯的间隙，谢一突然又凑了过去，道："否则，会被他们的班主任惩罚。"

许念哭笑不得，道："你好幼稚。我只是觉得……他跟你有点儿像。"

"嗯？"没想到会是这个答案，谢一愣住。

他刚刚也只不过是随意说说，虽然他们现在都等到了彼此，但是这么多年，总有一些东西缺失了。而许念在不经意间对他表现出来的小心翼翼让他很不舒服，他会主动让她接近，融入自己的生活，让她安安心心地信任他、依靠他。

许念弯了弯嘴角，点点头道："他打球的样子跟你很像。"

有那么一瞬间，她仿佛就在篮球场上，看到了多年前的谢一。

半小时后，谢一将车停在了小区附近的超市边。

这个时间是下班点，超市里人多，谢一把手摊在她的面前，扬了扬下巴。

许念把手交给他，笑道："又不是小孩子。"逛超市还牵手。

谢一牢牢地握紧她的手，道："怕又把你弄丢了。"

许念心尖一颤，主动抱着谢一的胳膊，然后仰起小脸，笑得十分娇艳，道："先去买蔬菜吧。"

谢一抑制不住，低下头在她的唇上碰了一下，道："好。"

足足半小时，许念才确定好晚上的菜单，她觉得以后不能这样了，道："回去我就做一个菜单，以后想吃什么提前点好，这样就不会浪费时间了。"

身边的人从身后搂着她，把她往怀里带了带，低声在她耳边道："只要跟你在一起，就不会觉得是浪费时间。"

一瞬间，许念"老脸一红"，扭头看向"罪魁祸首"道："你这几年是不是报了什么情话培训班？"怎么随时随地都能撩她？

轮到他们结账时，谢一从结账台前的货架顶层把上面的东西全部丢进了推车里，道："我一直都这么优秀。其他方面，你试试就知道了。"

许念："……"

为什么她总觉得这话怪怪的？

很快，许念就知道哪里奇怪了。

许念做的晚饭很平常。她觉得这样的家常便饭让她很安心。

好在谢一很喜欢。

吃完饭，谢一主动洗了碗。他收拾完后，就看到客厅里许念正坐在地上写什么。

他凑近一看，是她在超市说的菜谱。

"为什么要标价格？"看到菜名后面的数字，谢一不解。

许念抬头，眉眼一弯道："我可是很贵的，不能吃霸王餐哦。"

谢一先是一愣，后扬起嘴角，突然将人拦腰抱起。

许念惊呼出声，条件反射般抱住他，防止自己掉下来，道："我还没写完！"她也还没做好心理准备。

谢一从菜谱上跨了过去，微微屈膝，捡起被许念随意丢在沙发上的小盒子，然后抱着她往卧室走，道："你不是说不能吃霸王餐吗？"

然后，谢一低头咬了一下她的耳垂，在她耳边吐息道："我马上就付今晚的餐费。"

这大概是多年以来，许念头一次赖床。

昨晚折腾到很晚，今早醒的时候，谢一已经去上班了。他很贴心地在床头贴了一张便利贴，上面写着让她醒了先吃早餐，还附加了一颗爱心。

许念趴在床上对着那张便利贴发笑，然后翻身准备下床。但她只是动了一下，浑身便酸疼难耐，于是她又倒了回去。

原本狼藉的地面已经被谢一收拾干净，如果不是身上有明显的酸痛感，许念都要以为昨晚什么都没发生了。

想到昨夜的谢一，许念慢慢地缩回了被窝儿里，一张脸红得快要滴血了，偏偏这时候谢一发了微信过来。

谢一：**醒了？**

　　Xu：嗯。

　　谢一：还疼吗？

　　Xu：……

　　他不提还好，一提她的大脑就跟按了回放一样，疯狂地播放着昨晚的画面。

　　男人在她耳边低沉地喘息，一遍又一遍地说着"我爱你"的样子，让她的心跳又一次加快了速度。

　　Xu：你说呢？

　　那边几乎是秒回：我也疼。

　　Xu：？

　　谢一：你咬的。要看吗？我拍给你。

　　Xu：大可不必。

　　谢一：好了，我上课了，一会儿起床先吃早饭，再去画室。

　　Xu：好的，谢老师。

　　消息刚发送过去，手机突然响了起来，许念吓得没拿稳手机，手机砸在了脸上。

　　许念揉着鼻梁，眼圈泛红，心有余悸地接通电话，嘟嘟囔囔地抱怨道："以后不要搞突然袭击。"

　　谢一像是在家装了摄像头一样，笑着道："以后别正面躺着玩手机。"

　　许念慢腾腾地穿鞋下床，道："你不是说要上课吗？"

　　手机那头隐约传来了上课铃声，许念催促道："快去上课吧，谢老师。"她一路到了厨房，餐桌上还放着谢一做好的早餐。她取下水杯上的便利贴，脸上不自觉地扬起了笑容，正要挂断，就听那头的人道："昨晚你可不是这么叫的。"

　　他的语气里夹杂着几分挑逗跟引诱。许念想到昨夜被他一次又一次地"逼迫"着叫"老公"的画面，喝牛奶时呛了一下，咳嗽得满脸通红。

　　"好了，不逗你了。下午我没课，跟主任那边请了假，你跟我一起回家吧。"谢一能想象到她满脸绯红的样子。

他继续道："我先上课，下课后再打给你。"说完他挂断电话，进了教室。

教室里响起一阵起哄声。

"老师又给老婆打电话了！"

谢一拿出试卷，叩了叩桌子道："行了，上课。"

"喊。"

谢一没忍住笑道："我跟老婆打电话天经地义，你们瞎起什么哄？"末了，他把大题写到黑板上，道："我看看，那个笑得最大声的上来。对，徐浩，过来做一下这道题。"

正笑得肆无忌惮的徐浩："？"

他果然是被穿小鞋了！

另一边，许念吃完早餐就开始翻自己的衣柜，翻了半天无果后，她索性倒在床上开始搜索：见婆婆穿什么比较好？

答案五花八门，许念生无可恋地望着窗外。

谢一的妈妈很好相处这一点她是知道的，只是当年她就那么走了，一声招呼都没跟自己这位特别的"朋友"打，现在又要以儿媳妇的身份出现在何女士的面前，会不会被赶出来？

但是，谢一刚刚说"你跟我一起回家吧"。

回家。

八年前，许女士也是这样跟她说的。

她说："许念，我们一起回孟家吧。"

她们回去了，那是一个错误的开始。许念除了每天要面对孟家所有人的不待见，还要整日跟姓孟的去参加那些令她厌恶的商业酒会。

直到有一天，她名义上的"奶奶"对她说："从今天开始，张阿姨就是你的妈妈。"

直至今日，她都还记得那天许女士在孟家发疯的样子。也是那天，她意识到许女士对自己的在意远比她想象中要深。

许女士跟老太太翻脸了。当初老太太分明答应她要让姓孟的跟那个女人离婚，然后正大光明地为她办一场婚礼。她质问老太太，怎么到现在变成了她来做小三，还让她的女儿认那个女人做母亲？

老太太冷笑，让许女士拎清自己的身份。

许女士再怎么闹也只是他们口中的笑话。那时候，许念按住了许女士，然后冷冷地看向孟家的人。

那也是许念到孟家后第一次开口。

她说："让我认一个小三当妈，你们拿我当傻子？你还真以为你们孟家让人稀罕？我今天就把话撂这儿了，谁要是敢动我妈，我当场让他进医院。

"哦，你们还没见过我打人吧？"说着，她一脚踢开椅子，一拳砸在了一个青花瓷瓶上。

下一秒，青花瓷瓶掉在地上，四分五裂。

血顺着手背滴在了地面上，十七岁的女生安安静静的。可她越是安静就越是吓人。那双薄凉的双眸扫向孟家人，她说："谁敢动我妈，这就是他的下场。"

没人敢动。

那天过后，她就被送到了英国。每天面对空荡荡的房间时，她好希望许女士能够出现在她面前。哪怕许女士的态度不好，哪怕许女士喝了酒情绪失控，她也希望许女士对自己说"许念，走，跟妈回家"。

可是没有。因为她到英国的第二周，许女士就走了。

这么多年过去了，"家"对她来说显得无比奢侈。在许女士离开的那一刻，她就没有家了。外公外婆不要她，孟家也只是想从她身上拿到许女士打拼了十几年的产业。就好像一瞬间，她被全世界抛弃了……

然而今天，她心爱的人说："你跟我一起回家吧。"

这种感觉就好像心里那扇久闭的门被人一把推开了。

第九章

礼物

　　中午谢一到家的时候，许念正在厨房做饭。听到动静，她举着锅铲探出头，对他笑道："回来了？洗手吧，饭好了。"

　　等她关了抽油烟机，准备盛菜出来的时候，突然有人从身后抱了上来。

　　谢一的下巴抵在她的肩膀上，闭着眼，睫毛微颤，声音几近哽咽道："这种感觉真好。"

　　有人在家等他，这是他睡梦中出现过无数次的场景。

　　八年了，其实就跟其他人说的那样，谢一有很多选择，他娶得到"白富美"，也娶得到温柔贤妻。

　　有人问："你为什么就不能看看别人呢？好姑娘那么多，干吗吊死在一棵树上？"

　　谢一苦笑道："看不到了。你说是不是很奇怪，除了她，好像其他人都是同一张脸。"

　　就仿佛你在的时候，这世界一片灿烂；你走了，这个世界也像是蒙上了一层灰，放眼望去，并无差别。

　　谢一道："我的眼里好像……只能看得到她。"

下午两人带了礼物回家。"带礼物"实际上是许念的主意，她怕何女士生气，所以从谢一的嘴里撬出了何女士这段时间的新偶像，特意画了一张何女士新偶像的美照。

许念不怎么画人物，但是真要动起手来，连时老先生都要忍不住夸上一夸。

而当许念画这幅画时，谢一随意地在画室里转了两圈，最后目光落在了那幅一直被蒙着白布的画上。

听他问，许念急忙挡在那幅画前，道："这是惊喜。一个月后，一个月后给你看。"

一个月后，是谢一的生日。

当年没送出去的礼物，时隔八年，终于可以送出去了。

而谢一最后在许念这里死乞白赖地讨了个吻才妥协。

许念画得很快，不仅效率很高，还带了十足的心意。

结果两人到家时，何女士和谢先生都不在。

谢一其实一早就觉得奇怪了。以何女士的性子，知道他跟许念结婚了，那肯定会在第一时间就杀过来了，能憋这么久，大概是还在生他跟许念的气。

他看了一眼身边的人。

对他来说，许念是心爱的姑娘，是一定一定要留在身边的人。

而对于何女士，许念不仅是她从前就认定的儿媳，更是她的朋友。

所以，何女士应该是在以朋友的身份气许念当初的不告而别，也气他突然结了婚，没跟他们商量。

"跟我去个地方。"谢一牵起许念的手，捏了捏她，让她不要灰心。

许念抬头，眼神闪避道："去哪儿？"

谢一看出她的不对劲，摸了摸她的脑袋，然后神秘一笑道："一个你一直都想去的地方。"

半小时后，谢一带许念去了何女士的武术馆。

何女士果然在这儿。谢先生也在，正搁那儿给何女士当陪练呢。

谢一垂眸，低声对许念说："没事，有我在。我妈要是赶你出来，我就带你私奔。"说完，他看到许念有了点儿笑意，才冲馆内喊道，"爸、妈，我带许念回来了。"

武术馆的气氛没有谢一想象的那么僵硬冰凉，被谢先生拽到一边坐下后，他还是忍不住回头看了一眼在场中心对练的两人。

谢先生倒了杯水给他，道："那可是你妈，你还担心她吃了你媳妇？"

而看到陪练的许念被一脚踹到地上，谢一立马起身就要过去，却被谢先生强拉着坐了下去。

"爸！"谢一脸色有些难看，"妈她……"话刚说到这儿，他就看到何女士上前把许念扶了起来，顿时放下心来，然后才回答老爸方才的问题："我就是关心则乱。"而且他曾经都被何女士打掉过两颗牙，别说在这方面压根儿没经验的许念了。

谢先生看到又一次被打倒的许念，眉头皱了一下，弱弱地问："要不，我们上去把她们给拉开？"

谢一正要起身，那边倒在地上的人给他递了个眼神。

见儿子不动，谢先生问："不过去？那可是你的老婆。"

谢一眼里装着无奈，喝了口水道："不用了，她自己能行。"

两人坐在这边看着许念挨揍，不过他们发现，何女士每次下手都要比上一次轻很多。

谢一放下水杯，在心里叹了口气。

他大概真的是关心则乱，忘记这两人曾经是很要好的朋友。朋友之间解决问题的方式，大概也就只有她们彼此知道。

半晌，那边停了下来，两人一前一后进了更衣室。

谢先生在一边叹气："女人啊。"

上一秒还跟仇人似的，下一秒又成了朋友。

谢一闻言，扭头道："爸。"

"嗯？"见他一副有话要说的样子，谢先生猜测道，"怎么，才结婚两天就跟老婆吵架，闹不愉快了？我跟你说，这夫妻间最重要的就是磨合，你俩现在才……"

谢先生一堆过来人的经验还没来得及传授，就被谢一打断了："爸，你为什么不问我？"

"问你什么？"这时谢一的眼睛眨了一下，谢先生猜到他在想什么，便笑道，"那是你们夫妻之间的事。这么多年了，你还是始终如一地选择她，现在她也回来了，不管过去发生了什么，你的选择依旧没有变，这就说明她是值得的。

"儿子，不说别的，你的眼光还是随我。所以，爸不过问是因为相信你。"

良久，谢一道："谢谢爸。"

"你这个'谢'是替你老婆说的吧？啧，有了媳妇忘了爸妈，男人啊！"谢先生又开始长叹了。

另一边，何女士倒了杯咖啡给许念，依然板着脸道："为什么回来？"

这一个问题，她是站在儿子的角度问的。

许念看着手中的咖啡，道："一直都想回来。"末了，她又说了一句，"盐城很好。"

盐城很好，这里有真正关心她的人，有她所牵挂的一切。

何女士的语气有所缓和，道："限你三分钟内说清缘由，不然就继续去外面挨揍。我看你还挺扛揍的。"

许念默默地把自己快要废了的左胳膊放在身后，装作一点儿事都没有的样子道："可能接下来的故事会有卖惨的嫌疑，阿姨，您要是介意的话，我就不说了。"

何女士的耳朵都竖起来了，听她这么一说顿时不乐意了，道："要你说你就说。"

许念的指尖紧紧地抠着杯壁，望着杯子里的咖啡，缓缓地开了口。

当年孟家以给许女士名分为由，让她带许念回家。

当时正赶上公司出了大问题，许女士犹豫了好多天后，从某天开始匆忙地收拾行李。

那时候许念以为许女士真的只是因为公司的问题才回的孟家，时至今日许念才明白，许女士还是喜欢那个男人的。毕竟那是她的初恋，也是让她死心塌地为了他跟家里断绝关系的男人。

"你怪她吗？"何女士问。

许念笑得苦涩，摇着头道："怎么会？那是她的选择。她说过，之后是福是祸，她会自己担着。"许女士其实已经为她做了很多了，在孟家那个处处都容不下她们母女的地方，许女士依旧跟以前一样，给她的吃的、穿的、用的全部都是最好的。许女士说过，不论在什么地方，女儿一点儿苦都不能受。

即便如此，许女士也总是对她心怀歉疚。

"其实，我给谢一打过电话。"许念道。

许念打过，但是接电话的是个女生，像是他新的补课对象，言语之间不难听出这个女生跟谢一的亲昵关系，一气之下她就挂断了，再想打过去的时候，卧室门被许女士从外面踢开，许女士喝得醉醺醺的，还闹了很大一通脾气。

手机跟电话卡就是在那一晚"卒"的。

一说到这个，何女士就想起来了，道："那是谢一的表妹，来家里做客，我让谢一给她补补功课，转移注意力。

"我就说，那天晚上他怎么跟发了疯一样。"把表妹赶出去不说，还往外跑，凌晨三四点了才回来。

谢一的表妹生性活泼机灵，单是看到来电显示是"念念"，就猜到许念的身份了，于是便想逗逗她。

"之后呢？"何女士其实有点儿能想象得到她之后的故事了。

"之后……"

之后她就被强迫参加晚宴，强迫安上了"孟氏继承人"的名头。可任谁都知道，孟家的产业怎么可能会落到她的手上？不过是应付孟老爷子的一个说辞罢了。

后来她跟孟家翻脸，许女士强行把她送去了英国，自己留下收拾了烂摊子，然后……走了。

何女士听到最后倒吸了一口气，道："你妈妈她……"

许念的情绪没有太大的起伏，道："嗯，死了。我去英国没两周她就病死了。"

她说得越是轻松，何女士的心里越是跟针扎了一样疼。

许念这个孩子，内心其实很脆弱，或许是受从小生长环境的影响，她的喜怒不溢于言表，可越是这样的孩子才越让人心疼啊！

"这些，你跟谢一说了吗？"何女士安慰完，问。

许念端杯子的手颤了一下，旋即慢慢地低下了头。

如果可以，她不想让谢一知道这些不愉快。

何女士抬手摸了摸小姑娘的脑袋。不论是以前还是现在，这孩子总是懂事得让自己忍不住想要对她好一点儿，再好一点儿。

实际上，儿子等待的这些年里，她几乎没有掺和过这件事。

原因很简单，一个值得等待的人，多等几年又有何妨？

"你应该跟他说的。"何女士给她续了杯咖啡，"你们现在是合法夫妻，他有义务替你分担你生活中的不开心。更何况，我儿子我还不了解吗？他愿意等你八年，肯定也愿意等你主动开口。他估计是不想戳你的伤疤，但是你越是不说，伤疤只会越来越疼。

"念念，你明白我的意思吗？"

良久后，许念轻轻地"嗯"了声，道："我懂了。"

外边，直到谢先生喝完了五杯白开水，去了两趟厕所，里面的人才总算是出来了。

"聊好了吗？我订了家餐馆，一会儿出去吃。"谢先生趁自己的老婆没开口说要做饭前，很机智道。

谁知何女士揽着许念的肩道："儿媳妇第一次回家，去外面吃合适吗？"

谢先生道："挺……挺合适的吧？你说呢，儿子？"

谢一立马点头，表示赞同。

结果下一秒，何女士又道："我已经好多年没尝过念念的手艺了。今天念念要亲自下厨向我赔罪，我刚刚答应了。"她顿了一下，假装苦恼道，"不过，要是你们爷俩儿想去外面吃就去吧，我也不拦着。"

谢先生反应极快地掏出车钥匙，道："不必，我去开车，你们先收拾一下。"

等谢先生出去后，何女士对谢先生一顿吐槽。许念憋笑憋得辛苦，再看谢一一副习以为常的样子，她心里一暖。

很多年前的许念特别羡慕谢一能有这么温暖的家庭，很多年后，她也是这个家庭的一员了。她庆幸自己能在这么多不幸中幸运地遇到谢一。

晚上，何女士打下手，许念做了一桌子大餐。一家人其乐融融，有说有笑地吃过饭后，何女士一看夜深了，便想留两人过夜。

"我们回去睡。"谢一拿好许念的外套跟包，在何女士不满的目光下，不那么小声地对何女士道，"你们睡得早，我怕晚上吵到你们。"

他的话一出，许念瞬间红了耳朵。

何女士是个人精，当即就明白了其中的深意，笑得极其暧昧道："那你们快回去。反正离得不远，明天我去找念念玩。"

许念点点头道："叔叔阿姨，你们也早点儿休息。"

何女士跟谢先生对视一眼，何女士故作不满道："怎么还叫'叔叔''阿姨'，是不是该改口了？"

许念愣了一下，听到谢一在她耳边说："叫'爸''妈'。"

"妈……爸。"这两个字很陌生，特别是第二个，从出生到现在，"爸"是许念从来都不熟悉的一个字。但当她叫出口的时候，比起那点儿别扭感，更多的是温暖，她道："爸、妈，你们早点儿休息。"

送两人出门后，何女士拉着谢先生把心疼许念的那些话都说给了他听。何女士说完后，情绪转变得很快，道："你说，他俩的婚礼在什么地方办好呢？我认识一个设计师，不行，我现在就联系她给念念做一套婚纱！等等，我先去试探一下念念喜欢什么样的。"

何女士在一边念念叨叨的，谢先生戴着眼镜在看手中的文件，时不时给点儿意见，场面一派和谐。

外面突然下起了雨，淅淅沥沥地，许念用画笔戳着下巴，对着窗外的雨发呆。

谢一敲了敲门，端着一杯热牛奶走了进来，温柔道："在想什么？"

对着雨水发呆的人仰头冲他笑，说："谢一，明天跟我去看看她吧。"

谢一自然知道许念所说的"她"是指谁。

这些日子，有关过去的那几年，她只让他看到了她开心的一面，而那些伤痛却只字不提。她不提他便不问，不是因为漠不关心，而是他想这也不失为一个能让她逐渐放下过去的好方法。

"什么时候去？"旁边没有椅子，他索性把人拉了起来，然后自己坐在椅子上，再把人拽到了自己的大腿上，全程动作极其自然，像是他做了好几百遍，也像是他们从未分开过。

许念坐在他的怀里，手里把玩着他衬衫上的纽扣，显得有些心不在焉道："明天下午吧，上午我还有点儿事。"

"嗯。"谢一按住那只不安分的手，"我明天下午跟你一起去。"末了，看到她低着头不接话，谢一轻声问，"你是不是害怕？"

许念的指尖轻轻地颤了一下，故作云淡风轻道："我为什么要害怕？"

谢一没回答，只是在她的额上落下一吻，然后在她的耳畔道："我会陪着你。"

那一瞬间，许念像是吃了一颗定心丸，心里的慌乱慢慢地平复了。

有时候，她很害怕自己被人看得透彻，那样会让她连最后的伪装都没有了。但是谢一不一样，他总是能够照顾她的情绪，就比如现在，明明看破了她的心虚跟羞愧，却半点儿也没点破，只是让她安心。

她确实在害怕，害怕到现在也没敢去许女士的墓地看看她。

她厌恶了许女士十几年，到头来却发现，还是许女士最关心、最疼爱她。在许女士最需要她的时候，她总是不在许女士的身边，还给许女士惹了一堆麻烦。她做错了很多很多，这些都是在她独自生活在英国、离开了许女士的保护圈时才明白的。

她醒悟得太晚，晚到连许女士最后一面也没见到。所以她害怕面对许女士。她没那个脸，也没那份勇气。

直到下午何女士让她相信谢一，让她勇敢面对，豁然放下。

她不告诉谢一，是因为她不想让他难受，也是因为她不敢回忆。那段时间太疼了，疼到她现在想起来还有点儿喘不过气。

留意到许念情绪的转变，谢一换了个话题道："安然跟林煜结婚了，你知道吗？"说话间，放在她腰间的手开始慢慢地乱动。

许念拍了一下那只钻到自己衣服里的"爪子"，瞪了他一眼，惊讶道："他俩？"那时候一见面就互掐，从来没有停止过"战争"的俩人居然结婚了？

"嗯，去年结的。两人被强拉着去相亲，最后林煜出了一个鬼主意，跟安然直接领了证。"说到这件事，谢一不禁"呵"了一声。

林煜那哪儿是为了躲避相亲才跟安然结的婚，分明是他早就计划好了要把安然骗回家。

两人结婚前，三人聚会，林煜信誓旦旦地说："放心，婚后我不会碰你一根手指头，咱们就是铁哥们儿搭个伙一起过日子，避免那些烦人的相亲。"

结果婚后没几天，林煜就被安然揍得满地找牙。

谢一到现在还忘不了林煜一个大男人，像个鹌鹑一样躲在他身后的样子。

当时安然手中拿着一只拖鞋，乱挥道："谢一，你让开！我今天就要'家暴'这个说话跟放屁一样的臭渣男！说好不碰人的，你昨晚都干了什么？！"

林煜像尿蛋一样从谢一身后露出了个脑袋，道："昨晚是你醉醺醺地先对我动手的，我还没说你占我便宜呢！"

那天，谢一当了一天的和事佬……

听到他这段经历，许念憋着笑道："林煜是喜欢安然的吧？"

　　谢一挑了一下眉峰，然后扒拉了一下许念。

　　登时，许念站起身坐到了窗台边上，道："你别动手动脚啊，昨晚说好今天不动手的。"

　　谢一没动，摊了下手，然后接了她上面的话："你猜得没错，林煜一直都喜欢安然。他俩其实高中就……"

　　实际上，安然对林煜来说从来都是特别的，哪怕那段恋爱草草地就结束了，但他还是主动搭腔，和安然恢复了朋友关系。他想继续留在安然身边。

　　林煜说，安然像是一个长不大的孩子，他会等她长大。可是二十六年了，安然还是小孩子脾气，林煜也觉得没必要再等了，这样就挺好的。

　　"那他们现在呢？在做什么？"许念在窗台上荡着腿，手里抱着画板，开始画谢一。

　　房间里没开灯，只有窗外倾斜而入的月光。月光清冷，衬得谢一更加俊逸。

　　这么多年过去了，他还是跟以前一样好看，那双眼睛也还是跟当时一样亮。只是他身上的气质明显稳重内敛了很多。可就是因为这样，他好像更加吸引她了。

　　"安然现在在南城公安局刑侦组，林煜前段时间也跟着调去南城市医院了。"谢一顿了一下，扬唇一笑，"在画我？"

　　许念"嗯"了声，笔尖没有停，然后她又像是想到了什么，眉眼一弯，道："我老公这么好看，当然要画下来。"

　　谢一眉峰一动，起身，像只老狐狸一样靠近她，然后趁她没防备，揽着她的腰，在她的唇上吻了一下，哑着声音对她道："你老公这么好看，画下来有什么用？你要更直观地去感受。"说完，他拿开她手中的画板，不给她任何反驳的机会，再次弯腰吻了下去。

　　许念别开脑袋，红着脸道："别在这儿。"

　　谢一轻轻地吻了一下她的眼睛，蛊惑道："这可是你自己选的地方。我觉得你的选择还不错。"

"你！"许念哭笑不得。

隔天，许念没赖床，谢一醒的时候，许念刚从洗手间洗漱出来。

"距离你迟到还有半小时。"许念掐着表对床上半点儿动静没有的男人道。

谢一闭着眼睛，笑容慵懒，然后赤着上半身从床上坐了起来，睡眼惺忪道："你今天怎么起这么早？"

许念挑了件衣服在身上一比："今天早上有点儿事。这件好看吗？"

谢一扫了一眼衣服，拧眉摇头道："最近降温，多穿点儿。"

许念又挑了几件，穿搭好后就要出门，道："你快点儿洗漱。我做了早饭，你吃过了再去学校。"

等谢一从卧室出来的时候，许念已经在穿鞋了。

许念走得着急，因为跟对方约好八点见面。对方还有工作，不能一味地给她让出时间。

今天她要见的是某展楼的老总，这个展楼很难约到，而且还是因为时老先生，对方才给了她面子。这也是时老先生送给她的回国礼物——让她自己办一个展会。

不是靠谁，只靠她自己。

原本许念以为会很难谈，当对方掏出笔记本让她签名的时候，许念才小小地松了口气。

对方的女儿是她的粉丝。

这次谈得很顺利，对方很爽快地就把合同签了。许念本想跟谢一报喜，想了想，还是没告诉他。

现在合约谈下来了，一切就等谢一的生日到来了。她要把这个画展送给谢一，这应该会是一份很特别的礼物。

出来的时候时间还早，许念打算去附近的公园坐坐，新的画作她总是缺少点儿感觉。

　　只是当她正要往公园那边走，就接到了班主任……哦，不，是杨主任的电话。

　　"小许啊，学校这边最近……"

　　许念听完，眉头微微皱了皱，道："可是我最近还有其他事要忙……我尽量抽时间吧……好，我这会儿就过去。"

　　许念挂了电话，伸手拦了辆出租车。上车后，道："师傅，去七中。"

　　半小时后，许念在七中门口看到了杨主任。

　　杨主任迎了上来，一脸感激道："这次要不是你来帮忙，我还真不知道找谁了。"

　　许念有点儿承受不住，不好意思道："其实，老师，我在素描方面的造诣真的不高。"她主学油画，素描也就那样。

　　杨主任大手一挥道："没事，你就放心教！"大画家口中的"造诣不高"，放在普通人眼里那最起码也是大师级别。更何况，他又不是没见过许念的素描。

　　许念："……"

　　老师这一脸"看大佬"的表情是怎么回事？

　　不过不管怎么说，杨主任亲自开口，许念也不好拒绝。抛开她那点儿背景，当年在班上，老杨还是很照顾她的。

　　至于画展，一个多月的时间足够了。所有的东西她都在回国前就已经准备好了，只需要一个空间，让她把这份礼物装进去。

　　回来的时候她就想过，即便谢一拒绝了她，她也依旧会把这份礼物送给他，然后告诉他，她一直都记得那份承诺。

　　而且这边的课程并不多，她只需要代课到住院的老师回来就行。

　　"那我先带你去见见学生吧。眼瞅着明年就要艺考，那群孩子已经空课好几天了。"杨主任边说边带许念过去。

　　七中有单独的艺术楼，这栋楼还翻修过了。

　　杨主任跟学生介绍完许念，就带许念去了办公室。他在路上道："带你去看看你的办公桌吧。虽然课不多，你也不会一直留在学校，但是办公桌还是要有的。"

许念："？"

不是，怎么连办公桌都准备好了？

许念跟着主任到了办公室门口，还没进门呢，就撞上了下课回来的谢一。

他穿着一身黑色风衣，鼻梁上还架着没来得及摘下来的眼镜。

许念不自觉地吞了吞唾沫。

杨主任一拍掌，哈哈笑道："来来来，谢老师，给你介绍一下，这是我新找的美术老师。赵老师不在的这段时间，许老师就替她的课了！"

杨主任把许念的位置安排在了谢一的身后，谢一只要转个身就能看到自己的老婆。

这时谢一还有一节8班的课，在第四节。眼下上课铃响了，老师们几乎都有课，办公室里最后只剩下他跟许念两人。

他往后一转，然后把身后的椅子转了一圈，让椅子上的人正对着自己。

"说说吧。"谢一勾起她的发丝，然后别在她的耳后，再顺手捏了一下她的耳垂，语态亲昵道。

许念把今早的事说了一下。当然，画展的事自然是跳过了。

"看来以后有人想赖床就没那么容易了。"谢一意味深长地笑道。

许念："？"

什么意思？她只是来代个课，用不着跟正式老师一样每天八点准时在学校的打卡机上打卡吧？

谢一看出了她的疑惑，冲她点了点头。

许念："……"

中午许念跟谢一在学校食堂蹭了一顿饭。

学校食堂有专门的教师餐，在四楼。那时候每到饭点，安然跟林煜都会带着他们，想方设法地去四楼混饭吃。因为在学生们看来，老师吃的一定是学校里最好的。直到今天尝过后，许念的眉头拧了一下道："老师吃的跟学生吃的也差不多嘛。"那时候他们每次上四楼混饭时都会被教导主任逮到，然后集体受罚，教师餐在他们眼里也就越来越"丰盛"。最后他们索性幻想出了满汉全席。

此时，许念吃着寡淡的"满汉全席"，诚心建议道："以后中午还是回家吃吧。"说话间，她扒开盘子里的芹菜。

谢一把盘子里的红烧肉夹给她，把她的芹菜全都挑到了自己的盘子里，道："好啊。"他像是想到了什么，脸上若有若无地挂上了笑，看起来很勾人。

他说："在家吃的话，餐费怎么算？"

有那么一瞬间，许念承认自己想到了其他地方。不过，她觉得应该不是自己的错觉，谢一就是在逗她。所以她也学着他的样子，学着他的语气，拽了拽他的淡蓝色衬衫，冲他眨了一下眼睛道："没事，你付得起。"

女人靠得太近了，她身上熟悉的茉莉香就那么毫无阻拦地钻进了他的鼻腔。那张精致的小脸在他的眼前无限放大，那双漂亮的眼睛也比平时亮，许念的眼尾上扬，像极了一个小妖精。

恍神间，谢一想到了昨晚她在自己怀里的样子，再回过神来时，浑身已经开始发热了。

许念眼瞅着情况不对，立马松手，低头扒着盘子里的饭菜。

"你吃完直接去车上等我，这是钥匙。"谢一起身，放下车钥匙后，便端着没怎么吃的餐盘离开了。

听到身后的脚步声走远了，许念没忍住笑出了声。

许念掏出手机，敲了一句话发了过去：叫你以后不分场合。

下午谢一换了课，而许念的课程是从明天开始，今天她只是过来熟悉环境，于是两人一道去了许女士的墓地。

回国后，这个地方虽然许念是第一次进来，可她却不止一次在墓地外徘徊。

察觉到她的紧张，谢一牵起了她的手，在她冰凉的掌心上捏了一下道："走吧，去看看妈。"

许念瞬间抬头道："你叫她……什么？"

那双澄澈的眼睛如很多年前那般望着她，他说："你的家人就是我的家人。"

我们现在已经是一家人了。

"一家人。"许念喃喃自语，可是她还没怎么叫过许女士"妈妈"，很久很久以前她就不这么叫许女士了。

在原地站了良久，许念终是踏出了一步："走吧。"

不能一味地逃避，很多时候，要学会面对。

最近盐城气温骤降，比附近一些城市还要冷上几摄氏度。

寒风肆意。墓碑前，只穿了一件不怎么抗冷的大衣的女人，脸色苍白，像是风一吹她就要倒下。

旁边的男人脱下外套披在女人的肩上，然后把女人揽在了怀里。

女人的双眼已经哭红了，而男人从始至终都没作声，只是轻轻地拍着女人的后背，无声地安慰着她。

直到女人揉了揉双眼，擦掉了泪水。

"好点儿了吗？"谢一问。

从她到这里的那一刻起，她整个人就像是随时要倒下去一样。

许念很坚强，谢一很清楚这一点。可他不希望她这么坚强，他希望她能学会释放自己的情绪，而不是一个人承担着所有。

不过他不能去拆穿，许念不喜欢被人看得太透彻。

又过了很久，天上飘起了雪花。雪花落在了许念的睫毛上，她的眼皮颤了一下，然后抬起了头。

雪很快就下大了，不一会儿，漫天大雪就在地面覆上了一层白色。

谢一伸出手挡在她的头顶。

突然，许念嘴角一动，低下头对墓碑上那张笑容青涩、还是二十岁左右的女人的照片道："我记得你说过最讨厌下雪，因为下雪上班不方便。你还要分心接送我上下学。"许念停顿了片刻，似乎是回忆起了什么，笑道，"可是，你好像很喜欢在下雪天向我的老师请假，然后带我去逛商城，买很多很多衣服，吃好多好多小吃。虽然那些衣服很丑。这么一看，你在撒谎，你明明很喜欢下雪天。"

因为下雪天有充足的时间陪她。女儿是她唯一的牵挂。

就好像眼泪流干了一样，许念发现自己哭不出来了，任凭心口再怎么疼，也掉不下一滴眼泪。

她想，或许她的心里已经在慢慢地释然了吧。

"听王叔说，她是笑着走的，甚至她还为自己筹备好了葬礼。"许念出声道。她极力地保持着平静，声线却有些颤抖，"王叔说，她走得没有遗憾。"

那时候，电话那头的王叔点了根烟，说了一句让她这辈子都不会忘记的话。

他说："因为你妈妈知道，她在这个世界上最疼爱的女儿，也依旧在百倍千倍地爱着她。"

许念弯腰，指尖碰上那张冰凉的照片，脸上带着笑，说："我现在活得很好，你放心吧。"

无人回应，只有寒风卷着漫天白雪，吹向了远方。

从墓地出来，许念回过头。

恍然间，她好像看到了许女士站在不远处对她微笑，然后又冲她挥了挥手，转身便消失了。

许念弯了弯眉眼，轻声说："在那个世界要好好生活。"

我也一样，会在这个世界好好活着，跟谢一一起，一直一直走下去。

可能在冰天雪地里吹了寒风的缘故，许念感冒了，不过不严重。她吃了药，捂出了一身汗就好了很多。

昨晚睡得早，早上六点五十许念就醒了，然后怎么也睡不着了。

见身边的人还在熟睡，许念欣赏了一会儿谢一那张赏心悦目的睡颜后，蹑手蹑脚地下了床。

谢一照顾了她一整晚，她隐约记得自己迷迷糊糊起来看时间的时候，谢一还在给她擦手。让他多睡一会儿吧，待会儿她开车，让他在车上吃早餐好了。

许念小心翼翼地关好门，下了楼，还没到厨房就听到了门铃声。

看到是何女士，许念急忙开了门道："妈……"这个称呼还是有点儿别扭，许念绕开这个字，惊讶道："您怎么这么早就过来了？"

何女士带着一身冷风进了门，道："谢一说你感冒了，我就过来给你们做早饭。你怎么这么早就醒了？病好了吗？快去躺着，离你们去学校还有一会儿，再睡半小时，我做好早饭叫你们。"

何女士一进门嘴就没停过，一连串的关心砸了过来，反倒让许念有点儿愣神。

她一直不太喜欢被人过度关心，因为那样会养成依赖。

可何女士明明不是一个爱早起，甚至压根儿不会做饭的人，她一大清早就过来，忙忙碌碌地为他们准备早餐，许念还是心头一暖，觉得被人过度关心还是挺好的。

不过……让何女士做早饭就算了吧。

"我已经好了。"许念眼明手快地接过何女士手中的刀，尴尬地笑道，"妈，这个我来……"

称呼这东西……叫一叫就顺口了吧，虽然还是有那么点儿别扭。

何女士当场测量了她的体温，确认她已经完全好了，才把菜刀交给她。

谢一下楼的时候，就看到两位女士正边吃早餐边说笑着什么。

见他醒了，何女士招了招手道："你怎么才起？快过来，吃完去学校，别总是踩着点上班，影响不好。"

谢一看了眼时间，觉得完全来得及。他气定神闲地在许念身边坐下，自然地把她不吃的蛋黄夹到了自己的盘子里，然后漫不经心道："我那是遵守时间。"

何女士白眼一翻，没搭理他，继续激情地跟许念讲她新偶像的事。

听到她俩还要组团去什么节目后台看男人，谢一登时皱起了眉头。

"不准去。"他说。

何女士把牛奶推过去，道："喝你的牛奶吧！老妈这次好不容易抽到去后台探班的机会，这么好的事，怎么能不带着念念呢？"她又笑嘻嘻地问许念，"念念，要去吗？"

许念点点头。

于是去学校的路上，谢一都在疯狂地给许念洗脑，告诉她外面的世界有多么凶险，只有他才是最靠谱的。

许念被逗乐了，道："你怎么连一个陌生人的醋都吃？"见开车的人还是一副唠唠叨叨的样子，许念抬手捂住他的嘴，接着道，"那可是妈看中的男人，我还能抢不成？"

被强行"静音"的谢一想了想，觉得有道理，道："那我们一起去。"

许念："？"

谢一停好车，去勾许念的腰，被许念避开。许念道："这是学校，为人师表，你注意点儿。"

谢一并不放过她，把她拽了回来抱在怀里，得意扬扬道："你还是我老婆呢，怕什么？"

两人正打闹间，就听不远处传来一道声音："念念？"

许念的身体僵了一瞬，她回过头，惊讶道："时逸昂？"

许念实在是震惊，时逸昂这么多年一直都有回国的打算，奈何他被他爸困在时老先生身边，没法儿回来。即便是时老先生答应了，时爸爸那边不点头，他也不能任性。

现在时逸昂就这么站在她的面前，她都要以为自己出现幻觉了。

"你怎么回来了？"许念又准确地问，"叔叔同意你回国了？"

许念震惊过度，都忘记了先介绍谢一。

谢一在一边看着两人熟稔地打招呼，慢慢地回忆起来了。时逸昂，那个打他老婆主意的男人。

谢一放在细腰上的那只手微微收紧，在感觉到身边的姑娘轻哼了一声后，他跟没事人似的减轻力度。

"对了，跟你介绍一下，这是谢一。"许念反应很快道。

时逸昂挑眉道："这就是你老公？"

许念笑得很温柔，她说："是的。"

混血长相的男人嘴角动了一下，只淡淡地回了一句："就那样吧。"

他到底还是来迟了。

"就那样吧"这四个字钻进谢一的耳朵里，他极度不爽地把许念往怀里搂了搂，言语上却很客气道："这么多年，谢谢时先生一直照顾我家念念。"

时逸昂假笑道："不用谢，我自愿的。"说完，不等男人接话，他对身边的女人道："我还有事先走了。这段时间我会一直留在盐城，你要是有空记得来找我玩，联系方式不变，你直接打国内的那个电话就好。"

"好。"

"那我走了。"说完，时逸昂走来，路过谢一的时候，冷哼一声，然后踮起了脚尖，直到高过谢一，才十分不屑地说，"不过如此。"

许念："……"

"他这人很幼稚，你别理他。"见时逸昂走远了，许念对谢一道。

谢一"哦"了声，没接话。

许念自觉地闭嘴。她忘了，谢一是个醋坛子，不过她跟时逸昂那可是清清白白的。

她试探性地问："我现在是要解释一下吗？"

其实这时候有一个更有用的办法，但现在他们在校园里，大庭广众之下，影响挺不好的……正想着，她瞥到了一个开着门的小仓库，于是她拽着谢一走进去，然后反手将门关上。

仓库很小，许念把人推到墙角，然后踮着脚尖去亲他。而他并不配合，她今天又没穿高跟鞋，压根儿够不到，她原地一蹦，挂在了他的身上。

许念在他的唇上亲了一下，问："还在生气吗？"

谢一没出声。

许念低头，又亲了一下，道："现在呢？还在生气？"

之前这样一下就能把他哄好，今天这招不起作用了？

谢一依旧没说话。

许念索性勾住了他的脖颈儿，低头吻了上去。

这个吻绵长而又温柔，从开始到结束，都是许念在主动。

直到她喘不过气，嘴唇才离开谢一，然后趴在他的肩头调整呼吸。

狭小的空间里，谢一尽可能地掩饰着自己得逞的笑容，舔了舔唇角道："我没生气。"

或许是刚才吻得过久，许念的脑子有点儿没转过来："嗯？"

"我说，我没生气。"谢一松手，把人放在地上后，又反身将她压在墙角，然后低头欣赏着她淡红色的脸颊。

意识到自己被耍了，许念扬声道："你故……"

后面的话还没说出口，就被谢一用嘴堵了回去。

只是几秒，他便放开了。"外面有学生。"他低声道。

有几个学生从门口说说笑笑地路过，许念紧紧地闭嘴，没敢出声。

"老狐狸"这下更满意了，他情不自禁地咬了咬许念红到滴血的耳尖，然后低声在她的耳边吐息道："你主动的样子，是我最喜欢的。"

霎时间，许念的脸全部红了，道："你……真的不生气？"

谢一放开她，笑了一下，带着点儿自责道："气。气我自己。"

如果那时候他们没有因为那点儿小事吵架，他如果能早点儿去找她和好，之后的一切就不会那么突然了。或许结局不会改变，但至少他们可以随时保持联络；又或许有了联络，之后的一切都可以改变。有他陪着，他不会让她受到半点儿委屈。

谢一永远都会以她为出发点来考虑所有问题，这一点许念很清楚。

只是她没想到，谢一会因为之前的事自责。

从墓地回来后，他说想听一听她刚离开的那些日子是怎么生活的。她总是避开这些难过的日子不提，当他问起来的时候，又不知道该怎么说，所以她只是简简单单地概括了一下。

没想到，就算她说得简单，他依旧牢牢地记在了心上。

良久。

"谢一。"她叫他。

在得到回应后，她在他的脸上亲了一下，然后露出笑容道："我爱你。"

学生们发现，今天谢老师的心情特别好，课上还会时不时地发笑，说话也特别温和。

"谢老师这样也太吓人了。"有男生窃窃私语道。

女生接话："你懂什么？谢老师这样多帅啊！"

"花痴。"

两人正杠着，远方飞来一个字条——

各位，我今天看到一个大帅哥跟师娘有说有笑的，两人看起来十分亲密！

最后十分钟，谢一留给大家讨论试卷。

于是，字条瞬间被换成了笔记本，大家开始"建群"聊天。

——那谢老师不应该会吃醋吗？怎么还笑得这么温柔？

——楼上，我都说了是笑得可怕。看看吧，就是因为吃醋才笑得可怕。

——就没人问问师娘为什么这么早来学校吗？

——楼上也太孤陋寡闻了吧，请紧跟时事热点！师娘现在是艺术班的代课老师，不来学校还去你家不成？话说，我想知道那帅哥有多帅，有谢老师帅吗？

——统一回答，帅哥是混血，帅肯定还是谢老师帅，但是吧，那张脸也不容忽视，懂我的意思吗？

　　——打断一下，我今天路过一楼小仓库的时候，听到了什么奇奇怪怪的声音。我们学校是有人在早恋吗？

　　——楼上成功地吸引了我的注意！早恋？奇怪的声音？我有画面了。

　　——了不起，居然敢早恋，就不怕被主任抓到吗？

　　女生写完，将本子递向自己的好闺密，没想到半道上被谢老师截了和。

　　瞬间，班上安静下来，大家如坐针毡。

　　就在这时，下课铃响了。

　　谢一看了看笔记本，然后将那个传笔记本的女生叫了出去。

　　五分钟后，女生回了教室。全班同学都围了上去，七嘴八舌地问了一堆问题。

　　女生摆摆手，让大家安静后，统一回复："谢老师说，让我们好好学习，不要一天到晚对别人的家事感兴趣。他跟师娘的感情很好，那个男的只是师娘的普通朋友。以及，那个男的没他帅。"一口气说完，女生喘了口气，道，"以上就是谢老师让我转述的。"

　　全班鸦雀无声，几秒后，大家哄堂大笑。

　　许念的课在下午，早上打完卡她就去了展会中心。这边已经开始着手准备了，她的画也被陆陆续续搬了过来。

　　这次的展品基本上都是她在英国那边的作品，不过其中有几幅还是比较特别的，是她早期的作品，还被网上扒出来嘲笑过。那时候她很不爽那些外行人对自己的嘲笑，在时老先生的教导下才知道，他们的嘲笑也是有一定的原因的，比如她早期的作品在颜色方面就很不到位。这些作品她重新改过，也会在展会上拿出来。

　　"许老师，这个位置挂什么？"工作人员看到被刻意空出来的地方，好奇道。

那个地方是展会中心最引人注目的地方。

许念微微一笑，道："挂求婚礼物。"

下午的课程结束后，因为谢一今天有晚自习，所以许念提前回了家。她到家没一会儿，就接到了时老先生的电话。

原来时逸昂是自己跑回来的，具体原因时老先生没说。

"什么时候办婚礼？"电话那头，时老先生问。

跟谢一领证的那天，许念能报喜的亲人也只有时老先生跟王叔了。

"啊？"许念愣住。她跟谢一领证这件事来得突然，这个问题她还从来没想过。

"办婚礼的时候提前打招呼，我叫人送礼物过去。"时老先生咳嗽了几声，道，"行了，就说这么多。那小子你帮我看着点儿，别让他闯祸。你们两个家伙，没一个让我这个老头子省心的。"

挂了电话，许念还在想时老先生的那个问题。

他们什么时候办婚礼？

在画展上求婚结束之后吗？

她不确定，但是现在这样好像也挺好的。

她跟谢一错过了很多年，现在重新来过，先好好谈一场恋爱再说。

晚上谢一到家，看到画室门开着一条缝，里面的灯亮着，不自觉地，他的脸上有了笑意。

将外套放在沙发上，他放轻动作，悄悄地走了过去。他还没靠近，就听里面的人说："离婚吧，别过了。"

王叔的女儿王雪大学毕业后就跟自己谈了三年的男友结了婚，婚后感情和生活一直很好，直到男方出轨了，甚至还家暴。

原本许念跟王雪的交情并不深，以前许女士出差，让她去王叔家吃饭的时候，王雪对她向来都是爱搭不理的。后来她们都长大了，王雪也渐渐能理解那时候许念的行为举止，在知道许女士离开后，王雪便从他爸那里搞到了许念的电话。慢慢地，两人成了朋友。

　　知道许念跟一直在等她的谢一在一起了，王雪本来想出来好好为她庆贺一番，结果正巧撞上了她家里的那点儿破事。

　　晚上他们又大吵了一架，男方干脆明了地承认了自己在外面有女人，王雪气不过便上去撕扯，结果落了下风，这会儿刚从医院出来，准备去接孩子。

　　"可是我们有孩子……"王雪总是羡慕许念的勇气，许念一直都活得很精彩，不像她，结婚后就只为别人活着。她也想过离婚，但是他们的孩子现在已经快上幼儿园了，她如果冲动地离婚，对孩子的影响很不好。

　　"我不想让轩轩没有爸爸。"

　　电话那头传来了王雪的哭声，许念最受不住王雪哭。她激动的时候会哭，受了委屈会哭，给公司递辞职信也会哭，仿佛像是水做的一样，她永远都有流不完的眼泪。

　　一时间，许念只能先稳住她的情绪，道："行行行，我收回刚刚的话，你先别哭。"许念扶额，头疼地去拿桌上的水杯，这时发现水杯空了，便起身打算去倒水。

　　她刚转身，就落进了谢一的怀里。

　　谢一从她的手中接过水杯，指了指外面，小声道："我去。"

　　许念想跟他一起，但电话那头的王雪越哭越厉害，许念只能专注地安慰她。

　　最后，接到了宝宝的王雪平静了下来。

　　"念念，这件事你别跟我爸妈说，我不想让他们担心。"王雪在电话那头抽噎着。

　　许念的眉头紧紧地拧在了一起。

　　如果换作别人，她可能就随便安慰两句，对方不听她也不会多管闲事。可王雪不一样，她不仅是自己的朋友，还是王叔的女儿。除了许女士，王叔是待她最亲近的人。

　　她想，如果是王叔的话，大概也不会愿意看到自己的女儿跟这样一个男人生活在一起。

所以，她还是多嘴了几句。

"小雪，你要明白，你一味地忍让只会让他变本加厉。他现在敢对你动手，以后保不准还会做出什么。他已经不是你心中那个单纯的少年了，不要总是回忆过去。就像你说的，要多为孩子想想。轩轩已经三岁多了，他已经开始懂事、记事了，就算是为了孩子，你也要好好考虑一下将来了。"

"可……"

"我只是想让你知道，你很优秀，并且你现在还年轻，有很多选择的机会。你可以工作，可以独立，而不是要依附着那个心思已经不在你身上的男人。你能明白我的意思吗？"

那边的轩轩应该是听到了她的声音，一个劲儿地在那头喊"姨姨"。

王雪把手机给儿子，让儿子跟许念说。

挂断的时候，王雪很认真地说道："我会好好想想的。"

末了，她又道："念念，你知不知道，你真的很让人羡慕。

"一个可以等你八年的男人，他一定很爱很爱你。"

恰巧，谢一端着水进来了。

许念回眸，看着这个很爱很爱她的男人，突然一笑，对手机那头的人道："我知道，所以我会加倍地爱他。"

"真羡慕你啊。"这是王雪在挂断前说的最后一句话。

见两人通完话了，谢一问："朋友？"

"嗯。"许念喝了口水，托腮看着坐在自己对面的男人道，"你说我们以后会不会吵架啊？很凶很凶的那种。"

谢一大概能猜到那通电话的内容了。他学着她托腮的动作，另一只手敲了一下她的脑袋，道："你还想跟我吵很凶很凶的架？"

许念笑着拍开他的手，道："请好好回答我的问题。"

知道她是想侧面替电话里的朋友找答案，于是谢一道："应该会。夫妻间的小摩擦肯定会有，问题的关键在于如何解决矛盾。"

许念点点头，表示认同他的说法："你呢？会怎么解决？"

月光透过薄薄的窗纱照了进来。月光下，男人的唇角挂着一个好看的弧度，那双漂亮的眼睛异常明亮，里面装着对面的女人。

他说："我爱你。"

许念："？"

"我会一直这样说，直到你消气为止。"

"我怎么觉得，你这有点儿敷衍啊，谢老师！"许念忍着笑，她能感受到他的诚意。

"是吗？"在她没反应过来的情况下，谢一把人拽到了自己的腿上，咬了一下她的唇道，"这样呢？够诚意了吧？"

原本好好的谈心环节，最后还是变了味。

深夜里，在盐城另一边的王雪收到了许念的微信，只有简短的一句话：他爱你的那份心意才是最重要的。

无论争吵得多凶，只要深爱着彼此，没有什么矛盾化解不了。

可是，他已经不爱她了……

第十章
诺言

画室里一片狼藉。谢一拿衬衫盖在许念身上，然后抱着熟睡的人回了卧室。

出门前，他看了一眼画室地面。虽然有地暖，但还是买个暖和一点儿的毯子铺着比较好。明天他就搞一个。

把人放在床上，谢一想到了她问的那个问题。

他低下头，在她的额头上吻了一下，眼底满是温柔，道："我爱你。"

以后或许会有小争吵，但是这份心意无论过多久都不会变。他只会让那些小争吵变成生活中别样的甜蜜。

他这辈子只愿栽在许念一个人的手里。

隔天，许念被谢一强行吻醒。

"该去上学了，许老师，迟到要扣工资，还要写检讨哦。"谢一抬手，揉了揉睡眼惺忪的小姑娘的脑袋，"去洗漱吧，早饭好了。"

许念极度不情愿地拖着沉重的身子去洗脸，等收拾完穿衣服的时候，才发现自己的内衣不见了。

"谢老师，我的内衣去什么地方了？！"

谢一边榨果汁，边跟曾经的体育委员通话，听到许念的话，对体育委员说了声抱歉，然后冲楼上还带着起床气的人道："坏了，换一件吧。还有今天的衣服跟鞋我已经帮你拿好了，快点儿下来。"

楼上的人嘀嘀咕咕地不知道在说什么，但因为刚起床，嗓子又不舒服，导致现在声音都是哑的，再怎么凶，听着也跟撒娇一样。

谢一把果汁倒进杯子里，对手机那头的人道："你刚刚说什么？我没注意听。"

体育委员的脏话脱口而出，他语无伦次地激动了半天后，总结性地说："你跟许念真结婚了？！"

谢一的脸上不由自主地带上了笑容："嗯，她是我老婆。"

体育委员快要晕了，道："我去！原来群里那群人的爆料是真的！许念真的回来了？！你们真的结婚了？！我真是不敢想象，老谢你苦尽甘来，等了这么多年，终于把老婆等到手了！不行，哥们儿都为你的执着落泪了！所以，周末的同学聚会你必须带着许念过来！"

谢一的手抖了一下，把晃出来的果汁擦掉，道："这两者之间有什么关系吗？"

体育委员耍赖道："我不管！我们都好久没见许念了，我们也很想她，好吗？不对，等一下！刚才我是不是听到了什么？"

在身边女友的提醒下，体育委员这会儿才反应过来，道："我的天！我这一大清早听到了什么？老谢，你原来是这种人啊，牛！"

体育委员又笑着闹了一会儿才挂断电话。

谢一把果汁递给刚下楼的人，道："吃完等下在车上睡会儿吧。"

许念困得眼皮打架，随便乱吃了点儿，穿好鞋出了门。

等到了学校，听到一群学生小声地讨论后，许念才发现自己今天跟谢一穿的是情侣装。顿时，她整个人都清醒了。

"你什么时候买的？"看不出来谢一还有这个兴趣。

谢一算了算，道："挺早了吧。几年前看着喜欢就买了。"

一瞬间，许念的心被狠狠地刺痛了一下。本来她还不太适应八卦的目光，现在她昂首挺胸，对衣服的嫌弃也减了大半。

　　而一边的谢一偷偷地抿着唇，没让自己笑出来。

　　这衣服其实就是前几天买的，知道她肯定不想穿，那他适当地卖个惨也不算过分吧？毕竟，有那么几个人总是盯着他老婆，让他很不爽。

　　说曹操曹操就到，让他不爽的人很快就出现了。

　　谢一就迷惑了，这七中什么时候成这小子家的了，出入这么随便？

　　时逸昂收下谢一不爽的目光，对许念道："我就是替我爸看看老齐。"

　　许念："……"

　　老齐就是校长，而昨天时逸昂也是这么说的。七中校长跟他老爸是故交，他拿这个当借口，脸不红、心不跳。

　　时逸昂的目光在两人牵着的手上扫了一圈，胸口发闷，"哼"了声就走了。

　　在听到许念结婚之后，他便连夜买了机票，只是被时老先生发现了。

　　老爷子说了，许念从始至终对他都没有过其他心思。其他人也这么说，就连他那个连具体情况都不了解的老爸也说了，让他死心。可这颗心不是说死就能死的。他这次回来，就是想看看她到底是不是真的过得很好。如果那个男的对她不好，他会毫不犹豫地张开怀抱，可是……她好像很幸福。

　　那样的笑容，是他在英国从来没有见到过的。

　　是独属于那个男人的吗？

　　时逸昂越想越觉得自己很可笑，伸手随便拦了辆车。在司机问地址的时候，他莫名其妙地烦躁道："随便。"

　　司机问："随便是？"

　　时逸昂紧紧地闭着眼睛道："找家环境不错的酒吧。"

　　冯老师是个近视眼，她摘下眼镜又戴上，确定自己没眼花后，凑近戳了一下许念的锁骨道："这大冬天的还有蚊子吗？"

　　办公室人不多，其他老师都在认真备课，只有冯老师跟许念很闲。

　　"啊？"许念接过她手中的小镜子，看到自己的锁骨那里有好几处痕迹。

"很热吗?"冯老师给许念扇风,"你的脸好红。"话刚说完,她的心里飘过无数个问号。

等一下,她刚刚是不是问了一个很白痴的问题?这个季节哪儿来的蚊子,那分明就是吻痕!

都怪谢老师平时看起来太冷淡了,她一时间没有联想到这方面。

有了答案的冯老师露出了跟她老公同样八卦的眼神,然后十分暧昧地撞了一下许念的肩膀,笑道:"哎呀,许老师原来是不好意思了。我懂,我懂,我都懂。"

许念:"……"

冯老师是过来人,自然不会为难小年轻,"嘿嘿"笑着回了自己的位置。见她回了自己的位置,许念如释重负,再次看了一眼扣在桌面上的小镜子。

冬天许念虽穿得严实,但室内有暖气,很热,所以一般她在室内只穿一件单薄的毛衣。

她把毛衣领子稍微拉下来了一点儿,果不其然,胸口处的痕迹更多。

她觉得有必要让谢一下一次注意一下了。

另一边,上自习的谢老师被学生问住了。

学生问:"老师,你的手臂是被什么东西抓了吗?"

谢一顿了一下,把袖子放了下来道:"家里刚养了只猫,爱抓人。"

"这只猫一定超级可爱吧!老师提到它就会笑。"

谢一想了想,点头道:"嗯,是很可爱。"

有关于猫的话题他们没再继续。不过谢一觉得,养猫就没必要了,他养着她就足够了。

跟学生熟悉了两天,许念基本上掌握了每一个人的情况。这班学生也挺听话,带起来不费事。

而美术班的学生简直要哭了,他们完全整蛊不到新来的美术老师,每次都会被识破，太让人挫败了。

察觉到大家今天上课的积极性不高，许念下课后请教了一下隔壁艺术班的老师，遇到这种情况该怎么办。

隔壁班老师白眼一翻，道："他们哪是情绪不高，分明就是坏劲儿没处使了。"

许念："？"

于是下午第二节课，美术班的学生从外面回来，各自回座位的时候，有一半的人都坐空了。用颜料的时候，他们发现颜料根本就是假的。以及他们偷偷摸摸地给手机充电的时候，插座也被人换了。

看到着了道的同学们的囧样，大家笑得前仰后合。平时都是他们用画整别人，没想到他们今天居然被新来的老师整了。

别问他们为什么知道是新来的老师整的他们，能把东西画得那么逼真，也就只有这位新老师了。平时他们画得再像，只要是内行人，一眼就能识破，可今天他们愣是没看出来，还一连着了好几次道。

许老师牛！

杨主任也很意外，艺术班有两个班的学生是出了名的不好管。

第一是体育班，第二就是许念现在带的美术班。

听到许念跟美术班的学生们打成了一片，杨主任简直不敢相信自己的耳朵，直到他亲眼看到美术班一派和谐的景象……

"校长，我寻思着咱们该花点儿心思把许老师留下来，您觉得呢？"

校长点头道："这件事就交给你去办了，加油！"

杨主任内心忐忑。他觉得吧，许念以现在的身份留在他们学校还是屈才了，但是这样的人才不留住，实在是有点儿可惜啊。

这件事他还是得好好想想。

谢一跟许念说了同学聚会的事。许念想象到被众人围着问东问西的场景，觉得有点儿害怕。

看出她的犹豫，谢一摸了摸她的脑袋道："不想去也没事，我跟他们说。"

最后，许念到底还是去了。不过她没在聚会上看到林煜跟安然。

这次聚会的组织人是体育委员，知道许念会来，他没叫李强。

大家看到许念都很惊讶，特别是看到她跟谢一亲密无间的时候，才彻底确定了他们的关系。

原本对谢一还抱有想法的人，那份心思也彻底没了。她们知道的，谢一还是跟以前一样，眼里、心里只能容得下许念一人……

聚会结束时，外面的天已经黑了。开车过来的人不多，大家都喝了酒，只有许念被谢一全程护着，才没喝。她自然就担下了顺路送人的责任。

因为酒精的作用，车上的几个女生咿咿呀呀地乱叫。最后，话题跑到了许念的身上。

许念尽量把车开得慢一点儿，以防她们头晕。在听到她们怪自己连声招呼都不打就离开时，许念很诚心地说了一句"对不起"。

那时候，她很意外地跟班上大部分同学相处得还不错，离开的时候是应该告别的，但她没来得及。

"你说凭什么？！到底凭什么，你让他等了这么久？"

"对啊，那么多比你好的女人，他从来都不多看一眼。都八年了。"

"可是，我就是喜欢他的这份深情啊。就算他不喜欢我。"

"什么时间可以抚平一切，都是瞎说！八年了，他就没忘记过你！"

"你知道那面黑板报吗？就因为李强擦了一点儿，就一点点，谢一把他打到鼻青脸肿，还被请了家长。你赢的篮球，现在还在展柜里，所有人碰都不能碰。他还有个本子，上面写满了你的名字。我当时不小心看了一眼，只是告诉他，让他往前看，可是许念，你知道吗？从那之后，他就再也没跟我讲话。"

"你说，到底凭什么，让这么优秀的男人等你这么多年？凭什么……凭什么……"

后座几个女人你一句我一句，最后都渐渐地睡了过去。

许念把车停在路边，转头看向副驾驶上熟睡的男人。

皎洁的月光下，男人俊逸的脸上带着若有若无的笑。隐约间，她好像听到他在叫她的名字。

一遍又一遍。

许念想，自己到底凭什么，凭什么霸占了这么好的男人？

她得不到答案，因为她没有什么可圈可点的地方。但是有一点她可以保证，不管过去、现在还是未来，她都只会对他一个人好……

隔天，谢一醒来的时候发现床头放着一杯蜂蜜水。

今天是周末，不用上班，他喝完蜂蜜水就下楼去找人，却发现客厅里空荡荡的。

冰箱上贴着一张便利贴，他看了一眼，才知道她早上有个采访，提前出门了。

如果不是那间画室，谢一觉得他都快要忘记她"柯恩"的身份了。不由自主地，他便想到了他们初次相识的情景。

那时候，他还是她的一念。

"一念"这个名字，不知道她现在是否还记得。

谢一想着，笑了笑，瘫在沙发上开始给老婆发信息。

记不记得已经不重要了，现在人都已经是他的了。

那头采访结束，许念看了眼日历。

没几天就是新的一年，这也就代表着一月十六那天快要到了。

许念去展会中心看完画展进度，打算去超市买点儿东西，这时时逸昂打来了电话。

电话接通，那边传来了一道陌生的男声："您好，请问您是时先生的朋友吗？时先生现在正被送去医院，地址我发给您了，请您尽快过来。"

那边的人说得很急，许念隐约听到了救护车的声响。

确认完地址，许念慌张地往医院跑。

许念匆匆赶到医院，就看到时逸昂被护士从抢救室推了出来。

一瞬间，许念吓得面色苍白。

"医生，他没事吧？！"许念抓住了医生的袖子，急切地问。

一定要没事，她答应过爷爷要好好照顾他的。怎么才几天不见，他就进抢救室了？

许念越想越着急。

医生无奈地抽出自己的胳膊，道："你是他的朋友？让你朋友少喝点儿酒吧，这都胃出血了，还喝呢？"

"胃出血？"许念不确定道。

"对啊，少喝点儿吧。"医生再次叮嘱。

几秒后，许念怒气冲冲地杀进了病房。

此时时逸昂正对着天花板发呆，听到动静后立马装死。

许念看着他就来气，道："行啊你，几天不见你还喝得胃出血了？时逸昂，你是不是脑子有病啊，知道自己不能喝，还跑去酒吧！"之前在英国的时候，她经常会用酒精麻痹自己，时逸昂非要跟她一起喝，结果才喝两杯酒就不省人事了。

现在他长本事了！

许念怒火直涨，一大堆教育的话还没说出来呢，就听躺在病床上的人道："你之前不也总是喝得胃出血吗？好几次都进了医院还不长记性，还好意思说我？"

他看着她，道："再说，你凭什么管我，什么身份啊你？"

许念的话几乎脱口而出："我凭什么管你？我是你爸，你说我为什么管你？"

时逸昂："……"

病房外，谢一眉尾一挑，推门而入，道："听说儿子生病了，我来看看。"

许念来医院的路上接到了谢一的电话。知道时逸昂在医院后，谢一也赶了过来。

时逸昂没想到谢一也会过来，脸瞬间垮了下来，道："你叫他来，是嫌我胃出血不够严重，想让我在医院多住几天？"

许念也很意外，按道理说，谢一应该不会关心时逸昂的事。

没等她出声，谢一的手掌放在她的头顶轻轻地揉了两下，道："去给你的朋友买点儿粥吧。"

许念被稀里糊涂地使唤了出来，因为担心两人一言不合会杠上，快进电梯的时候她又折了回去。她刚到病房门口，包里的手机响了。

是谢一的消息。谢一让她去买粥，顺便买点儿水果回来，他跟时逸昂有点儿事情要谈一下。

许念大概猜到了一点儿，谢一应该是想问时逸昂关于她在英国的事。因为她只同他说了个大概，有些不太好的事都跳过了。

在病房门口徘徊了半晌，许念到底还是没进去。

病房里，时逸昂梗着脖子，看起来像是一只进入战斗状态的公鸡，他道："有事？我俩不熟吧，能有什么好谈的？"

谢一突然有点儿头疼，甚至想那些事还是直接回去问许念算了，跟这个脑子不太灵活的人交流，他怕自己会被气到。

可当面问许念，让她亲自揭那些伤疤，又过于残忍。若是不问呢？他也想过抛开过去，好好地生活，但过去的那些事已经在许念的心里打了个结，或许她自己也意识到了。

他想帮她解开。

"我今天来医院是因为你是念念的朋友。"谢一调整好情绪道。

时逸昂心里门儿清，道："不单是因为这个吧？让我猜猜。"

他故作沉思，道："你是因为许念？"

见他没作答，时逸昂继续道："你想知道许念过去都发生了什么？"

谢一拉了张椅子坐在床头，表情看起来很真诚，道："麻烦了。"

平时时逸昂身边的人没一个正形，所以猛然碰上一个这么正经的，他一时半会儿还真有点儿适应不过来。

时逸昂动了动脑袋，瞥了他一眼，认真道："为什么想要知道？既然她没说，肯定是不想让你知道。"

谢一毫不犹豫道："我想让她看到未来。"

只有她真正地放下了过去，她的眼里才能看到比过去美好数倍的未来。

麻药的原因，时逸昂暂时动不了，只好转了转脖子。

看到坐在床边的男人眼睛里的真挚时，时逸昂突然就笑了。

一开始他是因为不爽、不服气才回来的。据他所知，许念跟这个男人只不过认识了半年不到，而他跟许念相处了八年。八年啊，难道还抵不过这五六个月？更何况，就拿他身边任何一个男人来说，即便再怎么心爱一个女人，她一声不吭地消失八年，所有的美好也都会慢慢消散吧？所以他赌，赌谢一已经结婚，有了美满的家庭，赌谢一不会等她，赌她会看到自己。

可他还是输了。

那是他第一次见她笑得那么开心。他知道那样的笑在什么情况下才会有——看到自己爱的人时。

因为他看到她，会那样笑。

可她笑的时候，身边站的人不是他，而是这个坐在他床边的男人。

或许一开始他可以用酒精麻痹自己。毕竟分离这么多年，这两人肯定会有隔阂，可他想错了。战斗还未打响，我方就已失败。

时逸昂自嘲地笑了笑，说起了那八年的故事。

被许念藏起来的事还有很多。

比如她是因为被孟家逼迫交出公司而染上酒瘾的，本来她就有失眠症，因为孟家步步紧逼更加严重了。

"后来那边直接派了律师跟她沟通，还私自改了她妈妈留下的遗嘱。"

许念当时没法儿回国。王叔让她好好在英国待着，因为回去只会更乱。这也是许女士的意思。孟氏集团能做这么大，手段可想而知。许女士离开前嘱咐王叔，让他无论如何也要劝住许念，她不想再让许念陷进孟家这个泥潭，至于公司财产，孟家想要就拿去，只不过可惜了，那是她拼尽了半辈子为许念挣出来的资本。

许念自然不干，但她对商业一窍不通，几番斟酌下，她找了时老先生帮忙。时老先生很看重她，便派人回国夺回了那份遗嘱。

"不过在那段时间，因为喝酒胃出血，她进了好几次医院。"

"胃出血？"谢一感觉自己说话时声音都在抖，心脏就像被紧紧地攥着一样，又闷又疼。

时逸昂点点头，表情看起来正经了很多。

那一段时间，因为没了许念这个冷笑话王活跃气氛，就连整个时家都死气沉沉的。

"还有暴乱那件事，她说了吗？"时逸昂问。

谢一的右拳紧紧地握着，道："她说过。"

美好的时光并不多，却被她零散地讲了好几夜。更多的痛苦，她全都自己咽着。

时逸昂"哦"了声，道："那她应该没跟你说什么原因吧？"

"那天是她妈妈的七七，听说骨灰被孟家丢了，她不管不顾要回国。那段时间外面特别乱，她被砍了一刀，要不是被我撞上，估计人就没了。

"这么多年，她其实一点儿都不好。所以，对她好点儿。要是哪天她受了委屈，我第一时间杀过来。

"你一定……要对她好，要拼了命地爱她，懂吗？她值得。"

回去的路上，谢一安静得过分，许念欲言又止，到家后，她准备先闪人。

她不清楚时逸昂那家伙到底说了什么，但谢一的表情很难看。而且她怕他问什么，她不太想回忆那段时光。

结果她刚迈出一步，就被谢一拽了回去。她甚至连出声的机会都没有，就被他紧紧地圈在了怀里。

谢一牢牢地抱着她，松开紧咬的牙，声音颤抖而又沙哑道："我该怎么做？"

　　许念的胸口有点儿闷，她尽量显得像没事人一般，拍了拍他的后背，告诉他："你什么都不用做，真……"

　　真的。

　　后面的字还在唇齿间，便听他呵斥一声："许念！"

　　许念被他突如其来的吼声吓住。她还未反应过来之时，肩上的毛衣便被人扯到一边，紧接着一片温热从肩膀传到了她的心脏。那颗被紧紧揣着的心脏，似乎在一瞬间重新获得了"呼吸"的机会。

　　他问："是不是很疼？"

　　许念知道，时逸昂应该全都告诉他了。

　　"很疼，疼得快要死了。"她如实地回答道。

　　她多么希望在那段最无助的日子里，能够听到他的声音。哪怕分隔两地，只要能听到他的声音，那段日子也就不会那么无力了。

　　谢一再次问："我要怎么帮你？"这次他没有等她的答案，而是直接说，"要我做什么都可以。"

　　他语气平静得瘆人。

　　许念的后背一凉，她从他的怀抱里挣脱出来，然后捧着他的脸。

　　谢一双目通红。

　　后背那点儿凉意很快就消失了，取而代之的是温暖。

　　"什么也不用做，谢老师。"她轻轻一笑。

　　在看到他那双眼睛的时候，突然间有什么东西碎了。后来许念发现，是心结。

　　谢一从来都是理智的，他的冲动好像都是因为她。

　　"那……我让他们公司倒闭。"谢一说得很认真。

　　许念被他的脑回路逗乐了，道："你以为你是什么霸道总裁吗？不用了，孟氏撑不过年初了。"

　　最近几年，孟氏集团被查出了很多问题，资金短缺是最致命的，这就是他们想要从她手上抢走公司的原因。

　　谢一闻言，有点儿沮丧，道："我好像并不能帮你什么。"

在高中的时候，许念就发现了，谢一真的很会撒娇。

被他垂头丧气的样子可爱到，许念在他的额头上"啵"了一下，道："谁说你不能帮我？"

谢一抬头，眼睛里闪着光。

"我能做什么？"他说。

许念笑容明艳，道："你只要爱我就够了。"

过去八年，都是许念一个人跨年，今年因为谢一，这个跨年变得格外有意义。

十二月的最后一天，许念问谢一晚上想做什么。两人商量了半天，最后还是决定在家里吃火锅、看电影。

何女士听到有火锅吃，掐着许念跟谢一下课的点守在门口。

晚饭吃得很热闹，吃完何女士收拾完碗筷后便走了。她还叮嘱两人好好跨年，至于其中的深意，何女士觉得儿子肯定领会到了。

送走了何女士，许念摆弄光盘，而谢一去厨房切水果。他回来的时候，电影刚刚开始。

为了营造气氛，许念挑了一部青春浪漫的电影，但看到中途，两人齐齐打了哈欠。

两人看着对方，不约而同地笑出了声。然后谢一把光盘换成了恐怖片。

许念："？"

她不是这个意思啊！

不过不管她是不是这个意思，电影已经开始了。

一开始音效就很恐怖，许念默默地向谢一靠近，最后索性缩在了他的背后。

谢一忍住笑，嘴上贱兮兮地道："鬼要出来了，要出来了……出来了！"

身后的人没有尖叫，但死死抱着他的举动证明了他的吓唬是有用的。

谢一一边享受着老婆的主动，一边故意把声音开得很大。

许念很快就发现了谢一总是骗她，但她不经吓，依旧害怕得上蹿下跳。

被迎面扑来的"鬼"吓得魂飞魄散，许念转头扎进谢一的怀里，紧紧地抱着他不撒手，说什么也不看了。

谢一的声音里带着逗弄，道："不看了吗？我还有个主意。"

许念脑子里一片混乱，便顺着谢一的话道："快说。"

谢一把人扑到沙发上，低声在她耳边道："我觉得这样就不错，夫人觉得呢？"

许念还没反应过来，额头便落下了一片温热。

谢一有个小习惯，每次开始都会亲吻她的额头，将她视若珍宝一般。

凌晨的时候，窗外的夜空中烟火绽放，很是美丽。

许念偏开脑袋，避开谢一的吻，微微喘息着，然后指了指外面道："烟花。"

暧昧之下，谢一的反应比平时慢了几拍，在她的锁骨处流连许久，他才抬起头。

烟火依旧在绽放。

"想看？"他声音沙哑地问。

怀里的人点点头。

谢一单手揽着她的腰，将她的双腿盘在自己的腰上，道："带你过去。"

大概是习惯了他白天一本正经的形象，许念惊呼一声，反应很快地抱住了他的脖子。

烟火绽放在空中，很美，庆贺着新年的到来。

元旦，许念跟谢一都赖床了。

谢一醒得早些，看到身边熟睡的人，他不自觉地扬起了嘴角。他勾起她的发丝，别到她耳后，然后指尖顺着她的脸一路落到了她肩膀处那道疤痕上。

谢一目光一沉，胸口发闷。然后他倾身过去，在那道疤痕上轻轻地吻了一下。

许念就是在这个时候睁开了眼。

她睡眼惺忪地跟身边的人打招呼："早。"

谢一又低头吻了一下她的那道伤疤，说："早。"

许念迷糊地傻笑起来。

每天早上，谢一都会去吻那道伤疤。她怀疑他有什么"伤疤癖好"。

谢一只是说："每天亲一下，就没那么痛了。"

不知道是不是许念的错觉，自从谢一这么说了之后，那道一到阴天就又痒又痛的伤疤，好像真的没那么痛了。

今天的早饭是谢一准备的，许念磨磨蹭蹭到餐桌前的时候，谢一刚热好牛奶。

见对面的人一脸严肃，谢一挑了一下眉，问："怎么了？"

许念板着脸，用食指勾开自己的 T 恤领口，就见一片吻痕。

谢一绷着笑，举起双手诚恳认错道："下次我一定注意。"

许念微微眯眼。

接收到危险的信号，谢一干脆地发誓道："下次我要是再这样，就跪搓衣板、跪榴莲、跪饼干、跪……"后面一大堆还没说，对面的人没忍住笑了出来。

把牛奶递了过去，谢一也跟着笑道："下次我一定。"

许念压根儿不信，喝了口牛奶，说："对了，过几天是你的生日。你想要什么生日礼物？"

谢一的手一抖，差点儿以为自己准备的计划被发现了。他缓了一下，道："到时候你就知道了。"

许念有点儿蒙，到那天再告诉她，不会太晚了吗？不过，她准备的礼物他应该会喜欢。"到时候，你一定要送给我。"谢一神秘兮兮道。

元旦结束就是期末考试，许念被杨主任死缠烂打了十几天，最后还是跟他签了合同。

其实她更想自由地画画，她不太适合教学生，因为她不是很能适应人多的地方。但是杨主任的话也挺有诱惑力的，比如可以跟谢一一起上下学。

签完合同，正式合约是从下学期开始。

十二号这天，学校全体放了假。当天谢一留在学校处理手头上最后一点儿事，而许念正好借机去了一趟展会中心。

画展已经准备好了，每一个角落都恰到好处。

心想谢一一定会喜欢，许念的眸中染上了笑意。

"接下来就是请柬了吧？怎么，不打算给我来一张？"

身后突然传来一道声音，许念转头，见是时逸昂，白眼一翻，道："你最近很闲？"三天两头往她的画展这边跑。

时逸昂道："你别不识好人心啊！要不是我，你这画展能准备得这么完美？"

许念道："一没动手，二没策划，我要感谢你什么？"

时逸昂接不上话，只是目光触及那幅《一念》时，收了七分玩闹，道："他在你心中就这么完美？"

完美到那幅画看不出半点儿不好。

柯恩是谁？擅于画人，擅于表现善恶。柯恩的画可以很美好，但你一定会从美好中解读出那么几分阴暗。柯恩的画会让人心情愉悦之后难过悲伤。

但《一念》不同，它从头到尾都是温暖的。

良久，时逸昂听到身边的人说："他特别特别好。"

一瞬间，时逸昂笑了，笑得洒脱。

她都不需要多说什么，他就觉得自己输得很彻底。

实际上，他是不是从一开始就没有机会……

　　谢一生日这天，他醒的时候，身边空荡荡的。他迷迷糊糊地下了楼，看到餐桌上放着做好的早餐，以及那张很显眼的邀请卡。

　　他打开一看，是许念的画展。画展的名字叫——一念。

　　谢一全身僵住，往下看——

　　一念是一份迟来的礼物，我把它送给我最爱以及最爱我的人。

——柯恩

　　一念。

　　这个名字已经很久很久没有被提及过了。从她消失的那天起，这个名字似乎也跟着一起消失了。他以为她不知道，其实她一直都知道。

　　猛然间，谢一笑了。

　　她很早就知道一念是他。所以，是不是在他喜欢她的那一刻起，她也一样呢？

　　吃光许念准备的早餐，谢一换了一身西装，然后套了一件黑色长款羽绒服，确认好东西都拿了后，出了门。

　　他原本打算给她礼物的，没想到她会比他先一步。

　　到了地方，谢一看到画展的指示牌微微一愣。这个展会中心他很熟悉，当年他们第一次"见面"就是在这里。这会儿已经有不少人拿着邀请卡陆陆续续地进场了，谢一拿着邀请卡，一步一步踏上了楼梯。

　　这时来了不少人，而关于柯恩回国后第一个画展的话题，已经被刷上了热搜。

　　因为这次的画展不同于以往，是柯恩为了献给她的爱人，亲自操办的。所以即便没有门票，也有不少人专门坐飞机赶过来，还有一些人在网上蹲起了直播。

　　没多久，画展正式开始，穿着一袭水蓝色长裙的女人走上了台。她每走动一步，裙尾便跟着一摆，像极了荡漾的湖水。

　　女人将垂在脸侧的碎发挽在耳后，然后扶了一下话筒，轻轻一笑道："感谢大家能在百忙之中参加我的画展。这个画展我准备了很久，很多年前，它是一份礼物，现在，这份礼物终于能到它的主人手上了。"人群之中，许念只看着那个人，道，"希望你不会嫌它来得迟。"

许念眸光一动，看到谢一张嘴。

"不会。"

许念虽然是个"弹幕吐槽机"，但其实一遇上这种人多的场面还是比较紧张的，也不太会说话。之前画展都是由时老先生那边的人操办，等她自己办的时候，才体会到有多难。

把时逸昂准备的开场词背完，许念下了台后，才微微松了一口气。

眼下所有嘉宾都分散开了，大家开始静心欣赏画作。按道理说，柯恩第一次公开露面，应该会有很多人过来搭话，但今天一个也没有，大家就好像只是为了来看作品一般。

谢一略微惊讶地走到许念的身边。

许念带着他边走边看，问："好奇他们为什么不来找我搭话？"

"你安排的？"

许念点点头道："我早就在采访时立了孤僻人设，不喜欢跟别人交流。"

谢一了然："这么一看，许老师的死忠粉还挺多。"

许念得意道："那是。"

两人相视一笑。

谢一对着面前的那幅画看了一会儿，问："准备画展是不是很辛苦？"

为了这个惊喜，她一定很累。

许念看了一眼被牵住的手，脸上不由自主地浮上了笑容，道："只要你喜欢就好。"

"我很喜欢。"谢一真心道。

只要是她，哪怕只是随便丢了一张纸给他，他也会视若珍宝。

"还有一个礼物要送给你。"说话间，许念拉着谢一去了《一念》那边。

那里围了很多人，大家仿佛都沉浸在画中。

许念没有靠近，而是站在不远处，指了一下那幅画，道："很多年前准备送给你的生日礼物。"

那幅画上是一个穿着白衬衫的少年。他置身在蔚蓝的大海之中，画面十分美好。

等所有人从这幅让人忘却自我的画作之中回过神来的时候，他们才发现画的右下角有一张字条。

上面写着——

跟我一起去清华吧。毕业后我们就结婚。

我愿意。

"没有陪你一起去清华，是我遗憾到现在的事。但我还是想问……"许念停顿了一下，道，"谢一，你还愿意跟我结婚吗？"

到嘴边的"我们已经是夫妻了"被谢一咽了回去，他微微一笑，道："我愿意。"

不管过多久，他的答案都不会变。

几步之外，时逸昂扶着从大老远赶来的时老先生，扬了扬下巴道："喏，那个就是你的孙女婿，还满意吗？"

时老先生心情很好，连咳嗽也少了，他笑得一脸慈祥，道："跟那幅画一模一样，念念这丫头有眼光。"

"上去打个招呼？"时逸昂翻了个白眼，问道。

时老先生给了他一个巴掌，道："别去打扰人家小两口。你先带我回去，等我休息一下再过来。"

时逸昂觉得时老先生有毛病，来都来了连个招呼也不打。不过确实，就许念跟谢一这样子，估计想插进去都难吧。

送时老先生去酒店的路上，时逸昂懒散地问："您这次回来打算待多久？"

时老先生看着车窗外，脸上满是笑容，道："参加完婚礼再走。"末了，他看了时逸昂一眼："你也是，别乱跑。我们是念念唯一的家人，要作为女方这边参加婚礼，你别到时候找不见人。"

怕时老先生再唠叨，时逸昂连忙应了几句。

　　许念并不知道时老先生回来了，在画展结束后，她跟谢一去吃了顿饭。回家的路上，谢一说有东西落学校了，让她陪他回去取一下。

　　"我要跟你进去吗？"到学校门口，许念问。

　　谢一把她的衣服拉链拉好后，揉了揉她的发心，道："一起吧。"

　　许念跟着下了车，拎着不太方便的裙子往学校里走。

　　天已经黑了，学校因为放寒假，黑漆漆一片。

　　许念拿出手机打开了手电筒，道："要去教学楼吗？"

　　察觉到她的害怕，谢一牵住她的手，一言不发地带她往校园里走。

　　"你什么忘带了啊？

　　"是需要修改的试卷吗？

　　"啊？不是去教学楼啊！

　　"去哪里呀？

　　"谢一，你说句话！

　　"谢一……"

　　这时后操场的灯相继亮了。

　　许念愣在原地，没说完的话还卡在嗓子里。

　　突然，操场上响起了歌声，是周杰伦那首《甜甜的》。高中时光，这首歌陪伴了所有人。

　　大家陆陆续续走了出来，有学生，也有老师。

　　许念从惊吓中回过神来，正要问谢一这是什么情况，就见谢一忽然单膝跪地，手中拿着一枚戒指。

　　年少爱幻想的时候，许念梦到过无数次谢一向她求婚的场景。少年单膝跪在她的面前，温柔地对她笑，问她可不可以跟他结婚。

　　今天，这一切真实地发生了。

　　男人比她梦中的少年要成熟稳重。

　　在一片起哄声中，谢一抬眸，那双狭长的眼睛里，只有她一人。

　　他说："我想过很多次该怎么跟你求婚，却没想到会以那样的方式跟你领了证。不过幸好，你没有拒绝。"谢一真的很庆幸，那时候她并没有拒绝，而他也因此欠她一个正式的求婚。

"念念，你愿意嫁给我吗？"

这一瞬间，所有人都屏住了呼吸，等待着许念的答案。

而许念毫不犹豫地把手递给了他。

她笑道："你说呢？'我愿意'三个字虽然我已经说腻了，但我还是要说。

"谢一，我愿意。"

明明知道她会答应，谢一却依旧紧张。在她开口的那一瞬，他几乎是颤抖着将戒指套在了她的无名指上。

"亲一个！亲一个！"在他们相拥时，徐老师带头起哄。

许念轻轻一蹦，双腿缠在谢一的腰间，吻了下去。

忽略周边的喧闹声，许念在他耳边道："谢一。"

"嗯？"

"我爱你。"

"我也是。"

许念，幸好你回来了，也幸好，你还爱着我。

许念，一直都是你，也从来都是你。

许念，我爱你，始终如一。

许念……许念……

"啊啊啊！幸亏我带了手机！！！"1班班长拿出手机一顿拍。

"我出门的时候还犹豫来着！"

"班长，你拍了记得传我一份！"

"太感动了，有生之年我居然能看到我的班主任求婚！妈呀！"

"哎，杨主任，你干吗哭啊？！"

"你个小屁孩儿懂什么，主任这是在为自己带出了这么一对好孩子而感动！"徐老师嫌弃地冲学生摆手道。

而因为堵车来迟的何女士，此时正拽着谢先生在路上一顿跑，道："你快点儿！儿子求婚我们不能迟到！"

　　谢先生气喘吁吁地补充："好像已经迟了。"

　　何女士驻足，看到不远处拥吻的两人，边喘气边热泪盈眶地鼓掌。

　　谢先生问："你干吗？"

　　"我不管，我就要鼓掌！为我儿子、儿媳妇的爱情鼓掌！"

　　谢先生："……"

　　混在众人之中，时逸昂高举着手机。他一点儿都不明白姓谢的为什么会给他发短信，让他来参加这次求婚；他也一点儿都不理解老爷子连时差也不倒了，要看现场直播的行为。

　　不过，他的疑惑没人来解答。

　　他冲着视频那头的时老先生道："爷爷，您看完了吗？您孙子的胳膊都快要酸死了！"

　　视频那头的老人没理他，并命令道："你就不能凑近一点儿拍吗？都把小两口拍糊了！"

　　时逸昂："……"

　　天空中，一只小麻雀在上空飞了一圈，然后飞向远方，似是要将这幸福的一幕带给在天上等待的人……

　　许念说："其实有件事你一直不知道。"

　　谢一问："什么？"

　　"我当年离开的时候给你留了一封信，就放在了你家的信箱里。"许念说。

　　谢一突然从床上坐了起来，道："什么？！你留了信？"

　　许念慢悠悠地撑着起身，道："对啊，我以为你收到了。"

　　"我没看到。"谢一懊恼，如果他当时看到了，是不是就不会错过八年之久了？

　　"你写了什么？"他问。

　　许念想了想，道："好像是等我回来，如果你还要我，我们就结婚吧。"

　　许念跟谢一的婚礼是在六月份举行的。

　　婚礼上来的人不多，都是和他们关系比较亲近的朋友。七中好些学生也到场了，其中有个别几位还是谢一钦点，必须要来的。

　　之前何女士原本想大办婚礼，比如请她之前的偶像过来弹个钢琴、唱个歌，再让现在的偶像主持一下现场，不过这些意见还没说出来，就被谢一扼杀了。

　　许念不喜欢人多的场合，再加上婚礼是属于他们的，请明星过来肯定又有一堆乱七八糟的事。何女士觉得在理，便打消了这个念头。

　　"那婚礼谁主持？"谢先生思虑着合适的人选，刚开口，就听儿子出了声。

　　"林煜。"谢一道。

　　那小子已经提前在他这里报了名。

　　谢先生跟何女士对视一眼，觉得林煜那家伙实在是有点儿不靠谱，但看许念跟谢一都决定了，也就没再掺和，毕竟是年轻人的婚礼，他们愿意怎么折腾就怎么折腾吧。

　　婚礼这天很热闹，林煜跟安然撑起了全场。

等谢一和许念交换完信物，林煜突然问起那几个被专门点名过来的学生是怎么回事。

许念也好奇，眼巴巴地望着谢一。

谢一面不改色道："就是告诉他们几个，这是我老婆，别一天到晚打她的主意。"

瞬间，全场鸦雀无声，几秒后，大家一阵爆笑。

许念觉得好笑又觉得无语，拽着他低下头道："幼不幼稚啊你？"

谢一一身西装格外耀眼，那双狭长的眼睛微微眯了一下，道："你是我的。"

你也只能是我的。

许念无奈。

而台下，那几个特意被叫来的学生已经被其他学生团团围住。

"快老实交代，你们都干了什么对不起谢老师的事！"

那几个学生面面相觑。

"给许老师送早餐，算不算？"

"我就找许老师教我画画啊，什么也没干！"

"我让许老师教我打球……行，我承认我有私心。"

"我……写了情诗来着。"

所有人都看向写情诗的男生，一脸震惊。

男生抓了抓脑袋道："许老师长得漂亮，我诗兴大发就来了几句，有问题吗？"

众人："……"

婚礼结束，林煜倒是没喝多少，反倒是安然喝得酩酊大醉，指着许念就是一顿骂。

封闭式训练结束之后她又参与了几起案件调查，回来时就赶上了许念和谢一的婚礼，她连许念之前为什么突然离开都没搞清楚呢，就被拉来撑场子，一直憋到现在才把心里的话都说了出来。

林煜拽着安然把人塞进车里，然后冲谢一跟许念摆摆手道："你们别在意啊，这家伙喝多了。"

许念摇摇头道："没事，等她明天酒醒了我再跟她说吧。"

对安然来说，就像当初她离开一样，她跟谢一的这场婚礼也很突然，安然能保持着镇定撑到现在，已经很给他们面子了。

陆陆续续送走了宾客，许念看到在角落喝酒的王叔。

今天王叔跟时老先生都是作为她的家人过来的。在婚礼上，是王叔牵着她的手，领着她一步一步走向谢一。对她来说，今天这场婚礼很圆满，所有她在乎的人都到场了。或许许女士也在某个地方，目睹了这一幕吧。

许念靠近，对王叔道："王叔。"

王叔抬头，笑着笑着就哭了。

他说："念念，你以后不会再受委屈了，你要幸福啊，我的孩子。"

一直在旁边默默站着的谢一牢牢地握住了许念的手，向王叔跟正拄着拐杖走过来的时老先生道："我一定会对许念好的。"

闻言，许念抬头，眼眶有点儿发酸。

承诺有很多种，但再美好的承诺都抵不过谢一那双永远都只装着她的眼睛。

婚后第一周，因为国外好友办了画展，许念要过去参加，可能需要在那边待半个月左右。

知道这件事后，谢一一整天都闷闷不乐。

他像是一个跟屁虫一样，就连许念洗澡他也要跟着："我们才结婚一周不到，就要异地了。"

许念刚脱了衣服，听到声音后又立马把衣服穿了回去，转头瞪着他道："我现在要洗澡！"

谢一继续委屈道："你真的不带你老公一起去？"

许念道："你不是还要给学生补课吗？快出去，我要洗澡！"

谢一站在原地，任凭许念怎么推他都不动。就在许念再次拽他的时候，他一把将人抵在墙上，低声一笑，道："既然你不带我，那就别怪我不客气了。"说完，他在许念还没反应过来时，把人抱出了浴室。

因为谢一，第二天许念起晚了。

"误机了！"她醒来时，身边已经没人了，而床头柜上放着一张改签的机票。

许念看了一眼机票上的时间，还有两个小时，她还能吃个早饭。

这样一想，许念彻底松了口气，但洗澡的时候，她看到身上某处有块红印。

谢一把早餐端出来的时候，就见许念杀气腾腾地从楼上下来。

等人到他的面前时，他立马献上了一记早安吻，让老婆消气。

"快吃吧，吃完我送你去机场。"见许念没吃几口就抬起头，知道她要说什么，他立马挽起自己的袖子道，"你昨晚下手也不轻。"

许念："……"

许念老老实实地闭嘴吃饭了。

吃过早餐，谢一送许念去了机场。等许念取行李的时候，才发现车上还有一个行李箱。

许念："？"

谢一把两个行李箱都拎了下来，然后打了个电话，让林煜来机场开车。

几分钟后，候机室内。

许念环胸道："解释一下吧。"

谢一撑着脑袋，懒洋洋地玩着她的头发道："没什么好解释的啊，就是觉得半个月太久，我可能等不了，于是今早帮你改签的时候顺便也给自己订了一张机票。"

许念问道："那课程怎么办？"

谢一回答："到时候我远程授课就行。"

许念彻底服了。她就奇怪今天早上谢一怎么那么早就把行李放到车上了，原来是不想让她在家门口就把他赶下车……

不对啊，等一下……

"那你昨晚……"想到昨晚的事，许念就想打人。

谢一避开老婆的视线，不敢说话。

于是，登机前许念给安然发了几条微信。

Xu：姐们儿，你说得有道理，男人的嘴，骗人的鬼。

Xu：我真的服气！

竞争对手

　　新学期，学校来了一位新老师，教体育的，办公室也在艺术楼那边。

　　这位体育老师刚大学毕业没多久，算是实习生，年轻且有活力。很快，这位体育老师的名声就跟谢老师的一样好了。原因只有一个，新来的体育老师长得帅、身材好。

　　不过新老师来学校不到一天，学校里就传出了他追求许老师的八卦。

　　谢一刚上完课，回办公室的路上就听到俩学生在聊八卦。

　　"新来的那个体育老师真的很帅吗？"

　　"帅啊！真的，他是我见过的颜值最高的老师了。"

　　"真的吗？比谢老师帅？"

　　"谢老师是有妇之夫，咱们不能多看了，所以这个没法儿比较！他们两个人是不同类型的帅，你懂吗？谢老师是高冷男神，而新来的体育老师青春活力又阳光！懂我的意思吗？"

　　"懂了，懂了！那新来的体育老师有女朋友吗？"

　　"肯定没有啊！上节课间我还见他堵了许老师，跟许老师表白来着，哈哈哈。他简直要笑死我，全七中的人都知道许老师跟谢老师是夫妻好吗？他居然跟许老师告白，哈哈哈。"

"啊？哈哈哈！！！"

"不过这也是情理之中吧，谁叫许老师长得美呢！"女生停了一下，眨了眨小眼睛道，"那许老师是怎么说的？"

从艺术楼那边过来的女生道："还能怎么说啊，肯定是告诉他自己已婚呗。不过还有更奇葩的。"

"什么什么？！"

"许老师的婚戒啊，她几乎没离过手，今天却没戴，应该是落家里了。然后新来的体育老师以为这是许老师拒绝他的托词，死活不信许老师结婚了，哈哈哈哈。"

"然后呢？然后呢？"

"然后就上课了……"

两个女生正聊得起劲，瞥到一道熟悉的身影，立马收了声。

三步开外，谢一手中拿着教案，他死死地拧着眉。

直到谢老师离开，两个女生仍旧心有余悸。从艺术楼那边过来的女生拍着胸口道："我去！谢老师身上的寒气快要把我冻窒息了。"

另一个女生推了一下眼镜道："我觉得，新来的体育老师要完了。"

下午，校长专门为新来的体育老师办了一个迎新会。

迎新会上，许念发现今天的谢一不对劲，便在桌下勾了勾他的手指。谢一没躲，但也没说话。许念正想问他怎么了，谢一突然起身走了。

许念抿了抿唇，不清楚谢一到底是怎么了，打算追上去。这时，身边坐下来一个人，她转头一看，好像是今天新来的小弟弟。

新来的体育老师两颗小虎牙一露，笑得异常阳光，道："许老师，我可以坐这里吗？"

许念眉头一皱，留了句"随便"便起身。她刚站起来，胳膊忽然被人一拽，紧接着便落入了一个熟悉的怀抱。

谢一掐着许念不盈一握的腰肢，在她的唇上狠狠地咬了一下，然后状似漫不经心地瞥了旁边的人一眼，道："不好意思，这是我老婆给我留的位置。"

新来的体育老师笑得傻里傻气，抓了抓后脑勺儿道："啊？那不好意思啊，我坐那边吧。"说完他立马溜走了。

白天是他太傻了，非要去告白……不过这谢老师的醋劲怎么那么大？比今早办公室里的老师们说的还要可怕啊……

至此，许念总算知道谢一为什么生气了。她戳了戳谢一，在他的耳边道："吃醋了？"谢一牵住她的手，不悦道："为什么不戴戒指？"

说到这个，许念耳根一红，道："问你自己！"

老师们陆陆续续都到齐了，看到谢老师跟许老师卿卿我我的样子，见怪不怪地调侃了几句。酒过三巡，谢一总算想起了原因，不由得耳根一红。

桌下，谢一拉住许念的手，在她的掌心里点了点，然后靠近她低声道："老婆，对不起，我不该胡乱吃醋。"

许念拨开挡住眼睛的长发道："哼。"

谢一从她的手腕上取下皮筋，动作娴熟地帮老婆扎了一个低马尾辫，然后碰了一下她的耳朵道："别生气。"

许念当然气不起来，其实谢一吃醋的样子还挺好玩儿的，因为特别可爱。不过，可爱归可爱，她想到刚才她主动示好时他离开的事，还是有点儿不开心，问："你刚刚为什么要走？"

谢一愣了一下，像是记起了什么，又要起身道："我刚刚要去给你买胃药，那小子一打岔，我又给忘了。你等我一下，我先去给你买药。"

她稍微吃辛辣油腻一点儿就会胃疼，他的口袋里总是给她备着胃药，只是今天药没了。

有人见谢一起来了，便问："谢老师去哪儿？"谢一刚把许念面前的酒换成温水，站起来，闻言道："出去几分钟，你们先玩。"

人走了，大家继续投入"灌醉新人"的游戏之中。

许念握着手中的水杯，脸上的笑越发温柔甜蜜。这就是谢一，无论是吃醋还是生气，永远都会想着她，永远把她放在第一位。

爱情是平等的，所以，她也是。在她心里，他永远都是第一位。

许念是因为无聊才学的美术。在许念十三四岁时，许女士时常去外地出差，一个月回家的次数一只手都能数得过来。

那时候她闲得没事做，上网时看到一条热搜，是一个画家的一幅画被拍卖出十几亿天价的新闻。

当时她被深深地震撼到了。

有了那笔钱，她就可以离开这个没有人情味的家，不用再面对冷漠的许女士了。

许念突然提出要学美术，许女士震惊了一下。毕竟在许女士看来，能让她这个不成器的女儿感兴趣的东西少之又少，或者压根儿没有。不过，许女士很快就恢复了往日的漠然，然后打了一个电话给助理，让她找了一位美术老师。

如果说一开始许念学美术是因为钱，那之后就是纯粹的喜欢了。

画画可以让她心静，可以让她远离冷漠，也可以让她发泄情绪。

只是没过一段时间，许女士就接到了美术老师的辞职电话，理由让她足足愣了大半天。

因为许念画的东西让他觉得很压抑，这种心理阴暗的孩子，他教不了。

当晚，许女士去了许念的画室，半大不小的姑娘蹲在椅子上，手中端着调色板，脸上蹭着颜料，看起来像是一个调皮的孩子一样。但她正在画的东西，却让许女士脊背发凉。

许女士不懂艺术，但许念画的东西却让她浑身难受，甚至极度地不适。

"你还是把心思放在功课上面，别再搞这些乱七八糟、浪费时间的东西了！"那是第二次，许女士对自己的女儿产生害怕的心理。

第一次是在孤儿院门口，她的女儿平静地问她是不是不要她了。

听到她的话，正在往画板上涂抹颜料的小姑娘转过头，小脸上并没有什么不满或者生气这样的情绪，就是像平常那样，安安静静地望着她，对她说："我喜欢画画。"

换作平常，许女士肯定已经训斥许念了，但是这次没有。许念那双黑漆漆的眼睛望着她，她说不出任何话来。

"出来吃饭。"她最后只是这样说。

从那之后，许念整天都待在画室里，除了画画，就是看天上的星星，《理想世界》就是在那段时间画出来的。

而《理想世界》也是被许念发布在微博上的第一幅画。

那时微博上有个比赛，她就用这幅画参赛了。按理说她只是众多参赛者中不怎么起眼儿的那一个，但作品发布不久之后，被各路营销号转发嘲讽，以至于这幅画还上了热搜。

网络上杂七杂八的言论很多，大多是说这是小学生的作品，或者说小学生都要比她画得好。一念就是在几乎没有人能明白她这幅画所表达的内容时出现的。

他私信她，说他非常喜欢她的这幅画。她还没将"谢谢"两个字打出去，对方又发来好长一串话。

这个素不相识的人一字不落地说出了她这幅画所表达的全部内容。

还是有人能看得懂的。

许念是开心的。

实际上，网络上的那些言论并没有让她不愉快，只是让她产生了一种她确实是个另类的想法。直到一念出现，她知道了，她并不是。

从那之后，只要有新作品，许念就会第一时间发给这位网友，而这位网友也丝毫不会让她失望，能够分析出画里所有的内容。

于是她产生了一个想法，她想画这位网友，可很久过去了，她依旧不知如何下笔。

慢慢地，一念便成了她的知己，成了她无话不说的好朋友。

后来，一念说要来她所在的城市，这时许念对生活有了一丝期待。

可就在这时，许女士碰到了她最不想见到的人，再一次带着许念搬了家。

这么多年，搬家对她来说都是常事，只是这一次……他来了，她却要离开。

而她不知道的是，谢一就是在这个时候见到的她。

暑假，谢一跟父母回老家，去的城市正好在许念的临城，很近，所以他打算去见她。

对谢一来说，许念是个特别的存在，即便他们只是在网上有交流。

跟生活中的那些朋友不同，许念的想法很多，纵使天马行空，但总会让他忍不住去幻想她所表达的一切。

许念也很善良，她会口是心非地跟他吐槽家附近的流浪猫、流浪狗半夜总是叫个不停，吵她睡觉，但是隔天她就能收到她发来的那些猫猫狗狗的照片，没多久，那些小动物都被她养得圆滚滚了。许念还很坚强勇敢、有主见，她会放心大胆地去做自己想做的事，不会在意别人的看法。

许念有很多特质是他没有的，他期待每一次跟她的聊天。

而那一天很特别，特别到谢一会记一辈子。

当时在车站，人海茫茫，可他一眼就认出了她。

现实中两人从未见过面,她也从没透露过自己的照片和长相,可他还是一眼就认出了。

她站在安检处,任凭周遭如何嘈杂,少女依然安安静静地排着队。

他拿出手机,拨了那个烂熟于心的号码。

接通了。

这时刚好轮到少女过安检,可她放弃了,走到一旁对他说:"小C?"

那个时候,他的网名还不叫一念,而是一串乱敲的字母,而许念从这一堆字母中挑了其中一个喊他。

那一瞬间,谢一感觉身边所有的事物都黯淡了,只有不远处那个少女染着色彩。

他轻轻一笑,一步一步地迈向她,却在中途停下了脚步。

他听到手机那头有人叫"许念"。

原来她叫许念。

从那之后,一念取代了那串乱码。

或许很难有人相信,一个人会对一幅画一见钟情,然后对这幅画背后的人日久生情。

但事实就是如此。

谢一第一眼看到《理想世界》的时候,就在心里想,如果能在那样一个世界里生活,会少多少烦恼。许念画里的那个世界,是他所向往的。

他喜欢她的画,她的画总是能让他看到很多新奇的内容。

慢慢地,他不只喜欢看她的画,还喜欢跟她聊天;喜欢听她说生活里琐碎的事;喜欢她主动来找他,然后叫他"小C"。

后来,谢先生接了一个公司的案子,是许念妈妈的。

不久后,她来到了他的城市,他们终于有了第一次正式见面的机会。

"后来,你就成了我老婆。"谢一亲吻了一下睡在枕边的人的额头,道。

听完了他说的过去,许念起身,趴在他的胸口上,手握成小拳撑着下巴道："你怎么只看一眼就知道那个是我啊？"对许念来说，这很神奇。

谢一点着她的鼻尖，神态温柔："直觉。"

许念眯眼道："分明就是因为我长得好看，你才一眼就看到我的吧？"

谢一笑道："你这么说也不是没有道理，但我还是要讲清楚，关键点不是这个。"

关键点是许念在网上给他的感觉：外表疏远冷漠，内心却很热络。

许念听完谢一一大堆的分析，觉得看脸的可能性还是更高一点儿。

外面，何女士还在折腾，谢先生忙前忙后地跟着。

听到动静，许念想要出去看看，被谢一按住，他道："睡觉。"

许念指了指门外道："妈她……"

"爸会看着的。快睡觉。"

被抱着的许念没再挣扎，她的脸贴在谢一的胸前，安静地听着他的心跳。

良久，许念问："如果我们没有在网上认识，我们是不是就不会有这么多故事了？"

谢一抱紧她，道："即便没有那么多过去，只要我们遇见了，我就一定会对你一见钟情。"

许念笑道："是因为我长得好看吗？"

谢一思索了一下道："也不排除这个原因。但更多的是，我看到你的时候，好像就看不到其他了。"

谢一说着，低头吻了下来。

许念被吻得快喘不过气了，她轻轻地推了他一下，又问："话说回来，我们这……算不算网恋奔现？"

谢一敲了一下她的脑门儿道："想什么呢，这顶多是我单恋成真。"

许念："……"

好像的确如此。

就像谢一说的，很久很久之前，那份悸动就已经开始了……

此时此刻

　　许念不仅招艺术班的学生喜欢，教学楼那边也有不少学生喜欢在课间往艺术楼办公室跑。

　　在学生眼里，许老师为人和善，跟她讨论一些小秘密以及聊一些八卦都毫无压力，更别说许老师还会打篮球这种加分项的技能了。

　　许念的球技早已被全校师生认可，每次一有什么校内或者跟校外的比赛，许念都会被第一个推出去。当然，许老师能这么受欢迎，最主要的一个原因还是长得好看。

　　试问，有谁不喜欢长得好看的人？即便许老师结了婚，看看美女洗洗眼睛不行吗？每天学习那么累，他们早就疲劳了，他们觉得看一眼许老师有助于他们提高学习效率。

　　因为谢一去外地交流培训了，这天下午，最后一节课结束后，许念随便应付了几口就打算去篮球场。

　　她跟学生约好了，今天来一场小比赛。

　　她到球场的时候，围观的人已经聚了不少。大家见许老师来了，连忙给许老师腾位置。

　　今天参加比赛的另一支队伍是新来的体育老师带领的。体育老师一直把"不欺负女人"作为座右铭，但上次见识了许念的球技后，只要许念一打球，他保准第一个凑上去领教。

比赛开始，许念尽量让自己的学生表现，实在不行她才会顶上。

场上的战况越来越激烈，就在所有人都全身心投入这场比赛时，教学楼那边突然传来一阵尖叫。

尖叫声很大，引得篮球场这边的学生纷纷侧目，就连抢到球的许念也停下了动作。

周遭议论纷纷，一分钟不到，有学生跑了过来。

"不好了！不好了！杨帆要跳楼！"

这个消息像是一颗炸弹，瞬间将篮球场这边炸得四分五裂。

许念扔掉篮球，连汗也没擦，就往教学楼那边跑去了。体育老师的反应慢了一拍，他反应过来后先扬声让周围的学生不要慌乱，等安抚了大家的情绪后，才急急忙忙地赶了过去。

教学楼那边已经聚集了不少人，大家都在楼底下仰头往上看，也有跟杨帆关系要好的学生在下面边哭边让她不要冲动。

许念几乎没有犹豫，就往顶楼跑去。

见许念来了，3班班主任一把拉住许念的手，急忙道："许老师，你快想想办法，现在说什么这孩子都听不进去。"

这时，杨主任也和校长一道上来了。

许念定定地看着那个坐在天台上的女孩子，只要她松手，大风就能把她带下去。

一瞬间，她好像看到了高三那年跟她同班的一个女同学，也是同样的位置。她又仿佛看到了十岁的自己，当时她坐在二十九楼的天台上，荡着腿，任凭警察怎么喊，她只是沉默地看着楼下宛若蚂蚁一般的行人与车辆。

那时候她在想什么？哦，她在想，就这么跳下去会不会脸朝地、死得太难看？会不会特别疼？

"怎么回事？"许念开口，问站在一边的女生跟男生。

男生低着头，欲言又止。

女生凑近许念，红着眼睛，压低声音道："帆帆家最近出了一些事……"

她的话还没说完，就被许念打断了："说重点。"

被许念这么一说，女生一下子就清醒了。

"她父母离婚，谁都不要她，她最近还经常被喝醉酒的父亲暴打，还有……"说到这里，女生看了一眼旁边的男生。

"我知道了。"许念点点头道，然后一步一步走了过去。

坐在天台上的杨帆见许念突然靠近，着急地吼道："您别过来！"

许念停住，道："天台是你开的？我坐上来吹吹风碍着你了？"

可能是许念的态度过于冷漠，杨帆愣住。

许念双手抓住扶手，轻轻松松地跳上天台，在所有老师倒吸一口凉气之时，她动作极其自然地坐了下来。

"您……"杨帆有点儿摸不准许念要做什么，打算往旁边挪一挪，奈何腿软，动不了。

许念靠着后面的栏杆，荡着腿，瞥了她一眼，漫不经心道："没什么，就是想吹吹风，顺便，你要是想听的话，给你讲个故事。"

"什么故事？"杨帆其实很害怕，可最近很多事让她过于绝望。

许念想了想，道："你知道吗？就在你坐着的这个地方，我高三时一个同班同学也坐过。"

杨帆怔住。

"那时候，她的家里发生了很多事，加上学习成绩下降得很厉害，她很绝望。最后，她就坐到了这里。"

"那她……死了吗？"

"没死。因为当时我也像今天一样跳了上来，跟她一起吹了一个多小时的风。"

"你知道她现在怎么样了吗？"许念问。

杨帆握紧了栏杆，问得小心翼翼："她怎么样了？"

"她现在在一家杂志社工作，是一个主编。你想看看她吗？"

杨帆的脑子里一片混乱，现在她完全被许念主导，闻言，木讷地点点头。

许念拿出手机，在微信上找到了那个女生，然后点了视频通话。

上次同学聚会，她们加了微信。

视频很快被接通，许念把镜头切换了一下，扫了一下教学楼底下的学生，才把手机拿给旁边的小姑娘。

当年那个要跳楼的女生叫徐颖。不需要许念开口，徐颖很快便清楚了现在是什么情况。

在杨帆和徐颖视频通话的时候，许念往旁边挪了挪。

没过多久，许念就听到徐颖大骂了一通。

"小丫头，你脑子是进水了吗？那地方是随便坐的吗？怎么着，想不开就跳楼？因为男人，还是因为学习压力，又或者是因为家里的事？停，你别说，我也不想听，因为你的那些肯定没我当年经历的事严重。我当年可是亲眼看到我老爸老妈各自领着情人回家，亲眼看着他们离婚后在民政大厅因为谁来养我而吵得不可开交。你不要以为他们是争先恐后地想要养我，他们那是谁都不打算要我。还有更惨的，我跟你讲，我当时还差点儿被人给卖了。而成绩从年级前十跌到一百之后这些事我都懒得提。总之，你看看我现在，是不是过得很好？

"姐跟你讲，再难的事总会有解决的办法，你要是从那个地方跳下去了，就连解决的办法都没机会想了。你才多大啊，未来的日子还那么长，有那么多美食等着你吃，有那么多帅哥等着你看，现在就准备结束生命，真的很不值得啊，小妹妹。"

杨帆愣住，然后问道："那你是怎么解决的？"

徐颖挑眉道："他们不要我就不要呗，我有手有脚的，不能自己活？更何况，一个人自由自在，不好吗？

"别整天想不开，小妹妹，看看你旁边那女人，她可比我们惨多了，十岁就坐在天台上吹风，她现在不是也活得很好，还找了那么好的老公。所以说，活着什么都有，你要是真的冲动地跳下去了，一切可都要结束了。"

见杨帆看向自己，许念抬手道："打住，你俩聊你俩的，别扯上我。我现在想起十岁时的事，还觉得自己是个傻瓜。"

视频通话结束后，杨帆把手机还给了她，一双眼睛湿漉漉的，道："老师，我能问您一个问题吗？"

许念拿回手机，结束视频通话后，点头道："问吧。"

"您是怎么做到的？"

许念知道她在问什么。

"给自己立一个目标，找一个方向就好了。"她说。

杨帆疑惑："方向？"

许念"嗯"了声，然后抬手摸了摸她的脑袋，语气温柔道："你知道吗？这个世界上有太多太多跟我们一样的人，他们同样每天都生活在水深火热之中，但他们并不会因此就放弃生命，因为他们知道，只要第二天睁眼，就会看到阳光。有阳光的地方，一切都有希望。就像刚刚那个姐姐说的一样，再难的事也会有解决的办法，不要因此就放弃自己。"

许念顿了一下，轻轻一笑道："说这些大道理你可能也听不明白，那我就说个简单点儿的吧。"许念扫了一眼小姑娘手腕上的应援手链，道，"你喜欢 RJ 组合吧。"

杨帆微微一怔，道："您怎么知道？"

许念语气轻松道："你猜？"然后她指了指自己的手链。

杨帆恍然大悟。

"你可以把这个当成目标。"许念说，"去见他们，去看他们的演唱会，或者成为像他们那样成功的人。"

风慢慢变小了。因为离得有段距离，杨主任跟校长一行人根本听不到天台边上的两人在说什么，不过他们明显感觉得到，刚才那种紧张的氛围有所好转了。

就在所有人都暗自松了口气时，天台的门突然被人打开，动静很大，引得坐在天台边吹风的两人也回过了头。

谢一气喘吁吁，双目赤红地望着许念，嘴唇发抖。

"回去吧。"许念被谢一盯得心里发怵，拍了拍身边的小姑娘的脑袋，"你爷爷奶奶来接你了，去他们那里住一段时间吧。

"记住，再难的事总会有解决的方法。

"不要轻易放弃，因为生命只有一次。"

杨帆握住许念的手，从天台边沿走到了安全位置。

这时楼下传来声响，听起来像是掌声。

杨帆后怕道："底下是……发生了什么事吗？"

许念扬起唇角道："他们在为你的坚强鼓掌。杨帆，你很坚强。"

几秒后，杨帆号啕大哭。

许念扶着杨帆下楼，分别时，杨帆抽噎着问了许念最后一个问题。

"老师，您当时的目标是什么？"

许念僵硬了一瞬，信口胡诌道："成为富翁。"

周围有人因为许念的回答乐了，气氛也变得一片融洽。

而就在这片融洽之中，许念感觉到自己背后正刮着凉风。

她小心翼翼地回头，撞上谢一的目光时，急忙正视前方。

送走杨帆后，许念打算走人，不过前脚还没迈出去，她就被谢一拽住了。下一秒，她被谢一不由分说地拉去了广播站。

外面的责备声跟安慰声交织，没有人注意到广播站里进了人。

被寒气笼罩，许念犯怵，生硬地转移话题道："你怎么这么快就回来了？都不告诉我，呵呵。"

话刚说完，头顶的人几乎是咬牙切齿地吼了一声："许念！"

许念立正站好，不敢动。

终究，谢一到嘴边的责备还是没有说出口。像是突然瘪下去的气球，他无力道："你撒谎。"

那时候，她根本没有什么目标跟方向，十岁的她想要轻生时，她妈妈的事业刚起步，经常出差，是她自己在天台上坐了一夜，然后又自己走了下来。那时候，没有一个像她这样的人坐在她的身边，告诉她要勇敢地活下去，告诉她天总会亮的。

从头到尾都只有她自己。这些，都是他从王叔那里听到的。

王叔说："那孩子真的很让人心疼。"

明明是小小年纪，却要被迫长大，被迫懂事。

"还记得我们第一次吵架是因为什么吗？"直到现在，他的神经还在紧紧地绷着。

他刚回到学校，就听到有学生要跳楼。当他快速赶到时，抬头就看到她跟学生坐在天台上面。他想到很多年前，她挣脱自己的手，然后上楼救人的场景。

那时候，所有学生都不敢靠近，只有她跟在老师身后去了天台，然后她在所有人都提心吊胆之时，坐到了那个女生的身边。

那个女生最后选择了活下来，却不慎脚滑了一下，许念不顾生命危险，拽住了她，两人险些一起掉下去。虽然那时候教学楼下已经布好了紧急安全措施，但谢一至今仍旧不敢想，如果真的……他可能会自责一辈子。

安静了良久，谢一抬起手，碰了碰她的脸颊，觉得有些无力。

他说："你什么时候才能把自己放在第一位？"

这句话，他很久之前就说过了。

那时候两人吵架，就是因为她执拗地认为自己一点儿都没错，不然那个叫徐颖的女生会很危险。可他不一样，说起来他挺自私的，他在乎的就只有她。

许念像是一个做错事的孩子，小声道："我没事了。你别生气，好不好？"

谢一还是败了。

那时候也一样，在冷战的第一个晚上，他就已经认输了。

其实许念也一样，吵完架后她就知道自己不对了。谢一担心她，她应该很清楚才是，却因为从徐颖身上看到了自己，而言行偏激，导致了那场冷战……

许念抱住谢一，在他的怀里蹭了蹭。"我以后一定会把自己的安全放在第一位的，保证不让你担心。"她说着，抬起头，对上他的目光，"我发誓！"

谢一不语。

许念又在他的怀里乱蹭了几下，再次抬头道："我发誓，真的发誓。"末了，她踮起脚尖，亲了他一下。

谢一被她来来回回地折腾，早就没了脾气。

他低声问："要是再有下次怎么办？"

许念皱着眉想了想，道："要是再有下次，我就……我就……"

她严肃着一张小脸，半天说不出什么。谢一低头吻住她，好一会儿才道："没有要是，不准再有下次。知道了吗？"

许念点点头，瓮声瓮气道："知道了，老公。"

谢一皱起的眉头放松了，他在她的额间轻轻地落下一吻，然后说出了出差这几天每天都会说，并且今早一下飞机就想对她说的话。

他说："我好想你。"

有一段时间，许念总是会被学生问到一个问题——"喜欢"到底是什么啊？

许念知道他们是在起哄，便跟着他们一起开玩笑。

直到现在，许念突然很想回答。

喜欢就是无论何时都会把对方放在第一位；喜欢就是在你眼里，对方的安危大于你自己的；喜欢就是你的眼里只有他；喜欢就是分开不过半天，我就想你了，恰好你也在想我。

许念抬头，看着谢一，在那双狭长的眼睛里，她能清晰地看到她自己。她知道，谢一的眼里也只有她。

许念眉眼一弯，甜甜地回应道："我也想你。"

番外五

萌宝出世

许念跟谢一婚后第八个月的某天早晨，他们接到了林煜报喜的电话。安然怀孕了。

听到消息后，两人决定一起去看安然。

最近盐城有个大案子，安然被临时调到了这边。安然回来后，林煜也向院里申请了一个项目。那个项目一个多月前就有了，是在盐城的市医院里进行的。当时主任找他的时候，他考虑到安然在生活方面是个"粗神经"，平时案子结束后，休息的时候没人照顾，他就没去。现在安然都回盐城了，他肯定也得跟着一块儿过去，而主任好像料到他会反悔，那个名额一直给他留着。

许念跟谢一到林煜家的时候，正赶上林煜教育安然。

见他们来了，安然像是抓到了救命稻草，急忙躲在了许念的身后，道："你们可算来了，我真的要被姓林的烦死了。"

林煜一听，又是好笑，又是无奈，道："你说的这是人话吗？你肚子里现在有宝宝，还上赶着去抓凶犯！"

许念跟谢一对视一眼，大致了解前因后果了。

"行了，你也少说两句。"谢一上前，把林煜按了回去。

许念转头看了安然一眼，冲她使了个眼色。

安然收到信号后，慢悠悠地走到还在生闷气的林煜身边道："别生气了，我以后注意点儿还不行吗？"

两人又折腾了一会儿，气氛才好起来。

因为许念跟谢一只请了上午的假，吃完午饭两人就要离开。

临走时，安然拽着许念，悄悄地问她："你呢？打算什么时候要孩子呀？"

以前安然总是嫌弃小孩子又哭又闹，很麻烦，现在有了宝宝后想法就变了。她觉得，她的宝宝一定特别可爱。

许念被问住了。可能不只是她，就连谢一也没考虑过这件事吧？

"我还不知道。"许念想了想，这么回答道。

安然拿肩膀撞了她一下，眼中都是暧昧："去问问你家谢一呗。"

许念条件反射地看向身后正跟林煜说着什么的男人，片刻后笑着摇了摇头道："这种事情，顺其自然就好。"

安然点点头，然后又问到了许念的工作："那你最近的作品怎么样了？新的画展什么时候办呀？"

"大概要到明年了吧，还差一点儿。"

"我真的好期待！"安然算了算，"如果是明年的话，到时候我就带着我的宝宝一块儿去看你的画展，让宝宝早早地受到艺术的熏陶，哈哈哈。"

安然说到宝宝的时候，眼睛亮晶晶的，许念心下一动，"嗯"了声。

这时谢一跟林煜也说完了话，谢一走过来牵住许念的手，对她道："走吧。"

"嗯。"

两人正要出门，站在门口的安然像是突然想起了什么，大喊一声"等一下"后，匆匆忙忙地往楼上跑。

三分钟后，她提着一个纸袋朝两人走了过来。

安然把东西递给许念，神秘兮兮地冲她眨了一下眼，然后低声在她的耳边道："上次买的时候给你也买了一套,今晚记得试试。"

许念看了一眼被包装得严严实实的袋子,不知道安然这葫芦里究竟卖了什么药,但直觉告诉她不是什么"好药"。

见两人走了,林煜才问安然:"你该不会是把你上次多买的那套衣服给许念了吧?"

安然清了清嗓子,什么也没说。

林煜无语了半天,道:"那玩意儿是人穿的吗?你还送人?"

安然猛然回头,瞪着林煜道:"不是人穿的我能买吗?再说,那天晚上你不是挺兴奋的吗?"

林煜说:"那倒也是。"

安然白了他一眼。

许念跟谢一从小区出来后,没有打车。因为林煜家离他们家并不是很远,再加上今天天气不错,所以许念提议走回去。

路上,谢一从许念手中拿过袋子看了两眼,没看出所以然,于是把袋子换到了另一只手里,继续牵着自己老婆道:"那丫头都跟你说什么了?我看她笑得怪吓人的。"

许念也没打算瞒着谢一,直接把安然问她的事告诉了他。

"你是怎么想的?"谢一闻言,问。

许念老实地回道:"顺其自然就好。"然后她又问,"你呢,是什么想法?"

如果他想要,许念也愿意的。

谢一轻轻一笑。"听你的,顺其自然。"他顿了一下,低头在她耳边道,"那我今晚开始是不是可以不……"

见他又要耍流氓,许念笑着把人推开。

两人打打闹闹了一会儿,谢一把人拉进怀里,道:"不闹了,不闹了。"说话间,他看到不远处那家常去的奶茶店,便问,"要喝奶茶吗?"

"要。"

于是两人去了奶茶店，谢一照旧点了两杯红豆奶茶。

某个记忆突然被唤醒，等奶茶的空当，许念问身边的人："你很喜欢红豆奶茶？"

谢一扫码付钱，道："还行。"

许念又道："这家奶茶店真的开了好久，我第一次在这里喝奶茶，好像是……"许念思索了几秒后道："好像是高三的时候吧。"

谢一目光一滞，嘴角不自觉地带上了笑。

他听出她话里的意思了。

那是很多年前，他以一念的身份，跟她的第一次"约会"。

"其实，我一直都好奇你是不是美食达人，虽然你生在盐城，但也不至于盐城每一处的美食都知道吧？"就像老图他们，虽然是本地人，但本地有哪些旅游景点或者好吃的、好喝的，他们能说得出几个就不错了。

可谢一不一样。那时候他几乎每周都会给她推荐好几家不错的店，有烧烤、比萨、火锅、奶茶等，总之种类丰富，只要是他介绍的地方，绝对不会踩雷。

"这位帅哥，你们的奶茶好啦。"

"谢谢。"谢一接过奶茶，插好吸管递到许念的嘴边。

"你这是堵我的嘴？快回答我。"许念不给他半点儿转移话题的机会。

谢一搂着她的腰出了奶茶店，道："你真的想知道？"

许念用力地点头。

谢一咳了几声，似乎是有点儿尴尬。

事实上，他对美食一窍不通，当初只是想到如果哪天许念来到了盐城，有这么多美食做伴，她就不会觉得难受孤单了。

所以有很长一段时间，他几乎跑遍了整个盐城，将大街小巷的好吃的、好玩的都记录了下来。

好在，这些都派上了用场。

听到谢一的答案，许念眼眶发热。

街上的行人来来往往，许念不顾旁人的目光，一头钻进了谢一的怀里，然后在他的胸口蹭了蹭，说："谢一，你知不知道你有多好？"

好到她有时候都觉得自己配不上他的喜欢。

猝不及防被抱住，谢一愣了一下，然后收紧了放在她腰间的手。

他说："不是我有多好，只是因为这个人是你。"

他本身是个自私、冷漠、不尽完美的人，但因为是她，他会把所有好的都给她。

许念的心跳飞快。

纵使她已经习惯了谢一的甜言蜜语，但她永远都会为他的深情心动。

晚自习结束，谢一才看到许念提前回家的消息。检查完学生宿舍，他匆匆地回了家。

知道的人都清楚，谢老师这是又想老婆了。

对此，不仅各位老师，就连学生也习以为常了，毕竟谢老师黏老婆的"美名"可是传了有一阵了。

谢一赶回家，进门时看到客厅没开灯，以为许念已经睡了，便放轻了脚步。等他刚换好鞋，身后突然传来一阵脚步声，他还没来得及做出反应，就被人从背后结结实实地抱住了。

谢一扬起嘴角，转过身把人抱在怀里道："怎么了？"今天突然这么主动？

许念抱着他不撒手，嘴上撒着娇道："老公，我今天好像比昨天更爱你了怎么办？"

"噌"的一下，谢一的火就被点燃了。

他丢开手中的电脑包，弯腰把人抱了起来道："这句话该我说才对。"

猛然被公主抱，许念惊呼一声，然后靠近谢一耳边："我给你看样东西。"

"嗯？"

"先回卧室。"

卧室里只开了一个台灯，昏昏暗暗的，衬得气氛越发暧昧。

许念的指尖落在了睡衣的衣带上，轻轻一拽，睡衣便掉在了地上。

谢一足足震惊了好几分钟。

许念十分庆幸自己只开了台灯，不然这会儿自己脸红羞愧的样子肯定要被看到了。

被谢一盯得浑身别扭，许念开始后悔，不该被安然教唆穿这种内衣的。她正要弯腰去捡地上的睡衣，突然被人抱起，紧接着整个人便落在了床上……

隔天许念醒来的时候，就看到谢一撑着脑袋看着她。

想到昨晚，不自觉地，她瞄向了地面上。

"害羞了？"见她拿被子捂着脑袋，谢一边笑边把人拽了出来，"别憋坏了。"

在被拽出来的那一刻，许念反应迅速地转身背对着他。

良久，她听到身后的人道："念念，我们要一个孩子吧。"

许念怔了一瞬，道："啊？"

谢一的右手搭在她的腰上道："我突然觉得有个孩子也不错，长得像你，智商随我。"

许念转了回来，眯眼盯着他道："长得像我，智商随你？"

谢一的眼里尽是温柔，道："长得像你，智商随你。"

许念跟谢一婚后第九个月，许念怀孕了。

一直在心里暗暗着急抱孙子、嘴上却从来没催促过的何女士听到消息后，在武术馆足足放了一整天的《好日子》。

学校里的老师知道许老师有了身孕后，也在课间纷纷过来道喜。

在老师们的起哄之下，杨主任大手一挥，把谢老师的工位安排到了艺术楼。本来他是想把许念的工位安排到教学楼那边的，但想到许念现在怀有身孕，不方便，便把谢一安排了过去。

1班的学生对此都表示理解，反正教学楼跟艺术楼相邻，他们也就多跑点儿路，就当锻炼身体了。

自从谢一跟许念在同一个办公室后，整个办公室里，甭管是单身人士还是已婚人士，都受到了成吨的暴击。

许念怀孕的第二个月，孕吐反应很严重，谢一看到许念难受到面色苍白，好几次都打算带她去医院。

"咱们不要孩子了。"比起还未降临的小宝宝，他更心疼自己的老婆。

每当这时，不止何女士，就连许念也会严厉批评谢一的这种行为。

宝宝是上天赐给他们的礼物，他们要珍惜，而不是轻易就说出这样的话。

谢一被教育过后，只敢把心疼憋在心里，然后加倍地对自己的老婆好。

许念怀孕的第八个月，肚子已经很大了，出门也不是很方便，学校那边便让她休了长假。

谢一带的班级已经步入高三了，他没法儿抽身，但又时时刻刻惦记着老婆，两头忙得整个人都瘦了一圈。

可每当回家看到许念，所有的疲劳都会消散。

谢一总说许念有一种可以随时随地治愈他的魔力。

而许念也会摸着自己的肚子告诉宝宝，等他长大了，一定要对爸爸好。

因为谢一比她还要累。

宝宝是在十二月二日这天到来的。

这一天是个特别的日子，两年前的这天，谢一带着许念去了民政局。

在宝宝被抱出来的那一刻，谢一只是匆匆看了一眼就去看许念了。看到她面色苍白的样子，他的心里一阵抽痛。

他俯身抱着她，心疼道："以后不生了，我心疼。"

许念没有太多力气，在睡过去的那一瞬间，回了他一个字："好。"

谢然然小朋友来到这个世界的第三年，他觉得爸爸太讨厌了，总是跟他抢玩具、抢吃的，还跟他抢妈妈。

他觉得妈妈最近也有很大的问题。因为妈妈亲爸爸比亲他还要多，晚上还不跟他睡，只跟爸爸睡。他想跟爸爸妈妈一起睡的时候，总是会被爸爸骗出来。

太可恶了！

不过，好在他还有爷爷、奶奶和特别疼他的时外公和王外公，还有比他还要幼稚的时叔叔、林干爹和安干娘，以及总是喜欢冲在他前头、说要做他老大的林老大。

林老大什么都知道，长得还特别好看，他喜欢跟林老大一起玩。

等一下，他还在想什么？趁着现在爸爸还没有霸占妈妈，他要赶紧抱住妈妈的腿！不过很可惜的是，又被爸爸抢先了一步！爸爸又亲妈妈！他也要亲！

就在谢然然沮丧的时候，妈妈注意到他了。从妈妈那里讨了一个吻，谢然然真的很开心。

他在心里想：看在今天爸爸只有一个吻，而他有两个，爸爸比他惨的分儿上，他就暂且原谅妈妈跟爸爸吧。

他可真是又可爱、又善良、又乖的宝宝呢！

初雪与初恋

因为圣诞节前还没有下过雪，所以圣诞节是否会下初雪就成了大家最关心的事。

不过学校几乎每年都会让各班班主任通知学生禁止过平安夜、圣诞节，学生们也只是听一听，苹果照常送，圣诞节的草莓蛋糕照常吃，每年都无例外。

而许念的办公桌跟讲桌每年都会被苹果堆到没地方下手，无一例外。同一个办公室的老师见怪不怪，有人笑着调侃道："许老师今年又可以出摊儿去卖苹果了。"

"就是啊，许老师，这苹果怎么卖？我买一个送自己，不然办公桌上什么也没有，也太没面儿了。"

"哟，今年这苹果上还雕花了，现在的商家还真是会做生意。"

有人这么一说，其他几位老师都凑了过来，一看还真是。

只见放在桌面相框前的苹果格外大，格外红，十分亮眼，上面雕刻着……

徐老师的眉头逐渐皱起，道："什么鬼？别跟我说这歪歪扭扭的东西是两个小人儿。"

冯老师也开始怀疑自己的眼神，尴尬地笑了笑道："这该不会是哪个学生自己雕的吧？如果是这样，那还挺有心的。"

大家觉得也是，虽然雕得不怎么样，像是两个"火柴人"，但也算是学生的一片心意，丑点儿就丑点儿吧，反正都是要被吃掉的。

说到礼物，徐老师又开始八卦了："我说许老师，你家谢老师今年给你准备了什么啊？往年你俩黏黏糊糊的，今年谢老师外出培训，大家吃不到你们的狗粮，总觉得差了点儿什么。"

其他老师也眨着充满八卦的大眼睛道："是啊，是啊，谢老师今年又准备了什么惊喜呀？我记得去年谢老师好像带许老师去了滑雪场；前年应该是带许老师去自制了手链跟蛋糕；大前年你们貌似来了场说走就走的旅行，去南山挂了情侣锁？"

年轻的语文老师道："谢老师什么时候能出本书啊？我买回去让我家那位好好学学！"

许念被大家打趣也不生气，反倒是笑弯了眼。

他们帮自己回忆后，许念才发现一眨眼她跟谢一已经一起度过了这么多个圣诞节了。

这时，边上的徐老师没等到她的回答，催促道："谢老师到底准备了什么啊？急死个人了！"

大家都很确定，谢一即便去外地培训了，礼物也一定会到！

毕竟结婚五年，谢一跟许念还像初恋那样甜蜜，是隔三岔五就会为对方准备惊喜的小两口。

众人目光炯炯地盯着许念。

许念忍着笑，用漂亮的手指戳了戳相框前那个雕刻着两个"火柴人"的大苹果。

众人："？"

在大家迷惑又震惊的目光中，许念拿起那个苹果，仔细地看着上面的"火柴人"，点了点头道："我家谢老师刻得挺好看的呀，你们不觉得吗？"

三秒后，众人齐齐摇头。

徐老师道："醒醒，我的柯恩！你可是大艺术家！这东西，好看？"

许念再看一眼，道："好看啊！人物有棱有角，线条也是笔笔流畅，哪儿不好看了？"

徐老师噎住，顺了几口气后，笑着摇头道："爱情果然使人盲目，竟然能让一个身价过亿的大艺术家沦落至此！唉，这究竟是人性的扭曲，还是道德的沦丧，造孽啊！"

大家被他逗得笑成一团。

许念把桌上的苹果分了分，最后拿着谢一送的苹果拍了照，然后发给了谢一。

Xu：谢老师的画工一如既往啊。

随后许念又拍了张压在苹果跟相框底下的那张亲笔贺卡的照片发了过去。

Xu：字写得不错。

谢一秒回：我记得最开始，你也是这么评价我的"画"的。

许念回忆了一下，好像还真是。

她情不自禁地笑出了声，然后回：我当时就在想，这人画画不怎么样，签名倒是一套一套的。

谢一回复得依旧很快：人无完人，总要让你的老公有点儿缺点，不是吗？

Xu：……

谢一：况且，就算我的画再丑，大画家柯恩也是我老婆。

谢一：你说这算不算是赢在了起跑线上？

许念对谢一的逻辑是真的服气了，她的嘴角控制不住往上扬，然后低头打下一行字。

Xu：行吧，就让你"夫凭妇荣"吧！

另一边，谢一思考了一下什么叫"夫凭妇荣"，当即笑出声，低头回复：**谢谢老婆，能沾老婆的光，我三生有幸。**

这周武术馆那边不怎么忙，何女士想着马上又是圣诞节，又是跨年的，儿子跟儿媳妇肯定需要私人空间，于是她就让许念把谢然然小朋友送去她那儿。

谢然然小朋友也很喜欢爷爷奶奶，一听要去奶奶家，早早地就背好了自己的小书包，坐在沙发上晃着自己的小短腿等妈妈出门。

把小孩子送走后，许念便开始在家拆快递、布置房间。

往年都是谢一为她准备惊喜，今年谢一外出培训，惊喜就让她来准备好啦！

不出意外的话，谢一明天晚上就要回来了，正好赶上过圣诞节。

这么一想，许念生出了无数期待，她很期待谢一看到惊喜后的样子。

另一边，开完会的谢一整理好了东西就打算回酒店，而其他几个学校的老师你推我，我推你，最后他们推了一个跟谢一走得还算近的老师出来。

"谢老师今晚有空吗？"王老师尴尬地笑道。他知道谢一多半是不会去的，但架不住这群女同事撺掇，只能硬着头皮来问。

果不其然，谢一礼貌一笑，道："抱歉，我就不去了，你们好好玩。"

王老师对身后的同事们摇头。同事们给他使眼色，让他加把劲。

王老师无语几秒，转头笑呵呵地勾上谢一的肩，道："去呗，大家伙儿都去，人多也热闹。再说，今天这个日子，一个人待在酒店也太没意思了，出去玩呗。"

谢一依旧笑得礼貌，身体往旁边挪了挪，道："不好意思，我今晚有约。"

王老师看了一眼自己搂空的胳膊，红着脸收回了手。

其他人听到谢一的话后，扬声问："谢老师约了谁啊，要不一起啊？"

谢一好像突然想到了什么，唇角扬起，道："我老婆。"

一时间，大家相顾无言。

谢一的态度已经很明显了，人家要跟自己的老婆单独约会，要是有人再问就越界了。

只有王老师被谢一的那句"老婆"酸掉了牙。

别人不知道，而他跟谢一住一间房，还能不清楚吗？他的老婆在盐城呢，所谓的有约，就是跟老婆大人煲电话粥而已。

唉，甜甜的爱情什么时候才能轮到他呢？

回到酒店，谢一跟许念发完消息就去洗澡了。

等他洗完澡出来，看到许念回了消息，而内容让谢一愣了一下。

Xu：洗完了吗？

Xu：刚刚圣诞老人给我打电话，说礼物送到你的门口啦。他还要去给别的小朋友送礼物，所以先离开啦。

Xu：叮咚叮咚，在吗？在吗？我来替圣诞老人通知你，记得查收礼物哦。

盯着消息来回看了好几遍后，谢一不确定地打开了酒店房门。

那一刻，他的心跳得飞快，握着门把手的手都有几分颤抖。

门开了，门外空无一人。

没有看到想念的人，谢一失落了一瞬，然而很快，他看到了门口的东西。

那是一个圣诞老人的小红袜。

谢一弯腰将小红袜捡了起来，发现里面装了什么东西，打开一看，发现竟然是糖果！

只有拇指大的小糖果，每一颗都是他的样子。

有他穿衬衫的，有他穿西装的，还有他穿常服的……不用想也知道，每一颗都是她亲手做的。

他来这边培训，截至明天刚满两周。

也就是说，许念好几天前就在准备糖果了，甚至还算好了时间，让人把糖果放在了他的酒店房间门口……

看着手中的糖果，谢一眼眶发热。

结婚这么多年了，他好像也越来越爱她了，比过往更甚。

此刻他恨不得立马飞奔到她的身边，告诉她，他真的很喜欢平安夜的这份礼物。

这份迫切的心情一直持续到第二天下午培训结束。

谢一回到酒店就开始收拾东西，一边的王老师见了，"啧啧"摇头。

"了解情况的人知道你是赶着回去见老婆，不知道的还以为你家老房子着火了。"王老师笑道。

他说话的工夫，谢一已经整理好了所有东西，道："我先走了，王老师回去注意安全。"

告完别，谢一火急火燎地赶去了机场。

三个小时后，谢一出现在了家门口。

他平复了一下心情，正要开门，发现门是开着的……嗯，只开了条门缝。

谢一愣住，只见门缝中有人伸出了一只手。

那只手谢一再熟悉不过，他便不再急着进门，而是轻轻一笑，道："嗯？"

门内，许念压低声音道："请输入圣诞节专属密码。"

她说话时，掌心向上摊开，只见白皙的掌心内，画着一个卡通的数字密码锁。

谢一被提起了兴趣，在她的手心内按了六个数字——520520。

从门缝里看到他按了什么的许念抿唇一笑，道："密码输入正确，请戴好您的眼罩入内。"

随后，许念用食指和中指夹了一个圣诞老人款式的眼罩给他。

谢一老实地戴上，道："然后呢？"

下一秒，他听到门打开的声音，然后有人牵着他的手，带他一步一步走了进去。

谢一对自己的家再熟悉不过，根据步数，他判断出他们现在是在客厅。他正想着许念会给自己什么惊喜，忽然手心一凉。

他摸了摸，又摇了摇。

"丁零零……丁零零……"

是铃铛。

许念道："现在请晃动你手中的铃铛，然后摘下眼罩，迎接你的礼物吧！"

谢一照做。他先是晃动了一下铃铛，随后把眼罩摘了下来。

在他摘下眼罩的那一秒，他就看到许念在原地转了一圈，然后歪歪脑袋，脑袋上的鹿角跟她脖子上的金铃铛一起晃动着。

"谢老师，你好，我是圣诞老人派送给你的专属小鹿，仅限圣诞节哦。"说话间，许念又摇了摇脑袋，脖子上的金铃铛发出清脆的声响。

铃铛声回荡在客厅，也荡漾到了谢一的心尖。

眼前这个女人，她不擅长撒娇，也不擅长搞这些氛围，却能精心地把房间一点儿一点儿装饰成圣诞节该有的模样，甚至还扮作圣诞小鹿来给他惊喜……

他告诉过她，不用为他改变什么，但她却总是会在很多地方包容他，为他做出妥协。

总有人觉得，他们的婚姻可以保鲜是因为他一直在制造惊喜。

其实不是的，制造惊喜的人是许念。是她让每一天都变得有趣，也是她让他们婚后的每一年都充满了甜。

"请问，谢老师现在需要你的小鹿做什么呢？"女人的笑容十分耀眼。

谢一不再忍耐，一把将人拥入怀中，在她的耳边说："你不用做什么，你已经做了很多了。"

"念念。"他叫她。

许念："嗯？"

谢一亲了亲她的耳垂，然后说："我爱你。真的很爱你。"

许念顿了几秒，回抱住他，用力地点点头道："我一直都知道。"

谢一从口袋里取了项链为她戴上，低声道："我也知道。"

知道你爱我，就像我爱你那么浓烈。

许念一愣，摸了下脖子上的项链，然后低头去看。

是银色的雪花形状。

谢一笑着说："圣诞礼物。"

这时，他目光一滞，只见窗外有雪花飘落。

"下雪了。"许念也跟着看了过去。她摸着脖子上的项链，觉得外面的初雪跟这条项链一样好看。

许念想着，不自觉地笑了起来。

谢一垂眸看着她欣喜的模样，在心里默默补充："是啊。"

是初雪，也是初恋。

图书在版编目（CIP）数据

藏不住喜欢 / 榴莲香菜著 . — 南昌：百花洲文艺
出版社，2022.8
ISBN 978-7-5500-4750-1

Ⅰ．①藏… Ⅱ．①榴… Ⅲ．①长篇小说－中国－当代
Ⅳ．① I247.5

中国版本图书馆 CIP 数据核字（2022）第 102343 号

藏不住喜欢
CANG BU ZHU XIHUAN

榴莲香菜　著

出 版 人	章华荣	
出 品 人	李国靖	
特约监制	夏　童	
责任编辑	杨　洁	
特约策划	夏　童　王晓荣	
特约编辑	王晓荣	
营销编辑	糖　糖	
插画支持	茶叶蛋子　绯月之狼　ANW　椰　莱	
封面设计	//RECNS　Q.3300392723	
封面题字	仓仓仓鼠	
版式设计	童　磊	
出版发行	百花洲文艺出版社	
社　　址	南昌市红谷滩区世贸路 898 号博能中心 I 期 A 座 20 楼	
邮　　编	330038	
经　　销	全国新华书店	
印　　刷	三河市金元印装有限公司	
开　　本	880mm × 1230mm　　1/32	
印　　张	9	
字　　数	250 千字	
版　　次	2022 年 8 月第 1 版	
印　　次	2022 年 8 月第 1 次印刷	
书　　号	ISBN 978-7-5500-4750-1	
定　　价	45.00 元	

赣版权登字：05-2022-105

版权所有，侵权必究
发行电话　0791-86895108　　　　　　网　址　http://www.bhzwy.com
图书若有印装错误，影响阅读，可向承印厂联系调换。